구례에서,
세계로

전직 외교관의 분투기

구례에서,
세계로

전직 외교관의 분투기

서현섭 지음

보고사
BOGOSA

책머리에

나이 탓인가. 선친 타계 70주기가 되는 2021년에 들어서자 어느 날 문득, 늙은 자신과 그리고 오늘에 이르기까지의 인생 여정을 되돌아보고 멀리까지 왔구나 하는 생각이 들었다. 며칠 후 사진관으로 발길을 옮겨 큼직한 사진을 한참 보고 있는 나에게 사장이 "장수사진 찍으려고요?"라고 묻는다. '장수사진이라니?' 하는 표정으로 쳐다보자 요즘엔 영정 사진을 그렇게들 부른다고 한다. 바로 그 자리에서 '장수사진'을 마련하여 집에 가져와 보자기로 싸서 작업실 한쪽에 놓아두었다.

그날부터 윤서, 윤정 두 남매 그리고 며느리 한슬기, 손자 준이와 한에게 전할 셈으로 굴곡진 삶에 얽힌 사설을 정리하기 시작했다. 할 수만 있다면 98세 노모의 생존 중에 마치고자 서둘렀다.

이 책은 보통 정도 머리의 구례 촌놈이, 홀어머니 슬하라는 불우한 환경에서 제 분수도 모르고 깝죽거리다가 번번이 패(敗)하고 말지만 그래도 포기를 모르고 다시 도전하는 연패연전의 분투기이다. 오늘의 삶이 팍팍하다고 느끼는 젊은이들과 희망과 용기를 나누고 싶다. 『책과 인생』, 『한일협력』, 『외교』 등의 잡지에 이미 게재한 기고문과 기간의 저서도 활용하였다.

범세계적인 팬데믹의 기세가 꺾이지 않고 있는 엄중한 상황임에도 흔쾌히 출판을 맡아준 보고사의 김흥국 사장님과 알찬 기획으로 원고를 빛내준 박현정 편집장과 황효은 편집인에게 감사를 표한다. 아울러 원고의 교정을 자발적으로 맡아 수고해 주신 김종필 교수님께도 사의를 표하며, 또한 언제나처럼 원고의 입력을 맡아준, 곰바지런한 장녀 윤정에게 감사한다.

나의 오랜 공직 생활을 뒷받침하고 시어머니를 잘 모셔준 나의 사랑하는 강은숙과 지아비를 여의고 아들 하나만을 믿고 70년의 험한 세월을 살아오신 어머님께 이 책을 바친다.

2021년 여름
일산 호수공원이 내려다보이는 창가에서
서현섭

차례

책머리에 … 4

1부 유년의 여운

아련한 선친의 잔영 …………………………………… 13

'분투노력'의 좌우명 ………………………………… 15

나의 단짝, 순이 ……………………………………… 17

쌀 한 가마의 새경 …………………………………… 19

책은 길이고 스승이었다 …………………………… 21

모녀의 꼭두새벽 줄행랑 …………………………… 24

상경 열차에 꿈을 싣고 ……………………………… 26

나의 수호천사 ………………………………………… 29

일본의 여류시인, 구레로 …………………………… 33

그해 늦가을의 인연 ………………………………… 37

90대 노모의 아들 걱정 ……………………………… 40

2부 걷다 보면 앞으로 나아간다

세계로 향한 길로 …………………………………… 45

두 마리의 토끼를 쫓다 ……………………………… 49

『일본은 있다』의 여담 ………………………………… 57

무서운 일본의 독자들 …………………………………… 62

아메노모리 호슈를 만나다 ……………………………… 66

걷기외교의 성공담 ……………………………………… 70

JP의 동문이 되다 ……………………………………… 76

교황청 대사의 단상 ……………………………………… 80

별을 선물 받고 …………………………………………… 86

한겨울의 귀향길 ………………………………………… 90

뜻이 있는 곳에 길이 있다 ……………………………… 93

중국어에 재미를 붙이다 ………………………………… 98

노인복지관의 신문 일본어 강사로 …………………… 102

3부 일본인의 초상

윤동주의 시를 읽는 일본인들 ………………………… 107

일본 대사와의 우정 …………………………………… 110

결코 잊을 수 없는 동료 ……………………………… 116

내가 만난 반골 일본 외교관 ………………………… 119

후지산 등반의 추억 …………………………………… 124

고서점의 메카, 진보초의 풍경 ……………………… 128

3·1절에 생각나는 일본 대사 ………………………… 132

조선인의 생명을 구한 일본 경찰서장 ……………… 137

일본 고대문자 기념비 탐방 ………………………… 143

오가사와라, 김옥균의 유배지에서 ………………… 146

중국 중학생의 일본인 이미지 ·········· 151

동아시아 속의 일본제 한자어 ·········· 155

4부 격동기의 모스크바 1200일

모스크바 영사처 개설 요원으로 ·········· 167

그래도 이웃사촌이다 ·········· 172

한소 샌프란시스코 정상회담 후일담 ·········· 176

모스크바의 별천지 ·········· 180

이범진 공사의 유택을 찾아 ·········· 183

톨스토이 생가에서 ·········· 191

메아리 없는 우정 ·········· 194

크림반도의 진주, 얄타 ·········· 197

바이칼호에서의 데이트 ·········· 200

6박 7일의 시베리아 철도 횡단기 ·········· 204

5부 읽고 쓰는 재미에 산다

『모스크바 1200일』 ·········· 241

『일본은 있다』 ·········· 243

『일본인과 에로스』 ·········· 244

『일본인과 천황』 ·········· 247

『행복한 일본 읽기』 ·········· 248

『중국어 성조 기억술 소사전』 ……………………………… 252

『일본 극우의 탄생: 메이지유신 이야기』 ………………… 254

『한중일의 갈림길, 나가사키』 …………………………… 255

『日・韓曇りのち晴れ 한·일 흐리다가 맑음』 …………… 258

『近代朝鮮の外交と国際法受容 근대 조선의 외교와 국제법 수용』· 261

『日韓合わせ鏡 한·일 되비치는 거울』 …………………… 263

『日韓の光と影 한·일 빛과 그림자』 ……………………… 266

에필로그 … 268

1부

유년의 여운

아련한 선친의 잔영

선친은 모친과의 8년 남짓한 짧은 결혼생활 동안에도 만주로, 일본으로 돌아다니시다 끝내는 1951년 4월 곡성 전투에서 방위군 소위로 전사하셨다. 사진 한 장도 남아있지 않아 아버지에 대한 기억은 별로 없지만 지금도 선명하게 떠오르는 두 장면이 있다.

어느 여름 날 해거름에 섬진강 여울목에서 등물을 해준 그 감촉을 지금도 잊을 수 없다. 섬진강, 글자만 보아도 유년의 아픔이, 외로움이 아련하게 가슴 깊이 전해 온다. 그래서일까, 일본에 살 때 세 살이 막 지난 아들 녀석을 거의 매일 공중목욕탕에 데리고 다니며 등을 씻어 내렸다. 녀석이 어렸을 때는 함께 목욕탕에 가는 것이 아들에 대한 사랑의 표시였다.

1964년 여름 한일협정 반대 데모로 전국의 대학은 휴교 상태였다. 그때 나는 친구와 같이 무전여행을 한답시고 20일 정도 기차를 무임승차하여 전국을 다니며 세상 구경을 한 적이 있다. 8월 말쯤 저녁 무렵에 긴 여행으로 기진맥진하여 아현동 친구 집에 도착하니 친구 아버님이 수돗가에서 등물을 해 주셨다.

섬진강 여울목에서 등물을 해 주던 아버지의 그 손길이었다. 눈물이 앞을 가렸다. 이런 아버지를 둔 친구를 얼마나 마음속으로 부러워했는지 모른다. 그 친구와 나는 취미나 기질이 달랐으나 평생 좋은 관계를 유지했고, 그의 어떤 부탁도 거절한 적이 없었다. 목물을 끼얹어 준 친구 아버님의 그 손길의 기억 때문이었다.

나가사키에 있을 때, 아들 내외와 서너 살의 손자 둘을 불러 나가사키 부두에서 배로 30분 정도의 거리에 있는 이오섬(伊王島)에서 하룻밤을 묵었다. 바다 온천으로 이름이 나 있는 관광 명소이다. 그날 저녁 손자 둘, 아들 그리고 나, 넷이서 가족탕에 함께 들어가 녀석들의 등을 토닥거리며, 나는 섬진강 여울목에서의 선친의 손길을 떠올리고 아련한 추억에 젖어 들었다.

두 번째의 장면, 초등학교에 입학하던 무렵, 어느 날 새벽녘에 몹시 답답하고 껄끄러워 눈이 떠졌다. 오랜만에 집에 돌아온 아버지가 군복을 입은 채로 나를 꼭 껴안고 꺼칠꺼칠한 수염을 내 볼에 대고 세상모르고 곤히 주무시고 있었다. 소변이 마려웠지만 고추를 꽉 쥐고 어서 날이 밝기만을 기다렸다. 그날따라 아침 해의 발걸음은 참으로 더디기만 했다. 되돌아보면 그것은 소년의 단 한 번의 효행이었다.

진달래꽃이 유난히 붉게 피던 그 봄날에, 소년의 아버지는 여덟 살 철부지 소년의 가슴에 속절없는 아픔만 남기고 꽃잎처럼 스러져 갔다. 그래도 여전히 섬진강은 어제와 매한가지로 흐르고 봄날의 햇살은 따뜻한 게 도무지 마음에 들지 않아 혼자 훌쩍거렸다.

전사 통지에 땅을 치며 대성통곡하는 어머니의 곁에서, 아버지의 부재가 무엇을 의미하는지도 모른 채 여섯 살 터울의 여동생을 안고 눈물을 훔쳤다. 암울한 유년의 시작이었다. 휑하니 떠나버린 아버지를 원망하던 그 소년이 이제는 백발의 노인이 되었다. 생의 여정이 다하는 날, 나는 선친의 산소 옆에 수년 전에 심어 놓은 작은 동백꽃 아래에서 영원한 안식을 취하리라.

'분투노력'의 좌우명

섬진강이 굽이쳐 흐르는 구례군 신월초등학교 1학년 가을 운동회 연습 때였다. 동무들과 손을 잡고 '나비야, 나비야'로 시작되는 유희 연습을 시작하자마자 선생님이 "현섭이는 저쪽에 앉아서 친구들 하는 것 구경해요." 하며 나를 따돌렸다. 초등학교를 졸업할 때까지 운동회에서는 달리기 3등에게 주어지는 연필 한 자루도 손에 쥐어본 적이 없다.

음악시험 때는 풍금에 맞춰 노래를 시작하면 30초도 채 지나기 전에 아이들의 까르르하는 떼 웃음과 함께 선생님의 "그만해요." 하는 목소리가 묻어나곤 했다. 게다가 구령에 발맞춰 행진하는 것조차 애당초 틀려먹었다는 것을 일찌감치 알게 되었다.

편모슬하의 어려운 가정 형편에, 예체능이 형편없다는 자의식은 소년의 여린 가슴에 짙은 그림자를 드리웠다. 열등감을 조금이라도 벗어날 요량으로 틈만 나면 친구와 친척 집을 전전하면서 형과 누나들의 책을 닥치는 대로 읽어 치웠다. 살 것 같았다.

4학년 여름방학 작문 숙제를 읽어 본 담임 선생님이 "이것 정말 네가 쓴 것이냐?"고 물으시며 모두들 앞에서 칭찬해 주었다.

그 후 반에서 그런대로 여유 있는 집의 아이가 천 원 정도를 주면서 작문 숙제를 나에게 떠넘겼다. 나는 기꺼이 써주고 '원고료'를 챙겼다. 선생님의 칭찬 한마디가 훗날 나를 글쓰기에 재미를 붙이게 했다.

이 책을 준비하면서 내가 졸업한 초등학교를 방문하여 생활 기록부 1부를 발급받아서 소년 시절의 나의 흔적을 더듬어 보았다. "홀어머니의 노동으로 생계를 유지하므로 극히 가난함", "영양부족으로 안색이 항상 창백함", "어머니의 교육열이 대단함"이라고 기재되어 있다. 특히 5, 6학년 때의 담임 김승만 선생님의 기록에 가슴이 뭉클해졌다. "의지가 굳세고 결단성이 있으며 인정미 있는 본 학급의 모범생이다. 순진하면서도 계획성 있고 조리 있는 발표 및 실천을 한다."

졸업이 닥쳐왔다. 40여 명의 졸업생 중 사촌 여동생을 포함하여 겨우 서너 명만 중학교에 진학했다. 나는 4~6학년 때 반에서 1, 2등을 했지만 진학할 형편이 못 되어 졸업식 내내 울먹거렸다.

졸업식이 끝난 후 담임 선생님이 나를 교무실로 부르더니 백지에 붓으로 큼직하게 '奮鬪努力'이라는 한자 성어를 써주면서 축 처진 어깨를 토닥거렸다. "분투노력, 있는 힘을 다해 노력한다."는 뜻이라는 설명을 덧붙였다. 마음에 꼭 들었다. 주먹을 꽉 쥐고 '분투노력'을 주문처럼 되풀이하면서 정든 학교를 뒤로 했다. 나는 '奮鬪努力'의 종이를 벽에 붙여놓고 매일 서너 번씩 쓰다 보니 한자에 흥미가 생겨 혼자 한자공부를 하여 국한문 신문을 읽을 정도까지 되었다. '분투노력' 그것은 나의 전 생애를 관류하는 기조 저음이다.

나의 단짝, 순이

1950년대 중반 섬진강이 굽이도는 자락에 위치한 신월초등학교를 다녔다. 전교생이 2백 명 안팎이었고 우리 학년은 40명쯤 되었던 터라 동급생들의 얼굴이며 이름을 대부분 지금도 기억해낼 수 있다.

초등학교 입학 한 달 만에 아버지를 여의고 보내야 했던 소년 시절은 지금도 짙은 음영으로 채색되어 있다. 외로움이 무엇인지도 모르면서 외로움을 타야 했던 그 지난날 속에서 한여름 밤의 반딧불 같은 밝음을 선사해 주던 발광체가 있었다.

3년간 같은 책상을 사용하면서 다투고 웃고 하던 나의 단짝 순이가 바로 그 주인공이다. 순이는 공부도 괜찮게 했고 성격이 싹싹하고 명랑하여 선생님들의 귀여움을 받았다. 천하의 음치에 운동 신경이 둔한 나에 비해 순이는 다람쥐처럼 날렵하고 꾀꼬리처럼 노래를 잘 불렀다.

순이는 곧잘 내 책상 서랍 속에다 떡이나 과자 나부랭이를 넣어두고는 짐짓 모른 체했다. 무시당하는 것 같아 며칠간 손도 대지 않자 산수 숙제를 부탁해 오면서 은근히 먹을 것을 챙겨가도록 했다. 이후 순이의 산수 숙제는 말할 것도 없고 글짓기도 내 차지가 되었다.

학교 주변의 측백나무가 조금씩 몰라보게 자라나듯 내 마음속에 순이가 커나가고 있었다. 가끔은 수업 중에 둘이서 킬킬거리다가 선생님으로부터 꾸중을 듣기도 하였다. 체육 시간에 철봉에 매달려 빌빌거리는 나를 밑에서부터 한껏 밀어 올려 또래들의 놀림

감이 되기도 하였다.

순이를 한동안 볼 수 없는 방학이 싫었다. 방학 동안에 가끔 순이네 기와집 근처를 얼쩡거리다가 순이 할아버지 헛기침 소리에 놀라 줄행랑을 놓기도 했다. 먼발치에서나마 순이를 보고 싶을 때는 뒷동산에 올라 땅거미가 질 때까지 순이네 집을 내려다보았다. 왠지 서글픈 생각이 들어 입술을 깨물고 팔이 시리도록 돌팔매질을 하기도 했다. 어서 방학이 끝났으면 하는 마음에서 '순이야' 하고 큰 소리로 불러보았지만 대답이 있을 리 없다. 하릴없이 옆에 앉아 있던 검둥개가 덩달아 빈 하늘을 향해 컹컹 짖어 댈 뿐이었다.

그 긴 여름방학이 마침내 끝나고 개학하던 날, 할머니를 졸라 어렵게 마련한 몇 푼으로 박하사탕 서너 알을 샀다. 입안에 넣으면 양 볼이 볼록 튀어나오는 그 싸한 박하사탕의 향내는 아련한 그리움의 향기이다.

순이가 깡충거리며 지나다니는 길목을 지키고 서서 아침 이슬에 젖은 발목을 툭툭 털며 순이가 나타나 주기를 기다렸다. 아이들이 웅성거리며 운동장으로 모일 때까지도 순이의 나풀거리는 치맛자락은 보이지 않았다. 주머니 속의 사탕은 너무 만지작거려 끈적끈적해졌다. 울화가 치밀어 '바보 같은 계집애'라고 중얼거리며 사탕을 몽땅 논 가운데로 멀리 던져버렸다. 그 풀에 놀란 참새 몇 마리가 빛난 햇살 속으로 치솟아 올랐다.

순이에 대한 애틋한 마음은 그날의 사건으로 거짓말처럼 증발하고 말았다. 그래도 지금도 고향에 갈 때마다 그녀의 안부를 주위 사람들한테 넌지시 묻곤 한다. 5남매를 키워 손자, 손녀도 여러 명 두었다고 한다.

다음엔 고향에 가면 순이 할머니를 만나 막걸리를 들면서 서툴지만 〈갑돌이와 갑순이〉라도 한 곡 뽑고 싶다.

쌀 한 가마의 새경

1957년 3월 초등학교를 졸업한 그 이튿날부터 소년은 책가방 대신 지게를 지고 산자락을 오르내려야 했다. 여린 어깨를 짓누르는 나뭇단의 무게가 암담한 운명처럼 무겁기만 했다. 그 봄날, 휑하니 이승을 떠나버린 아버지를 원망하면서 소년은 가끔 어둑어둑해지는 섬진강에 팔이 시리도록 돌팔매질을 하곤 했다. 하루에 한 번 긴 기적 소리의 여운을 남기고 서울로 가는 열차를 뜨거운 시선으로 쫓다가도 알 수 없는 시샘에 두 손을 올려 쑥떡을 먹이기도 했다.

중학교 진학의 꿈을 저당 잡히고 초등학교를 졸업한 그해 여름부터 섬진강 건너편의 제재소 사장 댁에서 쌀 한 가마 새경을 받기로 하고 잡일을 했다. 중학교 입학금을 마련하기 위해서였다. 당시 중학교 입학금이 쌀 두 가마 정도였다.

어느 비 오는 날, 늘 굳게 닫혀 있는 주인 아가씨 방에 몰래 숨어들어 가는 모험을 감행했다. 한쪽 벽의 높은 서가에 빽빽이 꽂힌 책들이 나를 질리게 했다. 이처럼 많은 책을 처음 본 나는 한동안 넋을 놓고 있다가 책 제목들을 빠르게 훑어보았다. 낯선 책들뿐이었다.

그 후부터 나는 아가씨 방을 '보물 굴'이라 이름 붙이고 틈만

나면 그곳으로 숨어들어 서가의 책들을 의미도 모르면서 주린 배를 채우듯 읽기 시작했다. 이 책 저 책 만지작거리며 참으로 행복한 시간을 보냈다. 그때부터 소년은 활자 중독증에 걸렸다. 중학교에 못 가면 밤새워 책을 읽을 수 있는 읍내에 있는 책방 점원으로 들어갈 생각도 하였다.

이렇게 많은 책을 갖고 있는 사람에 대해 궁금증이 일어났다. 후에 알았지만 '보물 굴'의 책임자는 E 여대 국문과에 재학 중이라고 했다. 벼가 누르스름하게 익어 갈 무렵, 서울에서 책 주인이 갑자기 다니러 왔다. 먼발치에서 본 아가씨의 모습은 눈부시게 아름다웠다. 선녀가 내려온 것 같았다. 선망의 눈초리로 장서 주인이 깔깔거리는 모습을 먼발치에서 훔쳐보며, 아가씨의 책 중 내가 읽은 소설의 여주인공을 떠올리기도 하였다. 아마도 '아가씨도 그 소설을 읽은 게 아닐까' 하는 데 생각이 미치자 주눅 든 마음이 다소 펴진 것 같았다.

고아한 분위기의 아가씨가 놀랍게도 참기름에 튀긴 메뚜기를 잘도 먹는다. 이튿날부터 나는 만사를 제쳐두고 논두렁에 어스름이 깔릴 때까지 메뚜기를 잔뜩 잡아 참기름에 튀겨 상납했다. 환한 미소와 함께 머리통을 가볍게 쥐어박히는 게 고작이었지만 감격스러웠다. 한편은 절망과 흠모의 마음이 조숙한 소년의 가슴으로 아프게 파고들었다.

'분투노력'하여 기필코 아가씨가 다닌다는 그 대학 출신과 결혼하겠다는 턱없는 결심을 하게 되었다. 힘겨운 노력의 세월이 흘렀다. 작심한 대로 그 대학 출신과 결혼하고 딸까지 그 대학을 졸업했으니 소년의 가당찮은 결심이 헛되지는 않았던 셈인가.

책은 길이고 스승이었다

나는 쌀 한 가마의 새경에다 친척들이 도와준 쌀을 팔아 입학금을 마련하여 마침내 1958년 4월에 읍내에 있는 구례중학교에 입학하였다. 집에서 학교까지 십 리 길의 신작로를 매일 걸어 다녔다. 가끔 버스나 트럭이 지나며 뽀얗게 먼지를 흩날리는 그 길을 영어 단어나 문장을 암기하며 걸었다. 돌아오는 길에는 아침에 외운 것을 복습하면서 걸었다. 하루에 두 시간씩 '도보 영어'를 계속하자 영어에 어느 정도 자신이 붙었다.

20대 초반의 김혜자 영어 선생님이 누나처럼 참 좋았다. 그래서 영어 공부를 더욱 열심히 했다. 어느 주말에 선생님 댁을 혼자 불쑥 방문한 적이 있다. 선생님은 싫은 내색을 하지 않고 불청객에게 맛있는 점심까지 주시며 격려해 주었다. 나는 감격하여 그 이후 더욱 영어 공부에 매달렸다. 김혜자 선생님은 2학년 때에도 영어를 담당하여 나를 신나게 하였다. 따지고 보면 통학 길의 영어 문장 암기가 먼 훗날 지리산 촌놈을 세계로 통하는 길로 들어서게 한 것이었다.

중학교 3학년 때 황봉주 영어 선생님과의 만남으로 새로운 세계를 마음에 품게 되었다. 황봉주 선생님은 늘 검은 안경을 끼고 있어 악동들 간에는 '개 눈깔'이라는 별명으로 통했다. 선생님은 점심시간에는 거의 빠짐없이 약주를 한잔 걸쳤다. 어느 날, 약간 거무튀튀한 얼굴의 선생님은 수업을 하다 말고 뜬금없이 침방울을 튀겨가며 박마리아라고 하는 사모님과 모교 메이지대학 자랑으로 빠져들어 우리를 어리둥절케 했다. 메이지대학 주변에는 세계에서 가장 많은 헌책방이 있다고 칠판에 약도를 그려가며 소개하였다. 그날 이후로 메이지대학과 헌책방 거리는 나의 뇌리 깊숙이 입력되었다. 일본 밀항을 꿈꿨던 그때, '언젠가 그곳에 가보리라'는 꿈을 가슴속 깊이 간직하였다.

서울에서 구례중학교 14회 동문 10명이 격월제로 만나고 있는데, 황봉주 선생님이 수업시간에 메이지대학과 일본 간다(神田)의 헌책방 거리를 소개한 사실을 아무도 기억하는 친구가 없어 기이하게 생각된다. 나는 분명히 두 귀로 듣고 자극을 받아 훗날 간다의 헌책방 단골이 되었고, 메이지대학에서 학위를 취득했는데 말이다. 어쩌면 과거는 미래처럼 상상력의 소산이라고 한 그 말대로인지 모르겠다.

1975년 말, 갑자기 일본 대사관 발령을 받았을 때, 검은 안경 속의 황봉주 선생님이 나를 빤히 쳐다보며 "잘 되었군." 하는 모습이 불현듯 떠올랐다. 일본 근무를 계기로 '학자 외교관'의 자화상을 마음에 그리고 주말엔 일본 유수의 진보초(神保町) 헌책방을 뒤지고 다니며 일본 역사, 외교, 국제법에 관한 책을 사 모았다. 매달 봉급의 4분의 1쯤을 할애하여 책을 사들이는 나를 보고, 아내는 "다 읽은 다음에 사세요."라고 잔소리를 했지만 들은 척도 안 했다.

1988년 3월 다시 도쿄에 근무하게 되었을 때도 간다의 진보초 헌책방을 뒤지고 다녔음은 물론이다. 책 사는 데 이골이 나서 평생 읽어도 못다 읽을 만큼 많은 책들을 사 모았다. 내 취미는 적독(積讀), 즉 책을 읽기도 하지만 다 읽을 수 없는 책들은 쌓아두고 쳐다보며 자기만족에 젖는 속물이다. 더러는 같은 책을 몇 권씩 사기도 했다. 여분의 책은 직장 상사에게 헌납하여 점수를 땄다.

딸아이가 케냐에서 4년 만에 귀국하여 서울의 어느 초등학교 1학년으로 전학하여 왔을 때, "아빠는 무엇 하시느냐."는 담임 선생님의 물음에 천연덕스럽게 "책 읽어요."라고 대답하여 선생님의 웃음을 자아냈다.

네덜란드 암스테르담 대학원 연수 시절에는 쓸 만한 책을 구한답시고 한 달에 한 번 정도 도버 해협을 건너 세계 제일을 자랑하는 포일스 서점(Foyles Bookshop)에서 하루를 보내곤 했다. 허름한 입성의 동양인이 점심도 거른 채 수백 달러 상당의 책을 골라 쌓고 있는 꼬락서니가 영판 미덥지 않게 보였던지 종업원이 "전부 살 것이냐."는 식으로 묻기도 하였다.

1995년 3월, '한국 애서가 클럽'(회장 여승구)으로부터 책을 사랑하고 책 속에서 생활하는 사람에게 수여하는 '애서가상' 수상자의 한 사람으로 선정되었다. 세상에 책을 아끼고 사랑하는 분들이 많은데, 애서가상을 수상하게 되어 황송스러운 생각이 들었으나 한편은 퍽이나 자랑스럽게 생각되었다.

한쪽 벽을 가득 메운 책을 보고 있노라면 세상에 부러울 것이 없다는 생각이 들었고, 이것이 행복이고 사람 사는 맛이라는 자기 도취에 빠져 외교관 생활 30여 년을 즐겁고 보람되게 보낼 수 있었고, 두 남매를 키워냈다. 음치에다 운동신경이 둔한 게 오히려 평범한 독서인으로 하여금 '학자 외교관'이라는 자화상을 구현시켜 나갈 수 있었던 시간적 여유를 갖게 해 주었다.

그러나 이제는 좋아하는 책과도 헤어질 때가 멀지 않았다. 요즘에는 책 구입을 신중하게 하고, 소장하고 있는 책은 필요한 분에게 기증하고 있다. 되돌아보면 책은 '분투노력'을 좌우명으로 한 내

인생의 현명한 길잡이였고 무언의 스승이었다.

모녀의 꼭두새벽 줄행랑

서른도 안 된 나이에 졸지에 과부가 된 어머니는 어린 남매를 혼자 키워야 했다. 선친이 남긴 재산이라곤 다 쓰러져 가는 오두막 집 한 채와 고개 넘어 밭 한 뙈기가 전부였다. 어머니는 우리를 먹여 살리기 위해 생전 안 해 본 장사를 하느라고 여수에 가서 생선을 떼다 팔기도 하고 장터에서 신발 장사도 해 보았지만 사는 게 참으로 팍팍하기만 하였다.

장사 때문에 자주 집을 비우는 어머니 때문에 우리 남매는 같은 마을에 살고 있는 조부모 댁이나 백부 댁에 가서 끼니를 때우는 때가 많았다. 5남 3녀의 셋째인 아버지의 부모, 형제자매들이 한마을에 살고 있어서 그나마 다행이었다. 점심과 저녁은 그럭저럭 해결했지만 아침 식사는 친척 집의 신세를 져야 했다.

동생과 함께 둘이 한 집으로 가면 눈치가 보여 따로따로 가야 했다. 친척 집 가는 길목에 수령 100년쯤 되는 당산나무가 버티고 있었다. 나무에서 왼편으로 가면 '애비 없는 손자'라고 늘 안쓰럽게 생각해 주는 조부모 댁이다. 할머니와 같은 상에서 식사를 하면 할머니는 생선이나 밥을 늘 남겨 나에게 주곤 하였다. 할머니는 가끔 큰어머니 모르게 울타리의 개구멍에 쌀자루를 숨겨놓고 우물을 기르려고 오가는 가구장이네 아주머니에게 가져가도록 하고 나중에 돈을 받아 나에게 용돈을 주었다. 지금도 꿈에 조부모님이 보이면 좋은 일이 있기 마련이다. 저세상에 가서도 '불쌍한 손자'를 못 잊고 계시나 보다.

그런데 부끄러운 고백이지만 누이동생과 같이 밥 얻어먹으러 갈 때는 동생을 슬그머니 오른쪽으로 밀어붙이고 나는 시치미를 떼고 왼쪽으로 성큼성큼 걸어갔다. 동생은 아직 철부지라 오빠가 시키는 대로 군말 없이 따라 주었지만 '참 못난 오라버니였다'는 자책감에 오래도록 시달려야 했다. 게다가 그 여동생이 쉰도 안 된 나이에 지병으로 세상을 떠나고 말아 이제는 갚을 길 없는 정신적 빚이 되고 말았다.

중학교 2학년 말쯤이었다. 계주 노릇을 하던 어머니가 계가 깨져 수월찮은 빚더미에 올라앉고 말았다. 빚 독촉 때문에 한시도 고향에서 살 수 없는 지경이 되었다. 1960년 2월, 어느 어둑새벽에 어머니는 머리에 작은 보퉁이를 이고, 한 손으로는 어린 동생의 손목을 잡고 아무도 모르게 동네를 빠져나갔다. 첫새벽 열차를 타고 서울로 줄행랑을 놓을 참이었다. 구례구역에서 열차를 타면 혹시 빚쟁이들이 몰려올지도 몰라 구례구역의 다음 역인 압록역까지 걸어간다는 것이었다. 나도 따라나서겠다고 하였으나 어머니는 엄한 표정으로 중학교를 졸업하고 오라고 했다.

나는 구례구 역전에서 압록역 방향으로 점점 멀어져 가는 어머니와 동생의 모습에 목이 메 훌쩍거렸다. 새벽안개 속으로 멀어져 간 모녀의 모습이 지금도 눈에 선하다. 그 후 얼마 되지 않아 오두막집과 고양이 이마빼기만 한 밭은 빚쟁이들한테 넘어 가고 말았다.

나는 보따리를 꾸려 읍내 학교 근처에서 자취를 하는 친구한테 얹혀 지냈다. 서울로 간 어머니가 간간이 인편에 생활비를 보내왔지만 도무지 공부에 열중할 수 없었다. 그저 졸업할 날만 손꼽아 기다렸다. 앞이 보이지 않은 암담한 계절이었다. 나는 '분투노력'을 주문처럼 외우며 자신을 다독거렸다.

상경 열차에 꿈을 싣고

1961년 3월 중학교를 졸업하던 날, 서울행 야간열차에 몸을 싣고 미련 없이 고향을 등졌다. 험한 인생길이 터널 속의 철길처럼 끝이 안 보이던 막막한 시절이었다.

서울로 간 어머니는 남대문 시장터에서 짐꾼들을 상대로 술지게미를 팔고 있었다. 내가 온다고 하여 부랴부랴 고향의 먼 친척뻘이 살고 있는 해방촌, 지금의 용산구 후암동 언덕배기에 간신히 두 사람이 누울 수 있는 게딱지만 한 판잣집 단칸방을 빌려 놓았다. 동생은 남의 집에서 먹고 자며 애를 보고 있었고, 어머니와 단둘이서 봉지쌀로 하루하루를 힘겹게 버텨내고 있었다.

고등학교에 진학할 형편이 아닌데도 해방촌에서 멀지 않은 용산고등학교에 입학원서를 냈다. 신입생의 태반은 본교 출신인 용산중학교 졸업생으로 충원하고 나머지 60명 정도만 공개 모집하는 형식이었다. 그럭저럭 시험을 친 것 같았으나 보기 좋게 미역국을 먹었다. '우리 아들이 공부를 잘한다'고 믿고 있던 어머니를 실망시켜 면목이 없게 되었다.

한편 구례중학교 동급생인 김진의가 경기고등학교에 합격하여 구례가 떠들썩하여 나는 더욱 의기소침해졌다. 동네 무당 영하지 않다고, 우리는 천재를 범재로 보았던 것이었다. 김진의는 훗날 서울공대를 졸업하고 미국 로체스터대학에서 물리학 박사를 받은 입자물리학의 거장으로 성장하였다. 한때 노벨 물리학상을 수상할 가능성이 높은 것으로 보도되기도 했다.

나는 별수 없이 만리동 꼭대기에 있는 균명고등학교(환일고등학교)에 입학하였다. 해방촌에서 걸어서 통학해야 했으니 죽을 노릇이었다. 1학년 가을 때, 학교에서 소풍을 갔다. 소풍에 따라나설 형편이 안 된 나는 무단결석하였다. 다음 날, 담임 선생님은 한바탕 호통을 치고 나서 나를 포함하여 소풍에 빠진 세 명에 대해 한 달간 화장실 청소를 하라는 벌을 내렸다. '왜 소풍에 참석할 수 없었는지'를 물어보아야 하는 것이 순서가 아닌가 하는 생각에서 나도 모르게 벌떡 일어나 "그것은 부당합니다."라고 큰소리로 외쳤다.

반 애들이 놀란 눈빛으로 일시에 나를 쳐다보았다. "서현섭! 앞으로 나와!"라는 선생님의 성난 목소리에 내가 주춤거리며 앞으로 나아가 선생님 앞에 서자마자 귀싸대기를 불이 번쩍 나게 올려붙였다. 한 번, 두 번, 세 번 멈출 줄을 모르자 반장이 나와 선생님을 말리는 시늉을 했고 그제야 손을 거두었다. 후에 알았지만 왼쪽 고막이 터지고 말았다. 후에 인공고막을 해 넣었지만 왼쪽 귀로는 전화도 제대로 받지 못하게 되었고 평생 귀 때문에 고생을 해야 했다.

학교에 정나미가 싹 떨어지고 말았다. 2학년 여름에 대학입학 검정고시에 합격하고 야간부로 옮겼다. 자퇴를 하지 않고 굳이 야간부에 적을 둔 것은 훗날 밥벌이할 데 없으면 모교에서 영어 선생이라도 하려는 얄팍한 속셈에서였다. 이 책을 준비하면서 고등학교의 생활기록부를 발급받아 성적을 확인하던 중 다시 한번 영어를 가르쳤던 그 성깔 사나운 담임선생의 '고약한 심보'에 혀를 찼다. 1학년 때의 나의 영어 성적을 중간인 '미'로 평가해놓았다. 영어 시험은 언제나 90점 이상이었는데도 말이다.

균명고등학교는 후에 환일고등학교로 개칭하고, 다수의 인재를 배출한 명문으로 발전하고 있다는 소식을 접하니 기쁘다. 고등학교를 인연으로 평생의 지우도 얻었고, 훌륭한 선배들도 만났다. 선배인 한창교 회장님은 내가 일본인 천문학자로부터 별을 선물받았을 때 롯데호텔 메트로폴리탄에서 성대한 축하연을 베풀어 주었고, 또한 졸저『일본 극우의 탄생, 메이지유신 이야기』를 무려 150부나 구입하여 지인들에게 배포하여 주기도 하였다.

한편 고등학교 때 독일어 담당의 최양선 선생님은 서울대학교 철학과 출신으로 신앙심이 깊은 기인이었다. 특이한 제스처로 연극대사를 외우듯 수업을 진행하여 참 재미있었다. 그 선생님이 좋았고, 서울법대를 염두에 두고 있던 터라 독일어를 무척 열심히 공부하였다. 나는 서울법대에 도전하였지만 또 낙방의 고배를 마셨다. 자기 분수도 모르는 자의 자업자득이었다. 중학교 동창이 두 명이나 서울법대에 무난히 패스했다는 소식에 나는 한없이 작고 초라해졌다.

대학입시에는 무용지물이 된 독일어가 6년 후 1970년 외교부 입부 시험 때는 효자 노릇을 하였다. 한쪽 고막을 망친 그 고등학교에서 독일어를 열심히 공부하지 않았더라면 나는 전혀 다른 인생의 길을 걸었을 것이다. 개구리도 옴쳐야 뛴다는 속담대로 준비해 두면 쓸모 있는 날이 오기 마련인가 보다.

나의 수호천사

최근 헌책 정리를 하다가 우연히 발견한 빛바랜 우편엽서에 눈시울을 적셨다. 엽서 하단에 3-24-67이라고 적혀있다. 아, 반세기전의 엽서가 아닌가.

보내는 사람: 서울특별시 중구 회현동
　　　　　　대한결핵협회 서울지부 진료소 심미택
받는 사람:　일병 서현섭 귀하
　　　　　　군우 151-103
　　　　　　제7169부대 의무중대

1967년 군 복무 시절에 결핵 진료소에 근무하는 간호사로부터 받은 엽서이다. 막막했던 시절이었다. 대학 1학년 1학기가 거의 끝날 무렵 교의실의 호출을 받고 들렀더니 지난번의 건강검진 결과 결핵 중증으로 판명되었다고 하면서 다른 학생들에게 감염되면 안되니 우선 휴학하고 치료에 전념하라고 했다. 고맙게도 대한결핵협회를 소개해 주었다.

아쉽지만 그날로 휴학을 하고 교문을 뒤로했다. 20대 후반에 홀로된 모친이 험한 일을 하며 누이동생과 나를 키워왔던 터라 애당초 나의 대학 진학은 무리였다. 결핵으로 학교를 그만둬 더 이상 모친을 고생시키지 않아도 되어 차라리 잘 되었다고 자위하면서 자신을 다독였다.

어느 정도 마음을 추스른 다음에 회현동에 있는 대한결핵협회 서울지부 진료소 문을 두드렸다. 나와 같은 결핵환자가 많은 데 놀라기도 했지만 한편으로는 마음이 놓였다. 30대 후반으로 보이는 간호사는 단발머리 차림에 안경 속의 눈이 차가운 인상이었으나 의외로 친절하고 마음이 따뜻했다. 결핵은 결코 불치의 병이 아니며, 꾸준히 약만 복용하면 완치될 수 있다고 하면서 위로해 주었다.

그 후 초기 치료에 사용되는 1차 약 나이드라지드와 파스를 하루에 3번, 한 움큼씩 먹어야 했고 6개월 동안은 주 3회 협회를 방문하여 스트렙토마이신 주사를 맞았다. 간호사는 갈 때마다 설교를 했다. 초기 진료에 실패하여 결핵균이 1차 약에 내성이 생겼을 때는 2차 약을 사용해야 하나 2차 약은 치료 효과가 떨어지고 부작용도 많고 또한 약값이 비싸다고 엄포를 놓았다.

나는 시키는 대로 약을 단 한 번도 거르지 않고 삼켰다. 1주일에 3번, 엉덩이에 주사를 맞는 데이트(?)로 우리는 제법 친해져 개인적인 이야기도 나누게 되었다. 이혼하고 딸과 함께 살고 있다는 이야기까지 들을 수 있었다. 가끔은 이혼녀를 꿈속에서 보기도 했지만 그 이야기는 차마 하지 못했다.

나는 협회에 들러 마이신 주사를 맞은 다음 바로 남산 중턱의 소나무 숲속으로 파고들어 하루 종일 누워 하늘을 우러러보고 바람 소리에 귀를 기울이는 요양생활을 계속했다. 가끔은 혼자 훌쩍거렸다. 어머니와 누이동생의 육체노동으로 힘들게 번 돈으로 사내인 나는 약을 사 먹고 영양 보충한답시고 가끔 치킨라이스를 혼자 먹어 치웠다.

남산 요양소에서 짝숫날에는 영어 단편소설의 문장을 암기하고, 홀숫날엔 독일어 단어를 익히고 마음에 드는 문장을 암기했다. 이렇게라도 하지 않으면 자포자기 심정으로 자살의 충동에 빠질까 봐 두려웠다. 그때 암기한 독일 작가 쉬트롬의 『호반(Immensee)』을 지금도 약간은 외우고 있다. 남산의 요양생활을 착실하게 1년 계속하자 의사 선생님이 놀랄 정도로 상태가 많이 좋아져서 주사를 더 맞지 않아도 되었다.

어느 날 군인들을 가득 태운 군용 트럭 수십 대가 쏜살같이 남쪽을 향해 달리고 있었다. 월남에 파병되는 병사들이라고 했다. 나는 이 광경을 목격하고 단조롭고 지루한 '남산요양소' 생활을 이제 그만 접고 월남전에 참전하기로 마음을 굳혔다. 간호사한테는 당분간 지리산에 있는 절에 가서 요양하겠다고 얼버무리고 하직인사를 했다.

1966년 9월, 전남 광주에 있는 31사단 신병 훈련소에 입소했다. 부친이 전사한데다 외아들, 그리고 결핵 치료 중이라 징집 면제에 해당하지만 나는 기를 쓰고 입대했다. 그때는 자살할 용기는 없고 월남에 가서 전사해도 그만이라는 자포자기의 심정이었다.

신병 6주간 교육을 가까스로 마치고 대구 육군 군의학교에서 의무병 교육을 6주 이수하고 8사단 의무중대에 배속되었다. 신병 생활 내내 제식 훈련, 사격, 구보도 제대로 못 해 군대에서 흔히 농조로 어수룩한 사람을 지칭하는 '고문관'으로 불렸다.

부대 배치를 받은 후 그간의 사정을 간호사한테 이실직고했다. 그녀는 나의 행동을 철없는 짓이라고 호통을 치고 3개월분의 약을 부쳐왔다. 당장 군 병원에 가서 엑스레이 촬영을 하든지 아니면 휴가를 받아 결핵협회로 오라고 다그쳤다. 갓 전입해온 신병이라 그녀의 지시를 따를 수 없어 차일피일하고 있었다.

어느 날, 이소덕 중대장이 급하게 나를 호출하더니 간호사가 보내온 편지를 보이면서 내일 당장 육군병원으로 후송하기로 했다고 한다. 그녀는 중대장에게 엑스레이 필름과 함께 나의 병력, 치료 경과 등을 상세히 적은 편지를 보내왔던 것이다. 그녀는 내가 아직 완쾌 상태가 아니라 무리한 병영 생활은 본인에게도 나쁠 뿐만 아니라 다른 전우들에게 감염시킬 우려가 있으니 육군병원으로 후송시켜 줄 것을 간곡히 호소했다.

나는 육군병원으로 후송되어 6개월간 치료를 받았다. 그때 의병 제대를 할 수 있었지만 제대하더라도 대학에 복학할 돈도 없고, 직장도 없어 차라리 입고 먹고 잘 걱정 없는 군대에 그대로 남아 장래를 설계하기로 마음먹었다. 월남전 참전은 부서진 꿈이 되었다.

되돌아보면, 의무병으로 배치받은 것은 천만다행이었다. 의무병 주특기를 받을 수 있었던 것은 축산학과에 적을 두었던 때문이었다. 대학 수험에서 1차에 낙방하고 4년간 학비와 기숙사비 면제의 유혹에 끌려 전혀 취미도, 소질도 없는 건국대학교 축산학과에 입학하여 한 학기를 대충 마쳤다.

축산학과 덕분에 군대에서 특과로 통하는 의무병이 되어 힘든 훈련도 별로 받지 않고 시간적 여유도 있어 영어와 독일어 단편소설을 읽는 한편 일본어 공부도 하면서 제대 후를 준비할 수 있었다.

나는 근황을 군사우편으로 심미택 간호사에게 상세하게 설명했다. 그녀는 철없는 짓을 저질렀다고 나무라면서도 매달 자기 돈으로 약을 사서 부쳐 오면서 십 년 공부 나무아미타불 안 되도록 약을 계속 복용하라고 신신당부했다. 약 송부는 제대할 때까지 계속되었다. 나는 단 한 번도 약을 거르지 않고 착실하게 복용하여 건강을 되찾을 수 있었다.

부대에서 틈틈이 공부하여 대학 1학년 중퇴의 학력 장애를 넘을 수 있는 '사법행정요원 예비시험'에 합격했고 제대 후 바로 공무원 시험에 패스하자, 그녀는 나의 손을 꼭 잡고 자기 일처럼 좋아했다. 나는 참으로 큰 빚을 졌다. 그러나 나는 아무 것도 보답해 드리지 못하여 늘 미안한 마음이었다. 외교부 여권과에 근무할 때 심미택 간호사 가족이 마침 미국으로 이민을 떠나게 되었다. 그때 여권 수속을 도와줄 수 있어서 그나마 다행이었다.

엽서를 다시 읽으면서 그동안 까맣게 잊고 있었던 '사단 법인 대한결핵협회'가 갑자기 생각났다. 협회 홈페이지에 들어가 보았더니 아직도 결핵으로 연간 3만 명 이상의 새로운 환자가 발생하며, 2천 명 이상이 사망하고 있다는 것을 알고 놀랐다. 결핵협회와 심미택 간호사에 대한 감사를 표하는 마음으로 당장 평생회원 수속을 마쳤다.

1967년 8월 11일 엽서에 '현섭 씨, 요사이는 성당에 다니고 있어요. 아직 예비신자이기 때문에 정식 자격은 없습니다마는 열심히 믿어 볼까 합니다.'라고 쓴 것을 보면 그분은 나보다 30년이나 빨리 가톨릭에 입문했다는 것을 알 수 있다.

교황청 대사를 역임했다는 것을 자랑하고 싶어도 연락할 길이 없어 안타깝기만 하다. 심미택 자매님, 당신은 나의 수호천사였습니다. 감사합니다.

일본의 여류시인, 구례로

2020년 일본의 시인이자 작가인 모리사키 가즈에(森崎和江)의 경주에 대한 회상을 담은 작품이 서울에서 『경주는 어머니가 부르는 소리』라는 제목으로 번역, 출판되었다. 2002년 채경희 교수가 해외 매춘부로 팔려 간 일본 여성들의 비극을 다룬, 모리사키 시인의 저서 『가라유키상』을 『쇠사슬의 바다』라는 제목으로 번역, 출판한 적이 있으니 이번 출판은 두 번째인 셈이다.

모리사키 작가는 1927년 대구에서 태어나 대구, 김천, 경주에서 17년간 '교장 선생님의 따님'으로 살았다. 일본의 패전과 더불어 귀국하여 전문학교를 졸업한 후 후쿠오카를 근거지로 하여 작가이자 시인으로 활동하면서 탄광, 여성사, 해외 매춘 등에 관한 다수의 논픽션과 시집을 간행했다.

모리사키 시인과의 만남은 내가 1998년 5월 후쿠오카 총영사로 부임하여 무나카타시(宗像市) 다키구치 쓰네오(瀧口凡夫) 시장을 예방한 데서 비롯되었다. 다키구치 시장은 신문사 편집국장 출신의 '기자시장'으로 명성을 날리고 있었다. 그는 면담 중에 신문을 통해 베스트셀러 작가가 총영사로 부임했다는 것을 알았다면서 꼭 소개해 주고 싶은 사람이 있다고 했다.

해변에 있는 호텔에서 시장이 마련한 오찬에 기품이 있는 70대 초반의 여성이 자리를 함께 했는데 바로 그분이, 시장이 꼭 소개해 주고 싶다는 모리사키 가즈에 시인이었다. 예의 바르고 조용한 어투이나 강인한 성격의 일단을 느낄 수 있었다. 아닌 게 아니라 당시 72세의 시인이 출간한 저서가 70권을 넘는다고 하여 나를 질리게 하였다.

모리사키 작가의 저서 가운데는 한국을 소개하는 저서가 상당수 있으며, 이 저서를 통하여 한국 문화의 우수성과 한국인의 따뜻한 마음을 일본인들에게 알리기 위해 많은 노력을 해왔다. 한국, 특히 경주에 대한 사랑은 경주 사람 못지않다.

시인의 많은 저작 중『경주는 어머니가 부르는 소리』,『생명의 모국 탐방』,『메아리치는 산하의 가운데로』가 마음에 와닿는다. 시인의 이와 같은 일련의 작품은 작가 자신의 식민지 체험을 오랜 세월에 걸쳐 반추하고 객관화한 것이었다. "나의 원형(原型)은 조선의 마음, 풍물과 풍습, 자연에 의해 만들어졌으며, 어린 시절부터 조선의 풍토를 무척 사랑했다."고『경주는 어머니가 부르는 소리』에서 기술하고 있다. 선생의 작품에는 확실히 조선의 바람소리, 조선의 물소리, 조선 민초들의 절규가 진하게 묻어난다.『풀 위의 춤 – 일본과 한반도의 사이에 살며』라는 저서에서는 "6·25전쟁은 일본 침략의 결과이며, 6·25전쟁과 남북 분단은 일본이 한반도에 남긴 깊은 상흔"이라고 지적하고 있다.

한국에서 반일의 풍조가 심상치 않았던 1968년 4월, 경주중고등학교는 창립 30주년의 기념식에, 이미 타계한 초대 교장의 따님인 모리사키 가즈에 시인을 초청했다. 이 같은 초청은 모리사키 교장 선생님이 학부모와 학생들로부터 대단히 존경받았음을 단적으로 보여준 것이라 하겠다.

모리사키 시인의 한국 사랑은 단순히 필설에 그친 것이 아니었다. 김천여학교 동창생 김임순 원장이 운영하는 거제도의 복지원 애광원의 지적장애의 고아 230여 명과 무나카타 시민 간의 결연을 맺는 사업에 적극적으로 나서 이를 성사시켰다. 또한 규슈대학원에 재학 중인 한국인 유학생을 자식처럼 돌보는가 하면, 후쿠오카에서 옥사한 윤동주의 시를 읽는 모임에도 참석하고 나의 강연회에도 참석하여 마지막까지 자리를 지키곤 하였다.

나는 다키구치 시장 및 시 간부와 모리사키 시인 등을 총영사관 관저 만찬에 초대하여 무나카타 시민의 애광원 지원에 대한 감사를 표명하고, 졸저 『일본은 있다』의 일본어 번역본 『일본의 저력』과 일본어로 출간한 『한·일 흐리다가 맑음』, 『한·일 되비치는 거울』을 증정하였다.

모리사키 시인은 졸저를 통해 알게 된 나의 유년시절에 깊은 연민의 정을 느끼고 기회가 있으면 '서 소년이 태어나 자란 땅을 한 번 밟아 보고 싶다'고 했는데 우연히 그럴 기회가 왔다. 2000년 가을, 후쿠오카 'TV 서일본'이 〈시인·모리사키 가즈에의 마음의 여행: 메아리치는 산하로〉라는 특별 프로를 기획하고 나의 출연을 요청하였다. 나는 무나카타 해변에서 한반도를 향하여 모리사키 시인의 한쪽 어깨에 왼손을 가볍게 올리고, 둘이서 환하게 웃는 장면을 연출했다.

그뿐만이 아니었다. 모리사키 시인이 딸처럼 아끼는 배화여자대학교 채경희 교수의 안내로 서울에서 김천, 거제도, 구례까지 10일간 여행하였다. 그때 시인은 '서 소년'이 태어나 자란 구례의 신월리와 섬진강을 둘러보았고, 그때의 감회를 2004년에 출판한 『생명에의 여행』에서 시인다운 감성으로 적고 있다. 시인은 또한 지리산 화엄사에서 노승과 차를 마시며 삶에 대해 이야기할 수 있었던 기억을 소중히 여기고 있다고 했다.

〈시인·모리사키 가즈에의 마음의 여행〉은 2000년 11월에 후쿠오카의 'TV 서일본'에서 방영되어 호평을 받았다. 나의 서가에는 모리사키 시인의 저서 10여 권이 꽂혀 있어 가끔 들춰보며 시인과의 만남을 떠올리곤 한다.

그해 늦가을의 인연

1970년대 초 어느 늦가을 저녁 10시쯤, 모임에서 한잔 걸치고 하숙집 근처에 있는 제과점에 들렀다. 그때 외교부 동료와 함께 효자동에서 한 방에서 하숙을 하고 있었다. 혼자 방을 지키고 있을 그를 위해 뭔가를 살 셈이었다.

제과점에는 두 명의 숙녀가 무얼 고르고 있다가 내 쪽으로 얼굴을 약간 돌렸다. 생머리가 허리까지 오고, 눈이 슬퍼 보이는 그 여자가 문학적으로 보였다. 나는 약간 취한 상태였다. 그래서 "나중에 차 한잔하고 싶다"며 나의 명함을 주었다.

두 달 후 생머리의 여자와 연락이 닿아 중앙청 근처의 다방에서 만났다. 메뚜기 튀김을 좋아하던 주인집 아가씨를 연상시키는 강은숙 씨는 이화여대를 졸업하고 현재 은행에 근무하고 있다고 했다. 두 시간 남짓 이야기를 하는 동안 그녀가 수학 과목을 특히 좋아했으며 오빠가 서울공대를 졸업했다는 것을 알게 되자 '이 여자와 결혼해야겠다'고 마음먹었다. 내가 고등학교와 대학입시에 연달아 실패한 원인은 노력이 부족해서가 아니라 머리가 나쁜 때문이라고 여기고 있었던 것이다. '유전자 개량'을 하지 않으면 2세도 나와 같은 좌절을 겪을 것이라고 생각했던 터이다.

세 번째 만났을 때 나는 홀어머니를 모시고 있는 외아들로 건국대 야간부 정외과에 적을 두고 있다고 털어놓았다. 그리고 세상에는 두 종류의 남자가 있다고 거창하게 운을 뗐다. 즉 이미 다듬어진 보석의 남자, 하찮은 돌덩이처럼 보이는 원석의 남자, 현명한 여자는 원석의 남자를 택해 자기 손으로 갈고닦아 보석과 같은 존재로 만드는 보람에 살 것이라고 했다. 나야말로 후자의 남자라고 하면서 정식으로 프러포즈를 했다. 설령 결혼을 하더라도 시어머니를 모시고 살지는 않을 것이라고 덧붙였다.

알 듯 모를 듯한 청혼이 먹혀들었던지 1975년 6월 4일 친구 아버님의 주례로 결혼식을 올리고, 그해 12월에 아내를 동반하여 주일대사관 3등 서기관으로 부임하였다. 내가 원석 운운했던 것은 단순히 여자를 꾀어 결혼하려는 수작이 아니라 반려가 되면 부단히 자기 발전을 위해 노력하겠다는 다짐이자 자기 약속이었다.

결혼하여 50년이 다 되어 가지만 그동안 나는 한시도 이를 잊은 적이 없었고, 나름대로 주어진 여건하에서 혼신의 힘을 다했다. 슬하에 1남 1녀를 두었다. 아내의 유전자 덕분에 아들은 서울대 노문학과를 졸업하여 미국 공인 회계사 시험도 거뜬히 합격하고 현재 미국 변호사로 활동 중이다. 둘째인 딸은 서울 예술고등학교를 거쳐 이화여대 조소과를 졸업하여 이탈리아에 10여 년간 유학하였다. 친손자 두 녀석 다 산수를 잘한다고 하여 나는 속으로, '과연' 하고 혼자 회심의 미소를 짓곤 한다.

결혼 생활 에피소드 한 토막. 동부아프리카의 케냐 대사관에 근무할 때 결혼 10주년을 맞이했다. 나는 아내에게 5주 일정의 유럽 왕복 항공 티켓과 유럽철도 승차권, 여비 5천 달러를 선물했다. 아이들은 내가 잘 보고 있을 터이니 걱정 말고, 처녀 때 기분으로 즐기고 오라고 했다. 암스테르담 대학원 연수 시절 내가 묵었던 국제센터 105호실에서 풍차를 내려다보면 좋을 것이라고 귀띔해 주었다. 마침 대사관에는 아이가 없는 부부가 있어 그 부인과 함께 떠났다. 이 사건으로 대사관의 동료들에게 원망을 들었다.

세월이 흘러 아내가 환갑을 앞두게 되었을 때, "무슨 선물을 받고 싶은가요." 하고 묻자 아니나 다를까 조금도 망설이지 않고 "그야 돈, 돈이지요."라고 했다. 생일날, 나는 두툼한 봉투를 건넸다. 은행원 출신의 그 솜씨로 지폐를 빠르게 세기 시작하더니 약간 상기한 표정이 되었다. 100만 엔, 우리 돈으로 금 일천만 원의 거금을 받은 우리 마나님은 감사하다는 말은커녕 약간 낮은 목소리로 "여보, 또 있지요."라고 하는 것이 아닌가. 집사람이 그해 늦가을에 문학적으로 보였던 것은 단순히 취기 어린 내 눈에 비친 허상이었다. 결혼하여 소설 한 권 제대로 읽는 것을 본 적이 없으니 말이다. 근래에는 불교에 심취하여 불교에 관한 책만 뒤적거리고 있다.

환갑을 맞이한 아내를 위해 한 뭉치의 돈을 마련한 것은 그동안 집사람에게 곰상스러운 남편이 되지 못했던 미안한 마음에서였다. 인생 여정의 끝자락에 서고 보니 집사람을 함부로 대했던 과거사가 새록새록 떠오른다. 3년 전에 내 방 출입구에 신약성경 〈콜로새 신자들에게 보낸 서간〉 3장 19절 "남편 여러분, 아내를 사랑하십시오. 그리고 아내를 모질게 대하지 마십시오."를 중국어로 써서 붙여놓고 하루에 한 번씩 소리 내어 읽는다. 그래서인지 요즘엔 너그러운 척하게 되었다. 그대여, 사는 그날까지 건강하게 즐겁게 지냅시다!!

90대 노모의 아들 걱정

98세의 노모는 출입구에 '국가 유공자의 집'이라는 작은 플레이트가 부착되어 있는 경기도 광명시 임대 아파트에서 요양보호사의 도움을 받아 혼자 생활하고 있다. 성경 읽기와 로사리오 기도로 소일하고 있다. 가끔 된장이나 김치를 손수 만들어 집사람에게 안겨 주신다. 우리 부부가 응당 모셔야 하나 '평생 혼자 살아 버릇해서 누구와 같이 못 산다'고 하여 그대로 두고 보고 있지만 마음은 편치 않다. 매주 금요일 오후에 약간의 반찬을 준비하여 찾아뵙고 옛날이야기를 나누곤 한다. 서른도 채 안 된 나이에 혼자되어 온갖 험한 일을 하며 두 남매를 키웠다. 손아래 누이동생은 20여 년 전에 당뇨로 어머니 가슴에 못을 박고 세상을 떠났다. 노모가 지금도 가끔 동생 이야기를 하며 하염없이 눈시울을 적실 땐 뭐라고 위로해 드릴 수 없어 가슴이 미어진다.

수년 전 팔십 대 중반의 노모가 뜬금없이 새로 분양하는 임대주택을 신청하겠다고 할 때, '지금 살고 있는 곳에 그냥 사시지' 하는 말을 차마 하지는 못하고 그냥 듣고만 있었다. '서울에 와서 평생 셋방만 전전해서 죽기 전에 새집에서 한번 살아 보고 싶다'는 것이었다. 당초 내가 내심 걱정했던 바와는 달리 새집을 분양 받아 10년 이상 건강하게 살고 계시니 얼마나 감사한지 모르겠다.

우리 모자를 처음 보는 사람마다 "어쩌면 그렇게 똑같냐"고들 한다. 모자가 둘 다 머리가 하얗게 세어 함께 늙어 가고 있어서이다. 일전에 병원 응급실로 노모를 모시고 간 적이 있는데 의사 선생님이 "남편 되세요?" 하고 물어 나를 실소케 했다.

2014년 나는 만 70세에 일본의 대학을 정년퇴임하고 귀국했다. 그때부터 90대의 노모로부터 매달 용돈을 받고 있다. 한사코 사양해도 짐짓 나무라는 투로 '어미가 주면 받아야지' 하니 별수 없다. 처음엔 영 쑥스러웠으나 요즘엔 버릇이 되어 그날이 기다려지기조차 하여 혼자 허허 웃는다.

노모는 전사한 선친의 희생으로 매월 15일에 국가유공자의 연금을 받고 있다. 그것을 아껴 쓰고 모아서 아들에게 용돈을 기어이 주고 싶어 하신다. 내가 군대에서 첫 휴가 나왔을 때 형편이 너무 나빠서 한 푼도 줄 수 없었던 것이 지금도 마음 아픈 기억으로 남아 있다고 한다. 그래서 조금이라도 미안한 마음을 덜기 위해 주는 것이니 여러 말 말고 받아서 맛있는 것 많이 사 먹고 건강하게 오래오래 살라고 한다.

어린 시절 선친한테 용돈을 받아본 적이 없다. 팔순을 앞둔 이 나이에 연금의 일부를 모친을 통해 매달 꼬박꼬박 받아쓰고 있으니 묘한 생각이 들기도 하고 새삼 선친이 그리워진다. 요즘 노모는 나에게 가끔 '내가 죽으면 너에게 용돈 줄 사람이 없어 걱정된다'고 말씀하셔서 나를 어이없게 한다. 옛말에 부모는 자식에게 주고 남는 돈을 쓰고, 자식은 쓰고 남는 돈이 있어야 부모에게 준다고 하는데 바로 나를 두고 한 것인가 보다.

친구들은 '어머니가 90대 후반의 고령인데도 심신이 건강한 것만 해도 감사한데 용돈까지 받는 나를 부러워한다'고 이야기했더니 노모는 아주 흡족한 표정을 지으며 나를 가만히 쳐다본다.

노모가 치매로 고생하게 되더라도 요양원 신세를 지지 않고 현재 사시고 있는 아파트에서 내가 돌볼 작정으로 2019년에 요양보

호사 자격증을 취득하였다. 이는 청상과부가 되어 70년간을 혼자
힘겹게 살아오신 어머니에 대한 자식으로서의 감사와 사랑의 작은
표시라 하겠다.

2부

걷다 보면
앞으로 나아간다

세계로 향한 길로

대학에 입학하여 한 학기도 채 마치기 전에 결핵 중증 판정을 받고 휴학하지 않으면 안 되었다. 2년 정도의 투병생활을 하고 1966년 10월 광주 31사단 신병 교육대에 입소하였다. 용케도 병원으로 후송되지 않고 무사히 6주간의 교육을 마쳤다. 축산학과에 재학했던 기록이 있어 흔히 군대에서 특과라고 하는 의무 주특기 810을 받을 수 있었다. 대구에 있는 육군군의학교를 거쳐 경기도 일동에 주둔한 8사단 의무중대에 배치되었다.

나는 구보와 사격은 수준 이하이고 비상훈련 때는 배낭도 제대로 못 꾸려 옆자리의 전우가 도와주어야 하는 '고문관'이었다. 1967년 가을 어느 날, 원주에 있는 미군 고문단이 헬기를 타고 우리 부대로 들이닥쳤다. 당시 중대 병실에는 3, 40명의 환자가 치료를 받으며 육군병원으로의 후송을 대기하고 있었다. 우리 부대의 의무 장교들이 고문단의 질문에 제대로 대응을 못 하고 당황하고 있었다. 마침 병실 근무 중이었던 내가 "최 중위님, 제가 좀 해볼까요."

하자 놀란 표정을 짓더니 고개를 끄덕거렸다. 2년간의 투병생활 중 하루에 서너 시간씩 주한미군방송(AFKN)을 청취하면서 닦은 실력을 발휘하여 고문단의 기습방문을 그런대로 잘 마무리했다. 노력은 행운의 어머니라고 하는 말 그대로였다.

그날 이후 주위에서 나를 대하는 태도가 확연히 달라졌다. 서울의 유명 의과 대학 출신의 최 중위는 야간 병실 당직을 하는 날에는 서 일병을 불러 한두 시간씩 영어로 잡담을 하곤 했다. 이쯤 되자 고참 병장들도 나에게 함부로 기합을 주지 못했다. 뿐만이 아니라 인사계장인 고참 상사가 중대장과 상의하여 나를 사단 신병 보충대로 파견을 내보내 주었다. 보충대 의무병의 업무는 사단 예하 부대의 배치를 기다리며 사나흘 머무는 신병들이 아프다고 하면 소화제나 해열제를 주는 '돌팔이 의사' 노릇을 하는 정도라 시간이 남아돈다. 게다가 야간 점호나 보초도 없어 영외거주나 다름없었다. 나는 하루 한두 시간의 업무를 마무리하고 인사계장의 중3 아들과 보충대 중대장의 초등학교 6학년 여자아이의 가정교사 노릇을 하는 한편 영어, 독일어 그리고 일본어 공부를 하였다.

그런데 일이 어긋나고 말았다. 2년 6개월간의 복무 기간을 마치고 1969년 3월에 만기제대 예정이었다. 제대 말년의 하루는 3년 같이 지루한데 1968년 1월 21일 북한 124군 부대 소속 31명이 청와대 기습을 획책한 '김신조 사건'이 터져 복무 기간이 하루아침에 무려 6개월이나 연장되고 말았다. 맥이 풀려 제대 예정이었던 병장들과 밤마다 소주잔을 기울이며 운수가 사나움을 한탄하며 지냈다.

그러던 어느 토요일 오후, 치료실에 들렀더니 김 일병이 두툼한 책을 펴놓고 공부를 하고 있었다. 법원 서기로 근무 중에 입대한 김 일병은 사법시험에 응시할 자격을 취득하기 위해 '사법행정요원 예비시험' 공부를 하고 있다고 했다. '옳거니' 하고 예비시험 과목 등에 대해 물어보고 같이 공부하기로 했다.

마음을 다잡고 '사법행정요원 예비시험' 공부에 열중했다. 이 시험에 합격하면 학력에 상관없이 사법시험이나 행정고시에 응시할 자격이 주어진다. 시험과목은 국사, 영어, 행정학, 법학개론 등 10개 과목이나 객관식이라 벼락치기가 가능했다. 3개월 정도 죽을 둥 살 둥 공부한 보람이 있어 1969년 5월 시험에 무난히 패스하여 '대학졸업 학력'을 인정받고 그해 9월 만기 제대하였다. 군대 사병생활 3년은 등 따습고 배부르게 지냈던 청춘기였다. 결핵 중증환자로 시작한 군대생활이었지만 군대에서 건강한 대한민국의 남자로 변신하여 어머니와 동생이 기다리는 보금자리로 돌아왔다.

그러나 산다는 것은 녹록치 않았다. 어머니는 마천동 버스 종점 산등성이에 방 한 칸의 셋집, 봉지쌀도 예전 그대로였다. 한숨이 절로 나왔다. 세무서에 다니는 친구가 돈을 호기 있게 쓰는 것을 보고, '에라 모르겠다' 하는 심정으로 9급 세무직 시험에 응시했다. 간단하게 시험에 붙어 1970년 4월 중순에 종로 5가에 있는 북부세무서 조사과에 발령을 받았다. 첫 월급으로 쌀 한 가마를 들여놓아 어머니를 모처럼 흐뭇하게 해 드렸다. 그 후 9급으로 시작한 나의 30여 년간의 공무원 생활은 다행히 1급까지 진급을 하고 2004년 6월 황조근정 훈장을 수여받고 조용히 막을 내리게 된다.

세무서에 들어간 지 한 달쯤 지나 창구에서 수납을 담당하는 당번이 되었다. 나의 지폐를 세는 꼬락서니를 지켜본 납세자들이 "뭐 저런 사람을 앉혀 놓았느냐."고 항의하는 목소리가 터져 나왔다.

총무과장이 후다닥 나와서 나를 한편으로 밀쳐내고 숙달된 여직원에게 업무를 맡겼다. 나는 다시 '고문관'이 된 셈이다. 얼마쯤 지나자 뚝섬에 있는 세무공무원 교육원으로 4주간의 교육으로 차출되었다. 차라리 1년 내내 교육이나 받고 봉급을 챙겼으면 하는 마음이 들었다.

교육을 수료하고 업무에 복귀한 지 얼마 안 된 어느 날 아침이었다. 40대 중반의 조사계장이 『서울신문』을 보다가 나를 부르더니 '7급 외무직 공무원' 모집 공고를 손가락으로 가리키더니 짓궂은 미소를 지으며 그 신문을 나에게 넘겨주었다. 그는 평소에 내가 미국 시사 주간지 『타임』을 들고 다닌 것을 눈여겨보았던 모양이다. '고문관'이지만 신분이 보장된 공무원을 자를 수는 없고 제 발로 걸어 나가라는 시그널이었다.

자리에 돌아와 찬찬히 시험과목을 살펴보았더니 생판 처음 보는 '국제법'이란 과목이 있었다. 퇴근길에 동대문 헌책방에 가서 살펴보았더니 『국제공법』, 『국제사법』이란 책이 있어 더욱 알쏭달쏭하여 두 권 다 샀다. 며칠 후 책 두 권을 들고 총무처 고시계로 찾아가 외무직 시험 과목의 '국제법'은 이 책 중 어느 것인지를 물어보았다. 담당자는 한심하다는 표정으로 『국제공법』이라고 했다.

그래도 다행히 그해 여름에 시행된 필기시험에 붙어 면접에 임했을 때였다. 면접관의 "학교는?" 하는 질문에 "1학년 중퇴입니다." 라고 하자 "대학원인가요?" 하고 되물었다. "아닙니다. 학부 1학년 1학기 중퇴입니다."라고 대답하자 그는 만년필을 놓더니 "뭐라고요?" 하며 '별 녀석이 다 있군' 하는 표정을 지었다.

무거운 발걸음으로 면접 시험장을 나왔다. 합격자 발표 날에는 자신이 없어 친구를 대신 보내 중앙청 게시판에 붙은 명단을 확인 토록 하고 나는 근처의 다방에서 노닥거렸다. 한참 후 친구가 환하 게 웃으며 들어왔다. 나는 조사계장한테 시험 합격을 보고하고 시 험정보를 적시에 알려준 것에 머리를 깊이 숙여 사의를 표하고, 총무과장에게 사직서를 제출하고 세무서를 뒤로했다.

1970년 11월 1일, 나는 마침내 외교부의 말석에 적을 올리게 되었다. 입부 후 그 면접관이 나를 따로 불러 "대학을 졸업하는 것 이 좋을 것이다."라고 진심 어린 조언을 해 주었다. 내가 입학할 당시 건국대학교 축산대학 학장이었던 김건 교수님을 찾아뵙고 상 의를 했더니 낙원동에 있는 2부 대학 정치외교학과 재입학을 주선 해 주었다. 영어 장학생 시험에 선발되어 4년간 학비 면제 혜택을 받고 1974년 3월 입학한 지 10년 만에 졸업하였다. 김건 교수님과 모교 건국대학교에 감사한 마음이다.

두 마리의 토끼를 쫓다

1975년 10월 중순, 주일본 대사관 발령을 받던 순간, 중학교 3 학년 때의 황봉주 선생님의 메이지대학 자랑이 불현듯 머리를 스 쳤다. 지금까지 공부다운 공부를 못했기 때문에 일본에 가서 제대 로 공부를 해볼 욕심이 생겼다. 그날로 바로 종로 시사일본어학원 에 등록을 하였다. 군대에 있을 때 일본어를 틈틈이 공부했기에 할 만했다.

1975년 12월, 나는 아내를 동반하여 3등 서기관으로 도쿄에 부임했다. 총무과에서 몇 개월 근무하고 영사과로 첫 출근을 하던 날, 아침 회의 때였다. 총영사의 "서 영사 대학은?" 하는 질문에 "건국대학 졸업했습니다."라고 대답하자, 그는 웃으시며 "희귀성이 있어 좋네요."라고 했다. "건대 출신으로 외교부 공채로 입부한 제1호입니다."라는 나의 능청맞은 대답에 모두들 아침부터 한바탕 웃었다. 그때 회의 참석자들은 서울대 3명, 연세대 1명이었다. 당시 외교부에는 '직원명부'라는 게 있었으며, 명부에는 생년월일은 물론 출신도, 출신학교, 입부일자, 진급일자 등이 자세하게 나와 있어 총영사는 내가 '명문 건대' 출신이라는 사실을 익히 알고 있으면서도 짓궂게 그런 질문을 던졌다. 후에 알았지만 그분은 소심한 성격이나 심성이 고운 분이었다. 나는 그때 '두고 봅시다. 마지막에 누가 웃는지'라는 말을 혼자 속으로 삼켰다.

당시 대사관에는 게이오대학 출신의 일본인 강사 세 명이 대사 집무실과 붙어 있는 회의실에서 매일 아침 업무시간 전에 한 시간씩 교대로 일본어를 가르쳤다. 워낙 바쁜 공관이라 참석자는 5~6명 정도에 불과했다. 그러나 대학원 입학시험을 염두에 두고 있던 나로서는 당연히 단 한 번의 지각도, 결석도 하지 않았다. 가끔 커튼 사이로 출석을 점검하던 김영선(1918~1987) 대사님이 "성실하다."고 칭찬해줘 나를 쑥스럽게 했다.

대사관에 부임한 지 3년째가 되는 1977년 2월 나는 큰맘을 먹고 메이지대학(明治大學) 대학원 법학연구과 입학시험에 응시했다. 일본어 작문과 일본헌법의 필기시험은 대체로 무난하게 치르고 면접에 임했다. 그때 면접관이 나를 한국 유학생을 감시하기 위해 온 위장유학생으로 의심하는 눈치였다. 1973년 8월 '김대중 납치사건'의 후유증이었다. 그러나 다행히 대학 측에서 나를 받아줘 중학교 이래의 꿈을 실현시킬 수 있었다. 입학금이 봉급 두 달 치에 해당하는 금액이나 '돈, 돈' 하는 아내가 예상외로 두말 않고 주머니를 풀어주었다.

그해 4월부터 미야자키 시게키(宮崎繁樹, 1925~2016) 교수의 지도를 받으며 국제법을 체계적으로 공부할 수 있게 되었다. 미야자키 교수의 부친은 일본 육군사관학교 출신의 예비역 육군 중장으로 '일본의 명장'의 한 사람으로 기록되고 있다. 미야자키 교수 자신도 일본육사 58기로 졸업하고 1945년 8월 1일에 소위로 임관하여 8월 15일 일본의 패전으로 군복을 벗은 무인이다. 그는 '2주간의 소위'로 전역한 후 메이지대학 법학과에 입학하여 재학 중에 사법시험에 패스하였지만 학문의 길로 매진하여 국제인권법의 대가로 평가받기에 이르렀다.

미야자키 교수는 국방장관, 국회의장 등을 역임한 정래혁 장군과 육사 동기로 친하게 지냈다고 하며 가끔 나에게 그의 근황을 묻기도 했다. 미야자키 교수가 메이지대학 총장으로 재임하고 있을 때 정래혁 의장이 메이지대학을 방문하여 선대의 학적부를 살펴보았다고 한다.

나는 대사관 경제과에 근무하면서 틈을 내어 화, 목요일 두 차례 강의를 들으러 가야 했다. 토요일은 대사관이 휴무라 2개 과목을 수강할 수 있었다. 개천절과 같은 공휴일엔 하루 종일 대학에서 서성거려 동급생들을 놀라게 했다. 그렇지만 상사에게는 물론 대사관 동료 누구한테도 쉬쉬해야 했기 때문에 뒤가 켕기는 것은 물론이고 마음고생이 이만저만이 아니었다.

본부로부터 통상관계에 관한 조사업무가 하달되면 자진하여 내가 손을 들었다. 일을 좋아해서가 아니라 슬쩍 실례하기 위한 구실을 만들기 위해서였다. 통산성 한국과의 사사키 다케오(佐々木竹男) 과장보좌에게 조사 리스트를 건네주고 강의를 듣고 돌아오는 길에 자료를 받아오곤 하였다. 사사키는 술, 가라오케에 빠져있는 한량이라 구워삶기가 간단했다.

석사학위 논문 테마는 재일한국인의 법적 지위에 관한 내용으로 정하고 자료수집에 나섰다. 국회도서관은 외교관에게는 도서를 1회에 10권까지 2주간 대출해 주는 제도가 있어 자료수집에 큰 도움이 되었다. 나는 선학들의 연구 성과를 짜깁기하는 식이 아니라 참신성과 창의성이 있는 논문을 작성하고자 했다.

한국과 일본의 관계와 유사한 사례가 바로 스웨덴과 핀란드 관계라는 사실에 주목했다. 핀란드는 12세기 중반부터 20세기 초까지 스웨덴의 영향권에 있었던 관계로 1977년 당시 스웨덴 거주 외국인 약 40만 명 중 핀란드인이 약 19만 명으로 전체 외국인의 약 48%를 점유하고 있었다. 스웨덴 정부는 1974년 2월 신헌법 성립을 계기로 스웨덴 거주 외국인에게도 참정권을 인정하였다. 나는 스웨덴 대사관 바휴 서기관을 접촉했다. 1947년생의 바흐 서기관은 1년간의 군 복무 경험도 있고 중국어를 전공한 외교관이라 나와는 죽이 맞았다.

나는 그로부터 스웨덴의 외국인 참정권 부여에 관한 문건을 원본과 일본어 번역본을 입수하여 「재일한국인의 인권의 현황과 미래」라는 논문을 작성하였다. 논문의 핵심은 영주권이 있는 재일한국인에게 단기적으로는 지방선거권을 부여하고, 장기적으로는 국정 레벨 선거권도 부여하여야 한다는 것이었다. 이 논문으로 1980년 3월 석사학위를 받았다.

재일한국인에 대한 지방선거권 부여는 아직도 과제로 남아 있다. 이런 면에서 일본은 국제법적 후진국이라는 비난을 받아도 마땅하다고 하겠다. 현재 한국의 공직선거법은 '영주의 체류 자격 취득일 후 3년이 경과한 19세 이상의 외국인'에게 지방선거 때 선거권을 주도록 규정하고 있다. 이 규정에 따라 한국에 거주하고 있는 7천여 명의 일본인 영주권자 중 상당수가 2021년 4·7 재보선거에서 선거권을 행사하였다.

메이지대학에서 석사학위를 취득함으로써 가슴속에 맺힌 학력 콤플렉스의 응어리를 어느 정도 풀 수 있었다. 또한 이를 계기로 일본담당관실의 권병현 과장님(주중국 대사 역임)의 배려로 일본 담당관실에서 재일교포의 법적 지위 문제를 담당하게 되었다. 재일 한국인의 법적 지위에 관한 한일 실무회담에도 참석하는 등 보람 있게 보냈다. '일본통'으로 뻗어나갈 수 있도록 이끌어주신 권병현 대사님께 진심으로 감사를 드린다.

또한 권 과장님의 소개로 서울법대 백충현 교수님의 연구그룹에 끼일 수가 있었다. 나는 그 인연으로 백 교수님이 창간한 『서울국제법연구』의 평생회원으로 가입했다. 백 교수 댁에서 1주일에 한 번씩 국제법 연구모임을 갖고 근사한 저녁 식사도 대접받았다. 백 교수를 비롯하여 주로 외교부에 근무하는 서울법대 출신들이 중심이 되었고 대학원생도 몇 명 있었다. 어느 날 백 교수의 요청으로 연구회에서 재일교포의 법적 지위 전반에 관한 문제점을 소개하였다. 마침 그때 서울법대 석사과정 2년 차에 재학 중으로 석사 논문 주제를 찾고 있던 정인섭 씨가 관심 있게 들었던 모양이다.

1981년 7월 4일 토요일 오후, 백 교수의 주선으로 나는 대한국 제법학회 7월 연구발표회에 참석하여 한국의 내로라하는 국제법 학자들 앞에서 1시간에 걸쳐 재일한국인의 법적 지위 문제에 관한 최근의 동향을 발표하고 20분간 질의응답을 하는 시간을 가졌다. 나는 발표회를 위해 도쿄대학 오누마 야스아키(大沼保昭) 조교수가 법학협회 잡지에 발표한 「재일조선인의 법적 지위에 관한 고찰」이 라는 최근 논문을 한국어로 서둘러 번역, 제본하여 참석자들에게 배포하였다. 당시 외무서기관이었던 나로서는 많이 긴장도 되어 사양하고 싶었지만 학계에 있는 분들에게 이 주제를 보다 깊이 연 구해 주기를 호소하고자 발표 요청을 감히 수락했던 것이다.

그로부터 15년 후, 1996년 3월 파푸아뉴기니 대사로 부임한 지 얼마 안 되어 서울법대 정인섭 교수가 『재일교포의 법적 지위』라 는 두툼한 저서를 보내왔다. 정 교수는 책머리에서 연구모임 등에 서 '서현섭 서기관의 재일교포의 법적 지위에 관한 소개를 들은 것이 계기가 되어 석사학위 논문 주제로 정하고 10년 동안이나 이 문제에 천착했다'고 적고 있다. 정 교수의 역저를 대하고 보니 실로 감개무량하였고, 길잡이를 한 보람을 느꼈다. 정 교수는 자타가 인 정하는 이 분야의 대가로 성장했으니 나중에 난 뿔이 우뚝하다는 말 그대로이다.

일본담당관실에서 1년 남짓 근무하고 1980년 8월 김명배 교학 과 과장님(주브라질 대사 역임)의 배려로 난학(蘭學)의 본고장인 네덜 란드의 암스테르담 대학원에서 1년간 유럽통합에 관한 국제법적 연구를 할 기회를 얻었다. 영어로 발표를 하고 영어로 논문 작성하는 등 좋은 경험을 했으며, 내친김에 메이지대학에서 박사학위도 취득하겠다는 결심을 하였다. 암스테르담 대학원에서 연수를 마치자 케냐 대사관으로 발령이 났다. 케냐 대사관에 근무하면서 본격적으로 박사학위 논문을 집필하기 시작하였다.

나이로비에서 만 4년간 근무하는 동안 논문을 작성하는 과정에서 나이로비 호시노학교에서 스와힐리어를 공부하고 있던 시마다 마리(島田眞里) 씨를 만난 것이 큰 도움이 되었다. 나의 논문 초고를 꼼꼼히 읽고 아쉬운 면은 도쿄에 있는 남자 친구 와타나베 미키오(渡辺幹雄) 씨로부터 자료를 받아 보완해 주었다. 시마다와 와타나베는 와세다대학에서 일본사를 전공한 동기동창생으로 후에 결혼하였으며, 그들 부부와는 지금도 자주 연락을 하고 있다.

마침내 1988년 3월, 「근대 조선의 외교와 국제법 수용」이라는 논문으로 박사학위를 받는 그 수여식에 집사람을 동반하여 참석하였다. 감격스러웠다. 학위 취득은 전적으로 미야자키 시게키 지도교수의 배려 깊은 가르침 덕분이었다. 8년 동안 선생님과 주고받은 서한이 100통이 넘는다.

메이지대학에서 석·박사학위 취득을 생각할 때면 전 주영 최동진 대사님께 고맙고 죄송스러운 마음을 금할 수 없다. 주일대사관 경제과에 근무할 때는 경제참사관으로, 케냐 대사관에서는 대사님으로 모셨지만 두 마리의 토끼를 쫓고 있다는 사실을 털어놓고 상의를 하지 못했기 때문이다. 죄송했습니다.

한편 나는 미야자키 교수를 실망시키지 않으려고 나름대로 노력했다. 후쿠오카에 근무할 때 『한·일 흐리다가 맑음』이라는 수필집을 발간하여 한 권 보내드렸다. "학교 선생의 가장 큰 기쁨은 가

메이지대학 박사학위
수여식 후 은사 미야
자키 시게키 교수와
함께(1988.3.28)

르친 제자가 성장하여 업적을 이루는 것을 보는 것인데, 나는 좋은
선생은 못 되었는데 서 군이 총영사로서 업무를 훌륭히 수행하고
양국 간의 우호증진에 진력하면서, 이 같은 좋은 책을 간행하니
기쁘기 그지없다."라는 독후감을 보내와 나를 기쁘게 했다. 또한
총장 재임 중에 그는 『메이지대학 신문』의 기고문에서 『일본은 없
다』는 다소 주관적·감정적이라고 언급하고, 『일본은 있다』는 냉정
하고 객관적인 시선으로 일본을 본 저서라고 평했다.

　요코하마 총영사 재임 중에 미야자키 교수의 도쿄 사무실로 방
문했을 때였다. 소장하고 있던 장서는 모두 대학도서관에 기증하고
한 권을 남겨두었다며, 네덜란드의 법학자로 '국제법의 아버지'로
불리는 휴고 그로티우스(Hugo de G. Grotius, 1583~1645)의 주저 『전
쟁과 평화의 법』을 건네주시는 것이 아닌가! 17세기 말에 간행된
이 저서는 그 값을 따질 수 없는 희귀본으로 한국에는 한 권도 없었
다. 『전쟁과 평화의 법』은 라틴어로 저술된 서책으로 나로서는 해

독불능이다. 할 수 없이 일본어 번역본(한정판)을 5만 엔을 주고 사서 대충이나마 훑어본 것은 스승에 대한 최소한의 예의에서였다.

문제는 책이 200년이 넘은 고서라 보관하기가 여간 어렵지 않아 애를 먹다가 은사님이 2016년 향년 91세로 타계하신 후에 정인섭 교수의 주선으로 서울대학교 법학전문 대학원에 기증했다. 조홍식 원장이 "무슨 인연이 있어서 이처럼 귀한 책을 저희 대학에 기증하십니까?"라고 하기에 "법대에 응시하여 미역국을 먹었지요."라고 하여 함께 웃었다. 아마도 미야자키 선생님께서도 '서 군, 잘 했군' 하고 칭찬해 주시리라.

『일본은 있다』의 여담

1993년 5월 말, 5년여 만에 귀국하여 둘러본 서울의 서점가에는 『일본은 없다』를 비롯한 일본 비판서가 주류를 이루고 있었다. 일본에 6년 가까이 근무하면서 일본을 관찰하고 연구한 자칭 '일본통'의 눈으로 볼 때는 이들 책자가 좀 심하다 싶을 정도로 한국인의 반일감정에 영합하고 있다는 생각을 금할 수 없었다.

우리 선조들의 전통적인 일본관인 왜국·왜인의 현대판이 주류를 이루고 있는 것을 보고, 국제화 시대의 주인공이 될 젊은이들에게 일본과 일본인의 실상을 전달하는 노릇을 스스로 자청하고 나섰다. 대사 발령을 2년 앞둔 시점이었다.

저술에 필요한 자료는 별 문제가 없었다. 8년간에 걸친 메이지 대학 학위 논문을 작성하는 과정에서 많은 자료가 이미 축적되어 있었기 때문이다. 학위 논문인 「근대 조선의 외교와 국제법 수용」을 기본 자료로 활용했다. 원고를 쓰는 동안 내내 젊은이들을 상대로 강연하는 기분을 유지했다. 졸지 않고 경청하도록 나름대로 기교를 부렸다.

일반적으로 책을 쓰는 사람은 집필 중인 그것이 '꽤나 팔릴 것'이라는 자기도취적인 경향이 있다. 나 역시 원고를 쓰는 동안 가끔 차와 과일을 들고 서재를 들락거리는 아내에게 '물건이 될 것 같다'고 하자, 마음을 비우라는 충고 아닌 충고를 여러 번 들어야 했다. 그도 그럴 것이 한국 외교관 최초로 구소련에 부임하여 그곳에서 악전고투했던 기록을 『모스크바 1200일』이란 책으로 묶으면서 '엄청나게 팔릴 것'이라고 큰소리를 쳤던 때문이었다. 사회주의가 러시아인들에게 결국 환상으로 끝나고 말았던 것처럼, 『모스크바 1200일』의 베스트셀러에 대한 기대는 한갓 개꿈으로 끝나고 말았다.

만약 나의 일본론에 관한 책이 친일 운운하는 문제를 야기하여 외교부에 누를 끼치게 될 경우, 아내한테는 비밀로 했지만 외교부를 사직하고 하버드대학 일본연구소에 유학을 한 다음 대학 강단에 설 작정이었다. 대학교수는 철든 이래 동경의 대상이었으나 끼니도 제대로 못 때우는 형편이라 그 꿈을 마음속 깊이 접어두고 있었다.

1994년 여름, 원고가 어느 정도 마무리되었다. 타고난 악필로 개발새발 쓴 원고를 산뜻하게 타자해낸 김양진 양, '인쇄물에는 반드시 오탈자가 있다'고 확신하는 김경숙 사서의 교정, 컴퓨터광 김병연 사무관(도미니카 대사 역임)의 컴퓨터 원고 편집, 이것저것 자료

복사에 종종걸음쳐야 했던 김선미 씨 등에게 참으로 큰 빚을 졌는데 제대로 인사치레도 못 해 미안한 마음이다.

　문제는 출판사 물색이었다. 많이 읽히는 책이 되려면, 내용도 좋아야 하지만 마케팅에 강한 출판사를 찾지 않으면 안 된다는 것을 『모스크바 1200일』로부터 배웠다. 사실 나는 지금도 『일본은 있다』보다는 『모스크바 1200일』이 흥미진진하고 표현도 유려(?)하다고 믿고 싶다. 모스크바의 긴 겨울 동안 틈틈이 썼던 탓인지 애착이 간다. 그러나 독자들이 외면을, 아니 모르고 지났다. 그 이유는 다름 아닌 마케팅 부족 탓이라고 할 수밖에 없었다.

　케냐 대사관에서 같이 근무했던 문체부의 김순교 국장을, 미국 연수 출발 전날에 우연히 만나서 상의를 했더니 고려원이 좋을 것이라고 귀띔해 주면서 최진용 출판과장을 소개해 주었다. 고려원 외에도 출판사 두 개를 더 소개받았지만 결국 고려원의 손풍삼 국제문화소장을 만나 원고가 빛을 보게 되었다. 손 소장은 다양한 경력의 소유자로 필력이 탄탄한 문필가였다.

　고려원에서는 내 원고를 '고색창연한 교과서식 서술'이라고 하면서도 시중에 범람하는 가벼운 읽을거리와는 다르다는 점을 용케도 놓치지 않았다. 고려원은 방대한 조직으로 그 업무처리도 놀랄 만했다. '장이'들이 모인 집단으로 보였다. 이연기 과장, 박찬현 편집장, 강희숙 과장, 디자인 책임 연선미 과장 다 잊을 수 없는 '꾼'들이다. 특히 연선미 과장은 처음 보는 '아저씨'에게 "눈이 작아 멋있다."는 허튼소리를 하며 대머리인 나의 모습을 제법 숱이 많아 보이는 사진으로 둔갑시켜 놓았다. 요코하마 총영사관에 근무할 때, 하쓰기 사토미라는 여비서가 "총영사님은 눈이 작은데 어떻게 서류를 그리도 빨리 보시지요?" 무례한(?) 질문을 하기에 "눈이 작으니까 초점을 맞추기가 쉽지."라고 대꾸한 적이 있다. 눈이 작긴 작다.

고려원에서 광고를 엄청나게 때린 탓도 있지만 책에 대한 반응은 기대 이상으로 좋았고, 특히 신문, 방송 등에서 호의적으로 평가해줘 으쓱하는 성취감을 느끼게 했다. 직을 걸고 출판했는데 다행히 공사간(公私間)에 '친일분자'라는 비난을 단 한 번도 받은 적이 없었다. 몸을 담고 있는 외교부의 동료들로부터 '공무원이 분수도 모르는 허튼짓'을 했다는 비아냥거림을 받지 않아 천만다행이었다.

한승주 외무장관님께도 당연히 한 권 드렸다. 얼마 되지 않아 사모님 이성미 교수께서 "장관님께 보내주신 옥저를 감명 깊게 읽고 있습니다. 정말로 우리나라의 장래를 위하여 어려운 일을 하셨습니다."라는 요지의 서한과 함께 이 교수님이 번역한 『일본회화사』 한 권을 답례로 보내와 나를 안도시켰다.

아들 녀석이 1995년 서울대학교 면접에 임하였을 때, 면접관이 "아버님이 『일본은 있다』를 쓰신 분인가." 하고 물어 녀석이 제 애비를 다시 보게 된 것도 소득이라면 소득이다. 『일본은 있다』는 재일 교포로서 와세다 대학 문학부를 졸업한 번역가·작가인 김용권 씨에 의해 『일본의 저력』이라는 서명으로 번역, 출판되어 호평을 받았다. 또한 아사히, 요미우리, 마이니치신문, NHK 및 미국 시사주간지 『TIME』, 영국의 BBC 방송과도 회견을 가졌는데 대체로 좋은 평가를 해 주었다. 뿐만이 아니라 일본 천문학자가 발견한 소행성에 내 이름을 붙이게 하고, 외교부 정년퇴임 후 일본의 대학 강단에서 10년 정도 가르칠 수 있는 길로 안내해준 길잡이 노릇을 톡톡히 해준 행운의 저서가 되었다.

두 베스트셀러 저자의 일본論

주간조선(1994년 11월 17일)

메이지대학 학비, 기천 권의 책을 사는 데 뿌렸던 책값, 케냐 근무 시 학위 논문 원고를 싸 들고 나이로비-도쿄를 왕복했던 여비 등의 비용을 상쇄하고도 남을 만큼의 인세가 들어왔던 것도 놀랄만한 일이었다. 『일본은 있다』 이후 '다시 한번' 하는 기대를 걸고 몇 권의 책을 출판했지만 결국 헛물만 켜고 말았다. 그러나 저술가, 교수의 꿈을 간직하면서 걸어온 인생길에서 다소나마 그 흉내를 낼 수 있었던 것에 감사한 마음이다.

덧붙이면, 20여 년간 3천여 종의 도서를 발행한 국내 최대의 단행본 출판사 고려원이 여러 가지 사정으로 도산에 처하게 되었다. 1998년 여름에 고려원의 김낙천 사장이 후쿠오카 총영사관에 불쑥 나타났다. 관저에서 저녁을 같이하면서 하는 이야기인즉 고려원의 재기를 위해 미지급 인세를 포기해달라는 요청이었다. 나는 "그런 문제라면 일부러 오지 말고 편지로 하시지 않고"라고 하면서 『일본은 있다』, 『일본인과 에로스』, 『일본인과 천황』에 대한 기천만 원의 인세를 흔쾌히 포기하는 각서에 날인해 주었다. 나는 지금도 저술가로서 발돋움할 수 있도록 밀어준 고려원에 대해 감사하는 마음을 지니고 있다. 그 후 고려원은 '고려원북스'로 재출발하여 전력투구하고 있는 것으로 듣고 있다.

무서운 일본의 독자들

1996년 3월 남태평양의 파푸아뉴기니 대사관에 근무할 때 생면부지의 아라이 히로시(新井宏)라는 공학박사로부터 편지 한 통을 받았다. 1937년생인 아라이 박사는 한국어를 독학했다고 한다. 서울 여행길에 우연히 손에 넣은 『일본은 있다』에 푹 빠졌다는 칭찬과 함께 자신이 일본어로 번역한 원고 뭉치를 보내왔다. 번역은 전체 3분의 2쯤인데 나머지 작업이 끝나는 대로 출판하고자 미리 허가를 구한다는 내용이었다. 일본인의 왕성한 지적 호기심에 늘 혀를 내두르곤 하지만 이 소식은 놀랍고 기쁘기 그지없었다. 그러나 아라이 박사에게 무척 미안하지만, 이미 일본의 고분샤(光文社)에서 『일본의 저력』이라는 서명으로 출판되었다는 답신을 보냈다.

1998년 5월 후쿠오카 총영사로 부임하자마자, 교토에 사는 도가와 히데오(戶川秀夫)라는 분이 다시 한번 나를 놀라게 했다. 도가와 씨는 30여 년 동안 기술자로 근무한 직장을 정년퇴직한 후 평소 관심 있던 한국 석탑 연구에 본격적으로 매달렸다. 30여 차례 한국 방문과 천여 장의 한국 석탑 슬라이드 필름이 한국 불교미술 연구에 대한 식을 줄 모르는 그의 열정을 말해준다.

한국어 공부 삼아 전여옥 씨의 『일본은 없다』와 필자의 『일본은 있다』를 완독하고 내친김에 『일본은 있다』를 2년에 걸쳐 일본어로 번역하고 있다면서 미심쩍은 부분에 대한 질문서를 보내왔다. 20여 개 항목에 걸친 질문은 나를 곤혹스럽게 했다. 하나하나 원전을 다시 확인해야 했으니 보통 일이 아니었다. 그러나 어이하랴. 도가와 선생이 제본해서 보낸 『일본은 있다』는 나의 보물이다. 고분샤가 출판한 『일본의 저력』은 원작의 3분의 2 정도를 발췌한 번역물이라 아쉽게 생각해왔던 터라 언젠가 재판이나 문고본으로 출판할 때 크게 참고가 될 것이다.

1999년 5월 연휴 때 도가와 선생 댁에서 하룻밤 머물면서 밤이 이슥하도록 한일 관계에 대해 이야기를 나누었던 좋은 추억이 있다. 도가와 선생은 자신이 완역한 『일본은 있다』를 제본해서 주위에 돌렸다고 한다. 돈 한 푼 생기지 않는 작업에 2년 가까이 매달려 온 도가와 선생은 분명 별난 사람인 듯싶다. 일본인 중에는 기인이 많다. 우리나라의 지적 풍토나 종교는 한쪽으로 치우치는 경향이 심해서인지 일본처럼 기인이 많지 않다. 기인이나 기재가 많으면 많을수록 국가 발전에 이롭다고 생각한다.

한번 일어난 일은 언제고 다시 일어나는 법인가 보다. 이번에는 히로시마에 사는 이노시타 하루코(井下春子)라는 60대 후반의 여성이 『일본은 있다』를 완역하고, 고분샤의 『일본의 저력』과 비교하여 누락되거나 잘못된 부분을 꼼꼼히 체크하여 이에 대한 해명을 요구하는 편지를 보내와 벌린 입이 다물어지지 않았다.

2000년 가을 후쿠오카를 중심으로 규슈에서 80만 부 정도 나가는 『서일본신문』에 50회에 걸쳐 한일 문화의 차이, 시민 간의 교류 등을 내용으로 하는 수필을 연재하는 행운을 누렸다. 그 연재물에 당시 이화여대 조소과 3학년에 재학 중인 장녀가 삽화를 그렸으니 살맛나는 작업이었다. 부녀 합작으로 책을 내고 싶다는 오랜 꿈이 실현되었으니, 인생이란 재미있다는 것을 실감하는 나날이었다.

수필을 연재하면서 『일본은 있다』를 번역한 세 분을 소개하는 글을 실었다. 그랬더니 며칠 후, 후쿠오카에 사는 70대 초반의 아베 유키테루(阿部行照)라는 분이 사실은 나도 그 책을 일본어로 번역하여 친구들에게 배포했다는 편지와 함께 제본한 번역본 한 부를 보내왔다. 일본 독자들은 무섭다는 사실을 새삼 느껴 마냥 좋아할 수만도 없었다.

『일본은 있다』는 우리나라에서 한때 베스트셀러 리스트에 올랐다. 그런데 전여옥 전 의원의 『일본은 없다』가 그토록 요란스럽지 않았다면 천 권도 팔리기 어려운 책이었다. 전여옥 전 의원에게 감사하고 싶은 게 솔직한 심정이다.

『일본은 있다』를 구입한 우리나라 독자 가운데 일본인 독자들처럼 읽은 사람이 몇 명이나 될까. 아라이 박사, 도가와 씨, 이노시타 씨, 아베 씨 같은 독자들에게는 『일본은 있다』를 쓴, 엄격히 말하면 쓴 게 아니라 정리한 사람으로서 부끄러운 생각이 절로 든다. 과연 그 책의 내용이 1~2년 동안 고된 작업을 하면서까지 번역할 만한 가치가 있는지 선뜻 대답할 자신이 없기 때문이다. 결국 『일본은 있다』의 일본어 번역본은 고분샤 판 외에도 도가와 판, 이노시타 판, 그리고 아베 판이 세상에 나오게 되었다.

후쿠오카에 부임하여 민단 간부 몇 분에게 선물로 『일본의 저력』을 드렸다. 받은 사람들마다 인사치레로 내용이 좋다는 공치사를 하지만 정말 읽기나 했을까 하는 의구심을 떨칠 수 없었다. 그런데 놀랍게도 재일 교포 2세인 양상영 감찰위원장이 구체적인 예까지 들면서 책의 내용을 입에 침이 마르도록 칭찬했다. "이 책은 우리 동포들이 꼭 한번 읽어볼 가치가 있다."는 말을 입에 달고 다니더니, 어느 날 양 위원장은 사람 좋은 웃음을 지으며 천 권분의 현금이 든 봉투를 탁자에 놓으며 증쇄를 부탁하지 않은가. 출판사에서는 증쇄할 계획이 없었는데도 양 위원장의 천 권 주문이라는 호기에 얼씨구나 잘 됐다 하고 증쇄에 들어갔다.

총영사로서 민단 간부에게 책을 떠맡기는 민폐를 끼치고 싶지 않았지만 한편으로는 자기 과시의 속물근성을 억누르기 힘들어 비위 좋게도 내가 500부, 양 위원장이 500부 구입하기로 했다. 나중에 알게 되었지만, 양 위원장은 결코 돈 많은 사업가가 아니다. 대학을 졸업하고 소규모 자영업을 하면서 책 읽기를 좋아하는 독서인이었다. 증쇄된 『일본은 있다』는 규슈 지방, 특히 후쿠오카에서 일본 역사에 조예가 깊은 외교관이라는 허상을 심어주는 역할을 톡톡히 했다. 3년 동안 후쿠오카에 근무하면서 팔자에도 없는 명사노릇을 하며 이곳저곳에 불려 다녔다. 50여 차례 이상 강연을 했고 시쳇말로 한국과 규슈 간 시민 교류 증진에 한 몫을 할 수 있었다. 이런 행운은 따지고 보면 『일본은 있다』를 꼼꼼히 읽어준 독자들 덕분이다. 『일본은 있다』는 규슈에서 『서현섭은 있다』가 되어 나가사키 현립대학 교수로 이어지는 징검다리 구실을 해준 행운의 책이다. 『일본은 있다』를 2004년에 가필, 보완하여 『지금도 일본은 있다』는 신판으로 간행되었다.

아메노모리 호슈를 만나다

임진전쟁을 대의명분이 없는 침략전쟁이라고 일갈하고 한일 양국은 이웃 나라로서 서로 속이지도, 다투지도 말고 참된 마음으로 교류하자는 성신외교를 주창한 일본 외교관이 있다. 에도 중기 쓰시마번(對馬藩)의 대조선 외교를 30여 년간 담당했던 유학자 아메노모리 호슈(雨森芳洲, 1668~1755)가 바로 그 주인공이다.

1990년 5월, 일본을 공식 방문한 노태우 대통령은 천황 주최의 만찬연설에서 "270년 전 조선과의 외교를 담당했던 아메노모리 호슈는 성의와 신의의 교제를 신조로 삼았다."라고 언급하였다. 호슈에 관한 대통령의 이 한마디가 일본 매스컴을 타게 됨으로써 호슈에 대한 관심이 증폭되었다. 그 당시 호슈의 이름을 제대로 읽는 일본인도 드물 정도였다.

5월 26일 자 『아사히신문』은 「호슈의 복권(復權)」이라는 칼럼에서 한국의 노태우 대통령이 궁중만찬회의 연설을 통해 일본 근세사에서 잊혀진 사상가 아메노모리 호슈를 '복권'시켰다고 평하고, 호슈가 역사의 저편으로 밀려난 것은 조선·일본 동등을 전제로 한 성신외교를 주창했던 때문이라고 논평하였다. 한편 2009년 일본 외무성 산하 단체인 '일한문화교류기금'은 제10회 일한문화교류기금상 수상자 3명 중의 1인으로 필자를 선정하면서 '아메노모리 호슈와 조선통신사를 세상에 널리 알려 미래지향적 일한관계 구축에 힘쓰고 있다'고 평가했다.

노태우 대통령의 일본 방문 후 얼마 안 되어 일본에서는 아메노모리 호슈 평전이 발간되고 한일 양국 역사 교과서에도 기술되었다. 쓰시마시(對馬島市)는 한일 양국의 젊은이들이 함께 참석하는 '아메노모리 심포지엄'을 개최하여 그의 정신을 새로운 한일 교류에 접목시켰다. 1995년 조선통신사가 통과했던 일본 각지의 20여 지방자치 단체가 전국연합회를 결성하여 해마다 통신사행렬을 재현하는 축제를 개최하고 있다.

나는 1970년 중반 일본 대사관에 근무했을 때 도쿄 간다의 헌책방에서 우연히 입수한 『일본과 조선의 2천 년, 신화시대~근세』라는 책을 통해 호슈의 성신외교를 처음 접하게 되었다. 그 후 조선통신사와 호슈에 관한 논문을 꽤나 읽었다. 그러나 호슈를 부각시킬 기회를 좀처럼 얻을 수가 없었다. 주일대사관 경제과에 근무하던 나를 1989년 3월 김석우 정무 참사관님(통일부 차관 역임)이 정무과로 끌어줘 대통령의 연설초안 작성 작업에 참가할 수 있었다. 그때 한일신시대의 상징적 인물로 아메노모리 호슈를 연설문안에 몇 줄 삽입했던 것이 히트를 쳤던 것이다. 또한 정무과 근무가 모스크바 영사처 개설 요원 발탁으로 이어진 것을 생각하면 김 참사관께 참으로 감사한 마음이다.

나는 자랑하기를 좋아하는 속물이라 1994년에 간행한 『일본은 있다』에서 예의 노태우 대통령의 연설 초안에 호슈를 자신이 포함시켰다고 나팔을 불었다. 『일본은 있다』가 일본에서 『일본의 저력』이라는 타이틀로 번역, 출판되자 호슈의 후손들이 나에게 사의를 표하기 위해 일부러 서울까지 온 적이 있다. 우연히도 쓰시마를 관할하는 후쿠오카 총영사로 부임하게 되자 요미우리신문이 나의 호슈 발굴의 에피소드를 소개하여 규슈 지역에서 졸지에 유명 인사가 되기도 했다.

아메노모리 호슈는 1668년에 현재의 시가현(滋賀縣) 아메노모리촌(雨森村)에서 태어났다. 그는 가업인 의사를 이어 받기 위해 수련을 받던 중 의사가 되기 위해서는 갖은 고초를 견뎌야 할 뿐만 아니라 사람의 목숨조차 희생시킬 수 있다는 말을 듣고 의사가 되는 것을 단념하였다.

그는 의사의 꿈을 접고 유학(儒學)으로 바꿔 18세 때 기노시타 준안(木下順庵, 1621~1698)의 문하생으로 입문하여 주자학을 공부하기 시작하였다. 기노시타는 제5대 쇼군 도쿠가와 쓰나요시(德川綱吉)의 시강(侍講)을 지낸 일류 학자였다. 기노시타는 호슈의 생애에 결정적인 영향을 미친 스승이었다. 호슈는 아라이 하쿠세키(新井白石, 1657~1725)와 함께 기노시타 문하생 300여 명 가운데 5대 수재로 손꼽혔다. 그는 22세 때 기노시타의 천거로 쓰시마번의 조선 외교를 담당하게 되었다. 당시 조선과 일본 간의 외교문서는 한문으로 작성되었던 관계로 한문에 조예가 깊은 호슈를 추천한 것으로 보인다.

호슈는 1703년 초량 왜관에 파견되어 조선어를 배우기 시작하여 왜관에 근무하는 3년 동안 경상도 사투리까지 구사할 정도로 조선어가 능통하게 되었다. 왜관 근무를 마치고 귀국한 후에 조선에 관한 폭넓은 지식을 바탕으로 35년간이나 조선 외교의 실무를 담당하였다. 그는 외교 실무 경험을 정리하여 대조선 외교 지침서인 『교린제성(交隣提醒)』과 조선어 회화 입문서인 『교린수지(交隣須知)』 등을 저술하기도 한 외교 사상가이다.

그의 조선관을 명확히 표현하고 있는 것은 1728년에 저술한 『교린제성』이다. 호슈는 대조선 외교에 가장 중요한 것은 먼저 조선의 법제와 풍속을 집대성한 『경국대전』을 숙독하고 조선 측의 사정을 충분히 연구하여 이를 바탕으로 성신(誠信) 외교를 펼치는 것이라고 강조했다. 그것은 다년간의 조선과의 교섭 경험에 의한 것이었다. 그는 임진전쟁으로 일본을 철천지원수로 여기는 조선인의 마음을 꿰뚫어 보았던 것이다. 또한 임진전쟁 이후 대마도 번주의 국서 위조 사건으로 실추된 일본의 대외적 불신도 의식했기 때문이었다. 호슈는 1607년부터 1811년까지 약 200년 동안 12회에 걸쳐 조선의 국왕이 일본의 도쿠가와 막부(德川幕府)에 파견된 조선통신사를 1711년과 1719년 두 번이나 수행하여 에도를 왕복하였다.

조선통신사는 정·부사, 종사관의 삼사 이하 제술관, 화원, 의원, 역관, 악사 등 총 400명에서 500명에 이르는 대규모의 사절단이었다. 통신사가 일본을 방문한 200년간은 이례적이라 할 만큼 한일 양국은 선린우호관계를 유지했다. 동시에 문화교류 차원에서도 커다란 성과를 거두었다. 특히 이국 문화를 접할 수 없었던 서민들에게는 통신사의 방일 퍼포먼스 참관은 그야말로 일생에 한 번의 기회였다. 통신사 12회의 일본 방문을 통해 외교기록, 필담집, 견문록, 일기, 회화 등에 걸친 중요한 문화적 기록과 유산이 상당한 분량이 축적되었다.

한국의 '부산문화재단'과 일본의 통신사와 연고가 있는 지방자치단체 등으로 구성된 'NPO법인·조선통신사 연지연락협의회'의 공동신청으로 2017년 10월, 조선통신사에 관한 한국과 일본의 역사자료 111건 333점이 유네스코의 '세계의 기억'에 등재되었다. 이는 한일 간의 좋은 기억으로 후세에 전해질 것이다. 사실, 한일 양국 간의 교류는 천 년을 훌쩍 넘지만 양국 간의 시민 레벨에서 공감할 수 있는 좋은 추억이 별로 없다. 이번의 등재는 2002년 월드컵 공동 개최에 이어 또 하나의 좋은 추억이 될 것이다.

걷기외교의 성공담

1996년 2월 초임 대사로서 파푸아뉴기니 주재 한국 대사관에 부임했다. 주재국 이외에 바누아투, 솔로몬, 나우루의 대사도 겸임하고 있어 1년에 한두 번은 겸임국에 출장을 가게 된다. 겸임국들이 모두 그 나름대로의 특색이 있으나 그중에서도 남태평양 적도 부근에 위치한 산호초의 섬나라, 나우루(Nauru)가 가장 인상 깊게 남아 있다. 나우루의 어원은 나우루어의 '나는 모래사장으로 간다'에서 유래했다고 한다.

나우루는 여의도 두 배 반 크기에 인구는 1만여 명. 국회의원 18명의 초미니 공화국이다. 1980년대 중반까지는 의료와 교육은 전액 무료에다 연령에 관계없이 전 국민에게 연금을 지급한 지상천국이었다. 조류의 배설물이 수백만 년 동안 축적되어 인광석이라는 달러 박스로 둔갑했다. 순도 최고의 나우루산 인광석은 잘나가던 때는 연간 200만 톤을 수출했다. 그러나 1990년대에 들어서자 인광석 채굴이 쇠퇴하기 시작하자 경제는 끝이 보이지 않는 불황의 터널로 들어섰다. 유토피아의 몰락이라고 했다. 바닷물을 담수로 처리할 전력이 부족하여 마시는 물도 제대로 공급할 수 없는 지경이 되었다.

1996년 봄, 국제해양법 재판소 재판관으로 입후보한 고려대학교 박춘호 교수에 대한 지지를 확보하기 위해 나우루 공화국에 출장을 가게 되었다. 해양법협약 당사국들이 가을에 출범할 국제해양법 재판소의 21명의 재판관을 8월에 선출할 예정이었다. 당시 나우루는 유엔 회원국은 아니었으나 해양법협약 가맹국으로 투표권이 있었다.

주재국 파푸아뉴기니 정부의 지지는 이미 확보했으나 나우루의 경우는 간단치 않을 것으로 생각되었다. 나우루가 한국 후보의 지지를 시사하는 한편 어느 정도의 경제협력을 요청하지 않을까 하는 우려 때문에 내키지 않은 출장이었다. 지지를 얻지 못하면 '무능 대사'라는 평가를 받기 마련이다.

1996년 4월 6일 토요일 오후, 항공편으로 나우루에 도착하여 메넨 호텔에 여장을 풀었다. 국기 게양대의 대한민국 국기가 해풍에 가볍게 펄럭거리고 있었지만 내 마음은 무겁기만 했다. 대통령과 면담은 월요일 오전 10시 30분으로 예정되어 있었다. 시간적 여유가 있어 프런트의 직원에게 관광 명소를 소개해달라고 했더니 가까운 곳에 6홀의 골프 코스가 있다고 했다. 옳거니 하고 가보았더니 도로 양편에 모래를 깔아 놓은 곳이 골프장이라 하여 숙소로 되돌아오고 말았다.

호텔의 투숙객은 나를 포함하여 달랑 세 사람뿐이었다. 저녁 식사 때는 웨이터 서너 명이 식사 내내 나를 지켜보며 시중을 들어 줘 감사하기는 하나 여간 불편한 게 아니었다. 파도 소리를 귓전에 흘리면서 맥주를 두세 캔 비우고 방으로 올라와 대통령과의 면담을 준비했다. 여러 가지로 궁리한 끝에 나의 특기인 '걷기'로 대통령의 마음을 움직이기로 했다.

이튿날 아침 9시쯤에 밀짚모자를 쓰고 반바지 차림에 지팡이를 들고 프런트로 가서 "나우루 공화국을 도보로 일주할 예정이니 14시까지 내가 돌아오지 않으면 경찰에 신고해 달라"고 부탁했다. 둔중한 체구의 아줌마가 깜짝 놀라며 햇살이 여간 따가운 것이 아니니 그만두라고 말렸지만 나는 못 들은 척하고 도로로 나섰다. 개 몇 마리가 내 뒤를 쫓아왔다.

타원형의 섬 나우루는 둘레가 20km 정도이다. 빠르게 걸으면 4시간이면 충분히 일주할 수 있을 것 같았다. 도로는 2차선으로 해변가를 따라 길게 뻗어 있고 주위에는 오스트레일리아의 '빅토리아' 맥주 깡통이 어지럽게 흩어져 있다. 듬성듬성 흩어져 있는 집 앞에는 폐차가 뒹굴고 있으니 흥청거렸던 시절의 편린이다.

야트막한 산자락에 돼지들을 놓아먹이고 있다. 먹성 좋은 돼지들이 이것저것 먹어 치워 주위를 깨끗이 청소해 준다고 한다. 트럭을 타고 지나가는 사람들이 나를 향해 손을 저으며 깔깔거리고 길가의 조무래기들도 나에게 손을 흔들며 '헬로우'를 연발한다. 사내들은 거의 다 상반신에 아무것도 걸치지 않았고, 비대한 사람들이 많았다. 호기심 어린 눈으로 쳐다보고 있는 중년 남자에게 '섬을 일주하고 있다'고 하자 '히잉' 하고 말처럼 웃어 댔다. 같이 걷자고 하자 볼록한 배를 두드리면서 '노, 노'를 연발하면서 저만큼 물러나더니 다시 와서 나를 자기 집으로 데리고 갔다. 그는 마당 앞 과일나무에서 과일을 잔뜩 따서 물에 씻어 내왔다. 한 입 깨물고 나서 '당신의 마음씨처럼 달콤하다'고 너스레를 떨었더니 박장대소!

걷기 시작하여 세 시간쯤 지나서였다. 마침내 서남부에 위치한 야렌 가까이 왔다. 니우르에는 정식 수도라고 하는 곳이 따로 없고 이곳 야렌 지구가 사실상 수도 역할을 하고 있다. 정부 청사, 국회의사당, 국영 방송국이 모두 이곳에 자리 잡고 있으며 공항도 가까이 있다. 공항이라야 한국의 시골 간이역 규모이다. 활주로가 도로와 도로 사이에 있다. 아이들이 활주로에서 공놀이를 하고 있다.

60대 중반의 할머니가 내가 한국인임을 알아차리고 '아이고, 아이고'라고 하여 나를 놀라게 했다. 1942년 8월 일본군이 나우루를 점령하여 육상항공기지를 설치하고 군부대가 주둔했다. 그때 활주로 건설 현장에 많은 조선인 징용공들이 동원되었으며, 힘든 노동을 견디지 못해 '아이고, 아이고'를 연발했던 것이다. 그들은 대부분 저 망망대해의 바다 너머 아득한 곳에 있을 고향의 산하를 그리워하다가 끝내는 불귀의 객이 되고 말았다. 하얗게 부서지는 저 파도는 영겁의 통곡인가.

야렌에는 사람들의 내왕도 제법 많다. 음주운전 사고가 많은 듯했다. 경찰서 입구에 흥미로운 음주운전 경고문이 붙어 있다. "형편없는 바보천치, 음주운전하는 당신은 형편없는 바보천치(A bloody idiot, if you drink and drive, you're a bloody idiot)"라는 것이다. 'bloody'는 '형편없는, 몹시'라는 뜻도 있으나 '피투성이'라는 의미도 있으니 술 마시고 운전하면 피투성이가 될 수도 있다는 것을 에둘러 말하고 있지 않은가.

적도 40km 이남에 위치한 나우루의 연 평균 기온이 섭씨 28도 정도로 그렇게 덥다고는 할 수 없으나 강렬한 햇살 탓인지 이곳 사람들은 움직이는 것을 싫어한다. 맥주 한잔 걸치고 그늘에서 한숨 자는 것을 즐긴다. 전 인구의 30%가 당뇨병 치료를 받고 있다고 했다.

오후 1시 약간 지나서 호텔로 돌아왔더니 프런트의 뚱보 아주머니가 반색을 하며 엄지손가락을 들어 보였다. 섬 일주의 실황을 방송에서 들었다고 했다. 작은 섬 한 개로 이루어진 단조로운 나라라 한국 대사가 섬을 돌고 있다는 것이 금방 입소문으로 퍼져 나우루 유일의 국영 방송국에서 나의 나우루 도보 탐방을 보도했던 모양이다.

4월 8일 아침 10시 30분 예정대로 대통령을 면담했다. 쿠로도말 대통령은 앉자마자 환하게 웃으며 자신은 나우루에서 태어났지만 걸어서 섬을 일주할 생각을 한 번도 한 적이 없다고 했다. 그러면서

'대단하다'를 연발하고 한껏 나를 추커올렸다. 대통령은 나의 한국 후보 지지 요청에 대해 "나우루 사람보다 나우루를 사랑한 대사 각하, 나우루 정부는 귀국의 입후보를 지지할 것입니다."라고 했다. '걷기외교'의 성공이었다. 박춘호 교수는 21명(아시아에 5명 배당)을 선출하는 초대 재판관 선거에서 제1차로 압도적 다수표를 얻어 9년 임기의 재판관으로 선출되었다. 2005년에도 재선되었으나 애석하게도 2008년에 타계하고 말았다.

대통령과 환담하는 가운데 자연스럽게 나의 '나우루 도보 일주'가 화제가 되었다. 나는 대통령에게 18명의 국회의원 전원이 함께 도보로 섬을 일주하면 조국을 새롭게 보게 되고 정치가들 간의 유대도 한결 깊어져 좋은 정치를 펼칠 수 있게 될 것이라고 주제넘은 훈수를 했다. 대통령은 연신 고개를 끄덕이며 좋은 아이디어라고 했으나 인사치레로 끝나고 말았다. 그 후 나우루는 국회의원들이 호선으로 뽑는 대통령을 한 달 사이에 3번이나 갈아치우는 정쟁을 되풀이했으니 말이다.

오후에는 법무장관과 함께 검둥이를 앞 세우고 나우루 최고봉에 올라갔다. 최고봉이라고 해야 고작 해발 65m이다. 법무장관은 몇 년 전에 일본의 고반(交番)으로 불리는 파출소 시찰을 위해 일본에 3주간 체류한 적이 있다고 했다. 그는 걸으면서 가끔 '센세이(先生)', 센세이' 하고 소리친다. 처음엔 나를 부른 줄 알았더니 검둥이 이름이라고 한다. 나우루에는 개 도둑이 많아 흔한 이름을 붙여놓으면 도둑맞기 십상이라고 한다. '센세이'라는 이름 때문인지 검둥이는 다섯 살이 되도록 아무 탈이 없었다고 한다. '센세이' 하고 불러보았더니 과연 검둥이가 꼬리치며 내게로 달려왔다. 일본에서는 국회의원을 일반적으로 '센세이'라고 하는 데 혹시 일본 국회의원이 방문할 때는 곤란하지 않겠냐고 했더니 그는 웃으며 다 알고 있다고 했다.

그 후 20여 년이 지난 나우루의 최근 동향. 이젠 자신들이 몸을 직접 움직이지 않을 수 없게 되었다. 외국인 노동자를 고용하여 만사를 다 맡겼던 좋았던 시절은 끝났다. 덕분에 비만이 조금씩 개선되고 당뇨병 환자가 감소하고 있다고 한다. 나우루인들은 원래 온화한 성격에다 낙천적이다. 경제가 거덜 났는데도 데모나 폭동이 일어나지 않고 평화스러운 나날을 영위해 나가고 있다.

JP의 동문이 되다

1998년 5월, 나는 2년 남짓 파푸아뉴기니 대사로 근무한 후 후쿠오카 총영사로 전임되었다. 후쿠오카 총영사관은 나가사키를 포함한 규슈 전체를 관할하고 있어 일본 근대화에 관심이 있는 나에게 바랄 나위 없는 포스트였다. 지금 생각해보면 후쿠오카(福岡)는 글자 그대로 나에게 복 있는 언덕이었다.

후쿠오카에 부임한 지 반년 후, 1998년 11월 30일 김종필 총리가 규슈대학을 방문하여 '한일 관계의 과거와 미래'라는 제하의 강연을 일본어로 행하여 큰 감동을 주었다. 한국의 현직 총리가 공식적인 행사에서 일본어로 강연을 하여도 괜찮을까 하고 걱정했으나 다행히 조용히 지나갔다. 규슈대학은 1965년 한일 국교 정상화 이래 김종필 총리의 한일 관계 증진에 기여한 공을 인정하여 명예박사 학위를 수여하였다. 1945년 이후 규슈대학이 다섯 번째로 수여한 제5호 명예박사 칭호이다.

김 총리의 규슈대학 방문을 계기로 1999년 7월 한국교류재단의 이정빈 이사장님(외교부 장관 역임)이 규슈대학을 방문하여 동 대학을 '한국 연구의 거점'으로 자리매김하고 5년간에 걸쳐 100만 달러를 공여하는 협정에 조인하였다. 규슈대학은 이 같은 한국 측의 지원에 응답하여 규슈대학과 한국과의 학술, 문화 교류의 중심이 될 '규슈대학 한국연구센터' 설립을 추진, 2000년 1월 19일 정식으로 개소식을 거행하였다. 이는 '아시아에 열린 대학'을 표방하고 있는 규슈대학의 시의적절한 조치였다.

이와 같은 일련의 과정에서 나는 현지 총영사로서 스기오카 요이치(杉岡洋一, 1932~2009) 총장과 빈번히 접촉한 관계로 12살의 나이 차이에도 불구하고 인간적으로 아주 가까워졌다. 총영사관 관저에서 총장을 비롯한 교수들을 초청하여 만찬을 개최하기도 했고 부부 동반하여 분위기 있는 곳에서 식사도 했다.

2001년 2월 나는 요코하마 총영사로 전임되었다. 스기오카 총장은 나의 후쿠오카 이임에 앞서 1월 18일, 규슈대학 국제홀에서 교직원과 학생 300여 명이 참석한 가운데 나에게 감사장을 수여함과 동시에 '새로운 한일 관계를 향하여'라는 기념 강연의 기회를 마련해 주었다. 그리고 성대한 만찬회가 이어졌다.

요코하마 총영사로 부임한 지 넉 달이 채 지나지 않아 스기오카 총장으로부터 "규슈대학의 한국 연구 활성화에 기여한 공을 평가하여 귀하에게 명예박사 학위를 수여하고자 하니 수락하여 주기 바란다."라는 서한이 도착하였다. 솔직히 말해서 메이지대학에서

▲ 규슈대학 명예박사 수여(2001.7.9)

규슈대학 한국연구센터 ▼
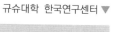

이미 학위를 취득했기에 명예박사에 대해 관심이 별로 없었으며, 명예박사 학위에 연연하는 인사들을 보면 '흥' 하는 기분이었다. 그러나 스기오카 총장의 정중한 요청에 마음이 동해 가문의 영광이라고 하면서 감사히 수여받겠다고 회신하였다.

2001년 7월 9일, 규슈대학 창립 50주년 기념 강당에서 400여 명의 교직원과 학생들이 참석한 가운데 스기오카 총장으로부터 명예박사 학위를 받고, '보다 나은 한일 관계를 지향하며'라는 기념 강연을 하였다. 나에 대한 명예박사 칭호는 김종필 총리에 이어 여섯 번째인 제6호이다. 김 총리가 학위를 받고 "나는 지금부터 규슈대학의 동문의 일원입니다."라고 언급한 것과 마찬가지로 나 역시 규슈대학 동문의 일원임을 마음에 두겠다고 했다. 동아일보 등에도 명예박사 수여가 '인물 동정란'에 간략하게 보도되었다.

학위 수여식 후에는 후쿠오카에서 꽤나 알려진 요릿집에서 스기오카 총장, 2명의 부총장, 후쿠오카 총영사, 후쿠오카 한국상공회의소 회장 그리고 우리 부부를 포함 12명이 참석한 조촐한 축하 만찬이 이어졌다. 축하 술을 한두 잔 받아 마셔 취기가 오르자 규슈대학의 명예박사가 자랑스럽게 느껴져 총장에게 감사를 표하고 술 한 잔을 올렸다.

스기오카 총장은 2001년 11월 2기 6년의 임기를 마치고 퇴임하여 근로자 재해병원 원장을 맡았다. 아마도 규슈대학에서 감사장과 명예박사 학위를 동시에 받은 사람은 필자 이외에는 없을 것이다.

나는 2004년 외교부 정년퇴임 후 규슈대학 특임교수, 규슈대학 국제화 추진 특별고문으로 위촉받은 관계로 가끔 규슈대학을 방문하였다. 그때는 예외 없이 한국연구센터에 들러 교수들로부터 최근의 연구와 활동 상황을 듣고 아주 만족스러운 기분이 들었다.

스기오카 총장은 내가 2006년 4월 나가사키 현립대학에 부임하자 나를 후쿠오카 여자대학 개혁위원으로 추천해 주었다. 개혁위원 회의가 개최되던 어느 날, 회의가 끝나자 스기오카 총장이 나를 자신의 단골인 조촐한 요릿집으로 안내하였다. 단둘이서 술을 들면서 세 시간 가까이 김종필 총리, 한국연구센터 등에 관해 이야기를 나누었다. 유쾌한 자리였다.

9시가 약간 지나 택시를 타고 우리는 나가사키로 가는 열차시간에 맞춰 하카타 역에 도착했다. 그런데 그는 택시를 보내고 승강장 입구에 서서 플랫폼으로 올라가는 나를 향해 연신 손을 흔들고 있었다. 그만 들어가라는 나의 손짓에도 그대로였다. 그 후 얼마 안 되어 스기오카 요이치 총장의 부음을 접했다. 그의 고별식에 참석하여 영정 앞에 국화꽃을 받칠 때 흐르는 눈물을 주체할 수 없었다. 삼가 고인의 명복을 빈다.

교황청 대사의 단상

나는 초등학교 때부터 1996년 2월 파푸아뉴기니 대사로 부임할 때까지 개신교 신자였다. 출국에 앞서 다니던 교회에서 '서현섭 집사 환송 예배'도 거행했으니 나름대로는 열심히 신앙생활을 했다고 할 수 있겠다.

파푸아뉴기니에 근무하면서 한국 까리따스 수녀회의 수녀들이 여자기술학교를 세워 불과 수년 만에 반듯한 학교로 키워낸 사실

주 로마교황청 특명전권대사 신임장 수여 후의 기념사진(2002.2.2)

을 알게 되었다. 나는 그 신심과 열성에 감복하여 가톨릭에 대해 관심을 갖게 되었다. 얼마 지나지 않아 안명순 스텔라 수녀의 지도로 교리 공부를 하여 이듬해인 1997년 6월 인글레스 교황청 대사에게 토마스라는 세례명으로 세례를 받고 개신교에서 가톨릭으로 개종하였다. 인글레스 대사가 과테말라 대사 전임을 앞두고 가진 기자회견에서 '한국 대사를 개종시켜 세례를 준 것이 기억에 남는다'고 하여 내 마음을 무겁게 하였다.

그 5년 뒤인 2002년 3월 14일 로마 교황청, 신임장 제정일에 스위스 근위병을 앞뒤에 세우고 중세풍의 분위기가 물씬 풍기는 복장을 한 의전요원의 안내로 교황의 서재가 있는 '저 높은 곳을 향하여' 뚜벅뚜벅 걸어 올라갔다. 그 와중에 '참회할 것이 많은 인

신임장 제정 후 교황 요한 바오로 2세 성하 알현(2002.3.13)

간이라 예까지 왔구나' 하는 생각이 들었다. 2층 서재에서 신임장
을 제정하려던 당초 계획이 변경되어 3층 거실로 바뀌었다고 한다.
이윽고 천장이 높은 실내로 들어갔더니 긴 탁자 앞에 교황 요한
바오로 2세가 예의 온화한 미소를 띠고 좌정하고 있었다.

1978년 10월 16일 요한 바오로 2세의 교황 선출은 대단한 놀라
움을 불러일으켰다. 하드리아노 6세 교황 이래 456년 만에 비(非)
이탈리아 출신의 교황이 선출되었기 때문이었다. 교황 요한 바오
로 2세는 1920년 폴란드 출신이었다.

노모와 아내가 지켜보는 가운데 신임장을 제정하였다. 교황청에
서는 언제부터인지 신임장 제정사를 낭독하는 대신에 이를 서로
교환하고 그 내용을 교황청에서 발간하는 일간지에 사진과 함께

게재한다. 교황은 답사에서 "비록 희미하기는 하지만 최근 남북 관계에서 보이고 있는 호의의 분위기가 무르익기를 희망한다."고 강조하였다.

이 행사 참석을 위해 서울에서 10시간이 넘게 비행기를 타고 온 노모가 감격한 나머지 그분의 손을 너무 오랫동안 잡지 않을까 하는 걱정이 들었으나 그것은 기우였다. 20대 후반에 홀로된 노모에게 모처럼 효도를 한 셈이었다. 노모는 기념사진을 받자마자 로마에 온 지 채 일주일을 못 채우고 부랴부랴 귀국길에 올랐다. 다니는 성당의 자매들에게 자랑하고 싶은 마음이 굴뚝같아서였다.

신임장을 제정한 후 배석자들이 물러나고 알현이 시작되었다. 교황의 오른편에 마련된 의자에 앉으며 '찬미 예수'라고 인사 드렸더니 교황 역시 '찬미 예수'라고 우리말로 응대하셨다. 1984년 5월과 1989년 10월 한국 방문을 계기로 한국어를 약간 배웠다고 한다. 한국을 두 번 방문했던 기억과 김대중 대통령의 바티칸 국빈 방문을 언급하고 최근 남북 관계에 대해 관심을 표명하는 그 모습은 지병으로 고생하고 있는 80대의 고령으로는 생각되지 않을 정도였다. 바로 가까이서 뵌 교황의 모습은 맑고 인자한 인상이었다.

알현의 시간을 조금이라도 더 갖고 싶은 마음을 접고 서둘러 영광의 의식을 마무리했다. 교황은 수행원 한 사람씩 접견을 받고 묵주와 기념 메달을 선물로 나눠주었다. 나는 그날 이후 아침마다 이 묵주로 로사리오 기도 5단을 바치며, 2014년 프란치스코 교황에 의해 시성된 성 요한 바오로 2세를 마음에 새기곤 한다.

교황청 주재 대사의 중요한 업무 중의 하나는 일 년에 20여 차례 교황이 직접 집전하는 미사에 참석하는 것이다. 물론 참석을 강요하지는 않으나, 미사 당일에는 의전장이 참석 대사들과 인사를 교환하면서 대충 둘러보고 눈에 안 띄는 대사들에게는 다음날 "요즈음 바쁘신가 보지요."라고 전화를 하니 신경이 쓰인다.

천주교 신자로서 교황의 미사에 말석이라도 차지할 수 있는 것은 분명히 감사하고 영광스러운 일이다. 그런데 미사는 이탈리아어와 라틴어로 진행되고 게다가 미사 시간이 보통 두 시간을 훌쩍 넘는다. 전혀 귀에 들어오지도 않은 전례에 두 시간 이상 앉아 있는 것은 신앙심만으로는 극복하기 어려운 점이 있다.

연미복에다 훈장까지 달고 앉아서 채신사납게 고개방아를 찧을 수도 없는 노릇이라 미사에 집중하려고 안간힘을 쏟는다. 그것도 잠시뿐이다. 미사 시간에는 인생의 달인과 같은 표정을 짓고 앉아, 과거의 상념에 빠지곤 한다. 젊은 시절에 저질렀던 못된 행실과 남을 아프게 했던, 망각의 저쪽에 묻어버린 그 부끄러운 기억의 편린에 가슴이 찔린다.

관저에서 바티칸까지 30분 정도, 미사 시간 2시간 이상, 최소한 3시간 동안은 소변을 참아야 한다. 교황 미사가 있는 날은 그 전날 저녁부터 물은 목만 축일 정도로 마시고 커피도 삼가야 한다. 자정 무렵에 잠자리에 들어 아침에 일어날 때까지 화장실 한번 안 가고 잠에 빠지는 잠꾸러기인데 도대체 미사에 참석하여 두 시간이 가까워지면 조급증이 생기니 어쩔 수 없는 노릇이다. 미사가 끝나는 대로 화장실로 달려가고 싶지만 베드로 성당 안에는 공중화장실이 없다. 급할 때는 관저에 돌아오는 길에 카페에 들러 용무를 해결하기도 했다.

교황청 주재 대사관의 직원과 가족은 바티칸 박물관을 줄을 서지 않고 거저 출입하는 혜택을 누리고 있다. 그림과는 애당초 인연이 먼 주제에 바티칸 박물관에서 서너 시간씩 서성거리곤 했던 것은, 공짜 좋아하는 탓도 있지만, 실은 조각을 전공하는 딸을 둔 부모로서 무식을 면하려는 심산에서였다.

교황청 대사관저는 20세기 이탈리아 최고의 화가이자 조각가로 명성을 날린 조르조 데 키리코(Giorgio De Chirico, 1888~1978)의 별장이다. 데 키리코는 석고상, 광장 등을 특이한 원근법으로 처리한 작품 제작으로 초현실주의 선구자라고 일컬어진다. 그는 로마 시내의 스페인 광장이 내려다보이는 저택에서 주로 생활하였으며 주말에는 별장에서 지냈다. 데 키리코가 향년 90세로 타계하자 그의 부인은 저택을 기념관으로 사용하게 하고 별장에서 살다가 만년에 우리 정부에 팔았다. 어느 주말, 혹시나 하고 지하창고를 샅샅이 뒤져보았으나 허탕만 치고 말았다. 데 키리코의 커다란 사진 한 장을 얻었을 뿐이었다.

교황청 대사를 역임한 것은 분명히 분수에 넘치는 영광이자 큰 축복이나, 한편으로는 심리적인 부담으로 작용하고 있기도 하다. '착하고 성실한 신도'의 자세로 살려고 나름대로 애를 많이 쓰고 있다. 나로서는 좀 과하다 싶을 정도의 성당 건축 헌금을 입금한 통장이 들통 나 불교 신자인 집사람과 부부 싸움을 하기도 했다. 그런 가운데 기도하는 마음으로 6년간에 걸쳐 신약성경을 중국어와 일본어로 각각 한 번씩 필사를 마쳤고 현재는 매일 구약성경을 중국어와 한국어로 조금씩 필사하면서 묵상하고 있다.

별을 선물 받고

2005년 1월 국제천문연맹(IAU)은 일본 천문연구가가 발견한 소행성 6210번을 'Hyunseop'으로 명명한다고 공표했다. 하늘이 처음 열린 그날 이래로 이름 없이 떠돌던 별이 마침내 별 볼 일 없는 한 인간의 이름으로 불리게 되었다. 아득히 먼 밤하늘에 나의 별이 있다는 게 실감이 나지 않지만 밤하늘이 한결 정겹게 느껴진다.

별이 유난히 많아 보인 남태평양의 섬, 파푸아뉴기니에 근무하던 때였다. 후루카와 기이치로(古川麒一郎) 교수와 와타나베 가즈오(渡辺和郎) 천문연구가 팀이 어렵사리 발견한 소행성에 세종대왕 탄신 600주년을 기념하여 'Sejong'으로 명명했다는 기사를 우연히 읽고 절로 머리가 수그러졌다. 한국인의 이름을 딴 소행성이 세계 천문학계에 처음으로 등장하게 된 것이었다. 평소에 일본인을 밴댕이 소갈머리를 지닌 인종으로 치부하던 나로서는 그들의 큰 도량에 놀랐다. 존경과 감사의 뜻을 담은 편지를 후루카와 교수에게 보냈다.

세종 소행성의 감동이 채 식기도 전에 1998년 5월 나는 후쿠오카 총영사로 전임되었다. 그래서 우선 전화로 후루카와 교수에게 전임인사를 하고 가까운 시일 내에 도쿄 아니면 후쿠오카에서 만나기로 하였다. 그 이래로 나는 별들에 미쳐 사는 이들과 한일 관계의 과거와 미래에 대해 진지한 대화를 나누곤 했다.

후루카와 교수는 수년 전에도 자신이 발견한 소행성에 7세기 무렵 일본에 천문과 지리를 전해준 백제 승려 '관륵'의 이름을 붙인 지한파이기도 하다. 그는 우주의 관점에서 보면 국경이라는 인위적인 장벽은 하잘것없는 존재로 한일 양국이 우주적인 시야에서 서로를 이해하려는 자세를 지니면 진정한 이웃이 될 수 있다는 말을 입에 달고 다녔다.

후쿠오카에 출장 온 후루카와 교수와 저녁을 같이하면서 '세종별' 명명의 배경을 들을 수 있었다. 세종별 명명을 검토하면서 한국인들이 가장 존경하는 인물인 세종대왕의 이름을 일본인이 건방지게 마음대로 소행성과 같은 작은 별에 붙인다고 비난하지 않을까 하고 내심 걱정했다고 한다. 한국인의 일본인에 대한 뿌리 깊은 반일감정을 익히 알고 있었기 때문이었다. 그러나 그건 정말 공연한 우려였다.

한국의 학계와 정부에서는 '세종별'의 국제 공인서를 안고 한국을 방문한 일본 천문연구가 일행들을 진심으로 환영하고 감사를 표하였다. 후루카와 교수는 귀국하여 '국빈에 준하는 환대를 받았다'고 한국 방문기에 남겼다. 후루카와 팀은 그 후에도 새롭게 발견한 소행성에 한국 천문학과 과학 발전에 공이 큰 학자들의 이름을 붙여 한국 과학자에 대한 존경과 우정을 표시하는 데 인색하지 않았다.

나는 후쿠오카에 근무하는 동안 강연과 저술을 통해 이 아름다운 일본인들의 에피소드를 소개하고 가끔은 이에 관한 신문기사를 보내주며 '별세계'에 사는 이들과 우정의 연줄을 이어왔다. 그러나 단 한 번이라도 별을 선물 받고 싶다는 주제 넘는 생각을 해본 적은 없다. 애당초 천문학과 인연은 별처럼 먼 것이었다.

그런데 뜬금없이 2004년 가을에 나의 외교부 퇴임을 기념하여 새롭게 발견한 소행성을 'Hyunseop'으로 명명하고자 하니 동의해 달라는 요청 아닌 요청을 해왔다. 국제천문연맹 규정상 새로 발견한 소행성에 정치가의 이름은 붙일 수 없다고 한다. 국가를 대표하는 특명전권대사를 정치가로 볼 수도 있다는 의견 때문에 그동안 나의 퇴임 날을 은근히 기다리고 있었다고 한다.

33년간에 걸친 외교관 생활의 마지막 페이지에 별처럼 아름다운 마침표를 찍어 준 셈이었다. 그 후 후루카와 교수 일행이 한국을 방문하는 기회에 박쌍용 대사님과 한용교 회장님의 배려로 별들이 잘 보이는 롯데호텔 38층 메트로폴리탄에서 근사한 '현섭 별' 자축연을 가질 수 있었던 것도 오래 기억에 남는 추억이 될 터이다.

2014년 초여름에 후루카와 교수 부부가 나가사키로 온천여행을 왔다. 저녁을 같이할 때였다. 그는 겨울에 와타나베 가즈오 연구가가 사는 삿포로에 가면 밤에 나의 별 'Hyunseop'을 볼 수 있다며 한번 같이 가자고 했다. 그러나 후루카와 박사는 2016년 6월 87세의 나이로 별나라로 떠나고 말았다. 삼가 고인의 명복을 빈다. 삿포로 여행은 여전히 숙제로 남아 있다.

일산 호수공원이 내려다보이는 17층 고층 아파트의 작업실에서 가끔 밤하늘을 우러러보며 어딘가에 있을 나의 별을 향해 손을 흔들어 본다. 소년 시절 여름 저녁에 순이와 함께 뒷동산에 앉아 '저 별은 너의 별, 이 별은 나의 별'이라고 점찍었던 환상 속의 그 별이 초로의 나에게 어느 날 문득 찾아든 것이려니 하는 상념에 젖곤 한다.

The MINOR PLANET CIRCULARS/MINOR PLANETS AND COMETS

Commission 20 of the International Astronomical Union, usually in batches
on or near the date of each full moon,

Minor Planet Center

Smithsonian Astrophysical Observatory Cambridge, MA 02138, U.S.A.

IAUSUBS@CFA.HARVARD.EDU or FAX 617-495-7231 (subscriptions)
MPC@CFA.HARVARD.EDU (science)
Phone 617-495-7244/7444/7440/7273 (for emergency use only)
World-Wide Web address http://cfa-www.harvard.edu/iau/mpc.html
Brian G. Marsden, Director   Gareth V. Williams, Associate Director

(6210)
Hyunseop
Desig. 1991 AX1
Pur. No. MW-027
1991 01 14
24h55m-(18m)
25h15m-(18m)
D 22cm F 2.5
Schmidt Camera
TP6415 Film+H2

(6210)
Hyunseop

(6210) Hyunseop = 1991 AX1
Discovered 1991 Jan. 14 by M. Matsuyama and K. Watanabe at Kushiro.
Seo Hyun-seop (b.1944), a professor at Pukyung University, Korea,
and also at Kyusyu University, Japan, is an amateur astronomer interested
in minor planets. He was a Korean ambassador and published books on
international friendship between Korea and Japan.   The name was
suggested by K. Hurukawa.   M. P. C. 53 469   2005 JAN. 25

2005년 1월 국제천문연맹(IAU)은 일본 천문학자가 발견한 소행성(6210)에
「Hyunseop」이라 명명했다고 공표했다.

한겨울의 귀향길

2004년 6월 말, 이윽고 일모작 인생의 막이 조용히 내렸다. 30여 년이란 긴 세월을 보낸 외교부를 정년퇴임하였다. 긴 항해 끝에 무사히 항구에 입항한 기분이었다. 그날 저녁, 집사람이 "그간 수고했어요." 하는 말과 함께 건네준 꽃을 받아 놓고 샴페인을 들이켰다. 시원하고 섭섭한 바로 그 맛이었다.

차츰 시간적 여유에 익숙해져 가던 12월 중순, 오랫동안의 해외 근무 와중에 잊고 지냈던 고향에 대한 그리움이 느닷없는 열병처럼 가슴 깊은 곳에서부터 퍼지기 시작했다. 겨울 길을 혼자 터덕터덕 걸어보고 싶어졌다. 신혼 때부터의 방랑벽이 불현듯 도지는 데는 잔소리꾼 아내조차 손을 들고 만다.

12월 18일 아침 9시. 김진웅 사장의 전송을 받으며 서울역 시계탑 아래에서 제일보를 내디뎠다. 43년 전, 구례중학교를 가까스로 졸업하고 야간열차로 상경하여 이른 새벽에 바로 이 자리에서 괴물 같은 거대한 도시를 마주하고 주눅이 들었던 기억이 선명하게 떠올랐다.

한강을 건너 노량진 부근에서 주머니에 손을 넣고 바삐 지나가는 중년의 신사에게 안양 가는 길을 물었다. 그는 건너편의 버스 정류장을 턱으로 가리킨다. "걸어가고 싶은데요."라고 하자 아침부터 재수 없다는 시선으로 위아래를 한번 살펴보더니 도망치듯 가버렸다.

공주 부근의 허름한 밥집에서 칼국수로 때늦은 점심을 허겁지겁 들고 지도를 펴놓고 다음 행선지를 살피고 있을 때였다. 주인

할머니가 어디서 왔느냐고 물었다. 서울에서 걸어왔다는 말에 깜짝 놀라더니 "낫살깨나 먹은 양반이 한겨울에 고생이 말이 아니구면." 하면서 꼬깃꼬깃한 천 원짜리 지폐 두 장을 손에 쥐여 주며 노자에 보태라고 한다. 몇 번이나 사양했지만 소용이 없었다. 내 몰골이 영락없는 상거지꼴이었던 모양이다.

계룡산 아래에서 논산으로 이어지는 아침의 둑길은 꿈속의 미로 같았다. 짙은 안개가 아침 햇살에 조금씩 흩어지고 개울가의 무성한 갈대 속에서 더러는 물새가 푸드덕 하늘로 솟구친다.

이따금 자전거를 타고 지나치는 아저씨들이 나를 닮았다. 이국에서는 느낄 수 없었던 정겨움에 가슴이 뭉클해졌다. 하루에 40km 정도를 걸었다. 오전엔 걸을 만하나 오후에는 다리가 말을 제대로 안 들어 아무 데서나 쉬며 다리를 주무르곤 했다. 해 떨어지면 이른 저녁을 해결하고 도로변에서 멀지 않은 러브호텔로 찾아들었다. 깨끗한 시설에 욕실과 인터넷이 제대로 갖추어져 러브호텔을 이용했지만 어쩐지 뒤가 켕기는 기분이 든 것은 어쩔 수 없었다. "혼자 주무시게요." 하는 말을 못 들은 척하고 방 안에 들어가 양말과 속옷을 대충 빨아 널고 샤워를 마친 다음엔 세상모르고 잤다.

짧은 겨울 해가 떨어진 지 한참 지나 익산 부근의 국도로 들어섰다. 주위가 제법 어두워졌는데 도무지 여관을 찾을 수 없었다. 오가는 택시도 안 보였다. 할 수 없이 큰길가에 있는 농가로 들어가 주인아저씨한테 사정을 설명하고 여기에서 가장 가까운 여관까지만 자동차로 태워다 줄 것을 부탁했다. 사례하겠다고 얼른 덧붙였다. 40대 후반쯤으로 보이는 그는 나를 대충 살피더니 "연세가 얼마나 되세요?" 하고 묻는다. 환갑이 갓 지났다고 하자 "고생이 많군요. 자, 갑시다."라고 하는 것이 아닌가. 4~5km쯤 달려 여관에 도착했다. 사례하려고 했으나 그는 웃으며 손사래를 치고 차를 돌려 빠르게 어둠 속으로 사라졌다.

이튿날 아침. 전날 자동차를 얻어 타고 왔던 그 지점으로 되돌아가 다시 걷기 시작했다. 전주, 임실을 거쳐 남원 땅에 들어서자 도로 표지에 이윽고 목적지 구례가 나타났다. 한동안 발걸음을 멈추고 반가운 마음에 "구례, 구례." 하고 읊조렸다.

12월 29일 해거름에 마침내 암울한 소년 시절의 기억이 고스란히 묻어나는 신촌 마을에 도착하여 옛날 살았던 오두막집으로 발길을 향했다. 웬걸, 근사한 2층 기와집이 버티고 있다. 대문 밖의 인기척에 주인이 나왔는데 먼 인척뻘 되는 80대 할머니가 아닌가. 그이는 반갑게 내 손을 잡고 마루로 이끌었다. 할머니는 인스턴트커피를 권하면서 이곳의 '집터가 좋다'는 소문에 전에 있던 집을 허물고 이곳에 집을 지었다고 한다. 그래서인지 아들은 서울 강남구청 과장이고, 손자는 고려대 법학과를 졸업하여 판사가 되었다고 하며 감사하다고 연신 머리를 숙여 나를 난처하게 했다. '집터가 좋긴 좋은 모양이구먼' 하는 생각을 하며 작별을 고했다.

도망치듯 상경했던 홍안의 소년이, 머리에 서리가 하얗게 내린 초로의 모습으로 귀향하였다. 열흘간의 혼자만의 여행길에서 되돌아본 인생 여정은 정녕 꿈만 같았다. 그 여정에서 실로 많은 분들에게 신세를 졌다는 사실을 곱씹으며 타향에 온 나그네처럼 구례구역 앞에 있는 여관에서 하룻밤을 묵었다.

이튿날 1951년 4월, 31세의 청춘으로 전사한 선친의 묘소에 들러 재배하고 상경 열차에 나를 맡겼다. 차창 밖으로 멀어지는 산하에 눈길을 주면서 일본의 대학에서 제2 인생의 텃밭을 일구기로 마음먹었다. '그래, 인생길엔 왕도란 없지. 그저 쉬지 않고 한 걸음, 한 걸음 걸으면 앞으로 가게 되어 있지'라고 혼자 중얼거렸다. 바로 40여 년 전에 서울로 향하는 야행 열차 속에서 스스로에게 한 자기 최면의 화두였다. 할 수만 있다면 80세가 되는 그때, 지팡이에 의지해서라도 귀향길에 다시 나서고 싶다.

뜻이 있는 곳에 길이 있다

2004년 6월 말, 마침내 일모작의 인생의 막이 조용히 내렸다. 사실 '인생은 이모작'이라 여기고 은근히 정년을 나름대로 준비하며 살아왔다. 평생 사 모은 책을 정리하면서 책 몇 권을 더 쓰고 싶은 강렬한 욕구 때문이었다.

무사도에 관한 책을 준비하면서 그해 9월부터 과학진흥재단 지원으로 부산에 있는 부경대학교에서 초빙교수 자격으로 일주일에 한 번씩 한일 관계를 강의하는 한편 규슈대학의 특임교수도 겸임했으나 성에 차지 않았다. 초빙교수는 3년 계약인데다 연구실도 주어지지 않는다. 제2의 인생을 본격적으로 모색하기로 했다. 일본의 대학에서 '학자 외교관'의 꿈 실현에 도전하기로 하였다. 우선 일본에서 『대학교수가 되는 길』이라는 책을 구입하여 자격요건 등을 체크했다. 교수 공개채용 정보는 인터넷에서 검색이 가능하며, 논문과 저서는 최근 5년 이내의 것만 평가한다거나, 5명의 정교수로 구성되는 '선고(選考) 위원회'가 거의 전권을 가지고 있다는 정보 등은 큰 도움이 되었다.

2005년 가을, 규슈대학에 특강하러 가는 기회에 규슈 지역의 대학을 돌아보고 아는 교수들을 만나보았다. 미야자키의 대학과 나가사키 현립대학에서 사회과학 분야의 교수를 공개채용한다는 정보를 입수할 수 있었다. 마침 나가사키 현립대학에 근무 중이던 윤기로 교수님이 2006년 3월 정년퇴임이라고 했다. 윤 교수님과는 도쿄 대사관에 같은 시기에 근무한 구면이라 많은 정보를 줘 지금도 감사한 마음이다.

나가사키 쪽으로 마음을 굳혔다. 나가사키는 '작은 로마'로 불릴 정도로 일본 가톨릭의 성지라는 점이 마음에 들었다. 일차적으로 나가사키에 있는 가톨릭여자대학의 문을 두드려보기로 했다. 전직 교황청 대사로 일본에 관한 저서도 몇 권 있고, 규슈를 관할하는 후쿠오카 총영사 재임 중엔 80만 부쯤 나가는 『서일본신문』에 한일 관계 관련 칼럼을 50회나 게재하고, 강연도 50여 차례 하여 후쿠오카에서는 제법 알려진 편이라는 자화자찬식의 자기추천서를 저서와 함께 가톨릭대학 수녀학장에게 전달했다. 실망스럽게도 자리가 없다는 짤막한 회답뿐이었다.

일본에서 교수 자리를 확보하는 것이 생각보다 어렵다는 것을 알게 되었다. 산속에 있는 그 가톨릭대학에서 수도사처럼 생활하면서 가르치고 싶었지만 포기할 수밖에 없었다. 그래서 차선책으로 2005년 여름 반기문 외무장관님의 추천서를 첨부하여 나가사키 현립대학의 공개모집에 응모했다. 솔직히 내가 지원하면 학교 측에서 "어서 오십시오." 하고 환영할 것이 아닌가 하고 기대해 보았으나 그것은 김칫국 먼저 마신 격이었다. 29명의 응모자 중에서 가까스로 선발되어 젊은 교수들의 면접에 임할 때는 약간 불안하기조차 했다.

다행히 2006년 4월에 국제정보학부의 교수로 임용되어 그토록 하고 싶었던 학자 흉내를 내며 보람 있게 지낼 수 있었다. 후일담에 의하면, 반기문 외무장관이 '학자 외교관(scholar diplomat)'이라고 높이 평가한 추천서가 주효했고 또한 전직 외교관으로서의 풍부한 현장체험과 국제법 전공의 학위, 일본에 관한 서너 권의 저서 등이 평가되어 5명의 선고위원 전원 일치로 채용이 결정되었다고 한다.

나는 학년 초에는 예외 없이 NHK 종합TV가 『일본은 없다』와 『일본은 있다』를 비교하여 1995년 2월 28일 30분간 방영한 〈클로즈업 현대〉의 프로그램을 학생들에게 보여줌과 동시에 40분 정도 『일본은 있다』의 저술 전후의 사정을 설명하였다. 〈클로즈업 현대〉는 1993년 4월 이래 매주 화요일~목요일 밤 10시부터 10시 30분까지 뉴스 캐스터 구니야 히로코(國谷裕子)에 의해 2016년 3월까지 4천 회까지 인기리에 방영되었다. 강의에 앞서 이 프로그램을 보여준 나의 저의는 독도 영유권 분쟁이나 위안부 문제 등과 관련된 강의를 하기 위한 사전포석이었다. 심리전이 제대로 먹힌 탓인지 강의 시간에 '독도는 일본과 무관하다'는 학설을 소개하고 '일본 정부는 위안부 문제 관련 진정한 반성을 하지 않았다'고 지적했지만 나를 두고 이러쿵저러쿵하는 반응은 한 번도 없었다.

대학에는 조교제도가 없다. 커피 한잔도, 복사도, 문서 입력도 모두 혼자서 처리해야 하는 불편함이 있으나 학교 측의 간섭 또한 전혀 없다. 놀랍게도 연구비란 게 있어 책은 얼마든지 구입할 수 있다. 신문의 신간 서적 서평을 꼼꼼히 살피고 주머니 사정에 개의

치 않고 읽어 볼 만한 책을 마음대로 주문할 수 있어 참으로 백만 장자가 부럽지 않았다. 또한 여름방학 중엔 해외연수를 지원해 주니 더 이상 바랄 것이 없다. 월급을 받으며 좋아하는 책을 마음껏 읽으니 묘한 기분이 들 때도 있었다. 독서 자체만으로도 재미있는데 독서를 통해 얻은 지식을 바로 활용할 수 있는 현장이 있다는 것은 큰 축복이 아닐 수 없었다. 보람되고 즐거운 나날이 순식간에 흘러갔다.

아쉽지만 65세의 정년 규정에 따라 2010년 3월 말 교수직을 내려놓고 시간강사 쪽 준비를 했다. 그런데 전혀 뜻밖의 일이 일어났다. 2010년 2월 초순, 일본 외무성에서 4월 14일 개최 예정인 천황 주최의 원유회에의 초청을 검토하고 있다고 하면서 참석 가능 여부를 타진해 왔다. 그때는 신학기 초에다 마침 강의가 있는 날이었다. 대학 측에 사정을 설명하고 휴강 신청을 했더니 모두들 놀라워하며 쾌락하여 주었다.

원유회 참석은 현지 신문에 보도될 정도로 화제가 되었다. 요코하마 총영사 재임 중에 외교단의 일원으로 참석한 적은 있으나 민간인 신분으로 더욱이 한국인으로서의 참석은 이례적이라 하겠다. 원유회 초청이 주효했는지는 알 수 없으나 나는 정년에 상관없이 2014년 3월까지 더 가르치게 되었다. 단 법적으로 정년이 지났기 때문에 '교수'라는 직함 대신에 '특임교수'로 한다고 했다. 정년퇴직 후에는 여름방학 때 한 학기 강의를 5일 동안 해치우는 집중강의를 2016년까지 하였던 관계로 서울과 나가사키를 오갔다.

사실 되돌아보면, 대학교수 채용에서부터 정년 연장에 이르기까지 전직 대사라는 경력이 크게 영향을 미친 것이 분명하다. 아마도 나처럼 외교부의 혜택을 크게 누린 사람도 없을 것이라는 생각에 외교부에 늘 감사한 마음이다. 현직 시절에 체험했던 외교 비사를 약간 섞어 강의하면, 졸던 학생들도 귀를 쫑긋 세우고 경청한다. 나가사키 신문에 정기적으로 칼럼을 게재하고, 강연 초청이 심심 찮게 있었던 것도 전직 외교관이라는 명함 덕분이었다.

보직과 진급에 늘 신경을 써야 하는 공직을 떠나 민간인으로서 생활하는 것은 가뿐하고 자유롭긴 하나 불편한 점도 한둘이 아니었다. 외국인 등록, 재입국 허가신청, 자동차 정기검사, 운전면허증 갱신, 각종 세금 납부 등 잡무가 꽤나 많다. 출입국 관리국에 몇 번씩이나 오가야 할 때는 "외교관 특권을 향유할 때가 좋았구나." 하는 소리가 절로 나오곤 했다.

컴맹 상태로 퇴직하여 새로운 생활에 적응하는 데 애를 먹었다. 모든 행정이 컴퓨터로 행해지고 있고, 해마다 최소한 한 편씩 논문을 써서 혼자서 끙끙거리며 입력을 해야 하니 "이 짓도 못 해 먹겠다."는 푸념을 늘어놓곤 하였다. 이뿐만이 아니다. 매주 90분의 강의를 네 번 해야 하는 것도 만만치 않은 부담이다. 금요일 마지막 강의를 끝내고 나면 맥주 생각이 절로 났다. 학생들의 수업평가서엔 '서 선생의 판서는 해독 불능의 기호'라는 지적이 단골로 등장했으나 타고난 악필은 어쩔 수 없었다. 그래도 즐겁고 보람 있는 나날이었다. 나가사키 현립대학이여 영원하라!

중국어에 재미를 붙이다

2006년 4월 나가사키 현립대학의 교수로 선발되자 나는 넉살맞게 학생들 틈에 끼어 중국어를 청강하고자 했다. 외교 현장에 있을 때부터 언젠가 기회가 되면 중국어를 배우려고 마음먹고 있었던 것이다. 중국인 선생들이 처음엔 난색을 표했으나 얌전하게 '청강'할 터이니 받아달라고 거듭 요청하자 마지못해 수락해 주었다. 강의가 겹치지 않는 한 결석이나 지각을 하지 않고 성실하게 수업에 참석하였다. 학기 말에 중국인 교수들이 백발의 교수가 열심히 공부하는 자세가 학생들에게 좋은 자극이 되었다는 덕담을 해 주었다.

나가사키 현립대학 저우궈창(周國强) 교수가 2018년 3월 18일 자의 『나가사키신문』에 나와 관련 '최고령의 학생'이라는 칼럼을 기고했다. 약간 길지만 그대로 번역, 전재한다.

작년에 오랜만에 서현섭 교수를 만났다. 서 교수는 후쿠오카 총영사, 교황청 대사 등을 역임한 직업 외교관으로 외교부 퇴임 후 본교의 국제정보학부의 교수로 취임하였다. 나는 그보다 2년 늦게 부임하였다. 서 교수는 소탈한 인품으로 교수들이나 학생들에게 인기가 있었으며, 나의 중국어 수업시간에는 다른 학생들보다 가장 먼저 와서 맨 앞자리를 차지한다. 청취력을 훈련하는 시간엔 PC의 키보드를 치는 손가락의 속도는 젊은 학생들이 도저히 따라갈 수 없을 정도로 빠르다. 저녁 늦게까지 연구실에 남아 중국어 번역 등을 하기도 하고 밤에 운동장을 혼자 걸으면서 중국어를 암송하는 서 교수의 목소리를 자주 듣곤 하였다.

중국어에 완전히 빠진 서 교수는 2009년과 2010년 두 번에 걸쳐 베이징대학의 4주간 하계 어학 코스에 참가했는데 아니나 다를까, 최고령의 연수생이었다. 두 번째의 연수 때, 베이징 위이엔대학(語言大學)에서 개최된 아시아 관련 국제학회에 참가하여 논문을 중국어로 발표하여 큰 박수를 받았다.

서 교수는 2014년 대학을 퇴임하고 귀국한 후 한국방송통신대학교 중국어학과에 편입하여 중국어를 계속 공부했다. 재학 기간 중에 자신의 중국어 학습 체험에 기초하여 400페이지에 달하는 『중국어 성조 기억술 소사전』까지 편집하여 출판하였다. 나는 신학기의 수업 첫 시간에는 학생들에게 반드시 서 선생을 소개하고, 예의 소사전을 보여주며 학생들로 하여금 분발토록 당부를 한다.

베이징대학 하계 어학 과정은 중국어를 전공하는 일본 대학생들을 위한 코스로 나는 참가할 수 없었다. 베이징대학 중국어과 교수로 재직 중인 저우궈창의 어머니 입김이 작용한 것이었다. 나이가 많다고 건강진단서를 연수 신청서와 함께 제출하라고 해서 기분이 별로였다. 최고령자 대접을 해서인지 기념사진을 촬영할 때 어학원장이 나를 앞자리 중앙에 앉도록 하여 감사하기도 했지만 쑥스러운 마음을 지울 수 없었다. 4주 과정인데도 베이징대학 학생증을 발급해 주었다. 대학 출입과 도서관을 이용할 때 필요했다.

두 번에 걸친 어학연수를 통해 중국어에 어느 정도 자신을 갖게 되었다. 그래서 2009년 8월 연수를 마친 후에 혼자서 중국 동북 지방을 한 달 동안 이곳저곳 발길 닿는 대로 돌아다니며 세상을 구경하였다. 창춘에서 선양으로 갈 때였다. 차장이 3등 칸에 앉아 있는 나를 1등 칸에 여유가 있다면서 그곳으로 안내해 주는 것이 아닌가. 중국에는 아직도 나이대접을 하는 미풍양속(?)이 남아 있음을 여행 중에 여러 번 체험했다.

어학연수의 매력은 어학원의 안내로 명승고적을 답사하고 베이징대학 캠퍼스 산책을 꼽을 수 있다.

2012년 8월 연암 박지원의 『열하일기(熱河日記)』로 널리 알려진 청나라 황제의 피서산장이 있는 청더(承德)를 1박 2일 일정으로 방문했다. '러허(熱河)'라는 이름은 피서산장으로 유입되는 하천이 겨울에도 얼지 않은데서 유래됐다. 박지원은 청나라 건륭제의 칠순 축하 사행단으로 파견된 정사 박명원의 수행원으로 청국을 방문하고, 귀국 후에 『열하일기』를 저술하여 당시 사상계에 큰 영향을 주었다. 조선 사절단이 1780년 8월 9일부터 5박 6일 머물렀던 청더에서 보낸 하룻밤은 역사적 울림이 컸다.

베이징대학의 캠퍼스는 총면적 약 2km²에 달하는 관광 명소이다. 중국 각지로부터 아이들을 데리고 온 관광객의 발길이 끊이지 않는다. 캠퍼스 한가운데 자리 잡고 있는 웨이밍호(未名湖)가 눈길을 끈다. 너무 아름다워 '아직 이름을 지을 수 없다'고 하여 '미명호'로 불린다고 한다. 8월의 밤, 호반에는 반딧불이 난무하고, 수면에는 달빛이 춤을 추는 그 광경이 지금도 눈에 선하다.

대학교 내에는 은행, 우편국, 대중욕탕, 병원, 영화관, 호텔, 슈퍼마켓 등의 생활시설이 완비되어 있어 하나의 마을과 같다. 8천여 명의 교직원과 그 가족들이 교내의 숙소에서 살고 있으며, 3만 명이 넘는 재학생들 모두가 기숙사에서 생활하고 있다. 기숙사는 냉난방 시설도 없는 5평 정도의 방에서 4명이 비좁게 생활하며, 화장실은 공동으로 사용한다. 학생들은 밤 10시에 폐관하는 도서관이나 강의실에서 공부를 하고 숙소에서는 잠만 잔다. 하루 세끼의 식사는 전부 교내의 학생 식당에서 해결한다.

연수를 마치고 베이징을 출발하기 전날, 스타벅스에 처음으로 들어가 보았다. 청결하고 쾌적한 넓은 공간, 종업원의 상냥한 접객 태도는 별세계에 온 것 같았다. 그러나 손님이 한 사람도 없어 고요하기만 하였다. 중간 사이즈의 아메리카노 커피가 25위안, 내가 좋아하는 계란·토마토 우동의 다섯 배! 커피를 마시는데 엉덩이에 뭔가 자꾸 닿는다. 보았더니 백 위안의 지폐가 잔뜩, 그리고 신용카드가 든, 주인을 잃은 검은 지갑이 돈에 약한 나를 유혹하고 있었다. 나는 고해성사가 부담스러워서 두 사람의 점원에게 우선 한국인임을 밝히고 지갑과 함께 명함을 건네주고 스타벅스를 뒤로했다. 점원 한 사람에게만 주면 그 녀석이 슬쩍할까 봐 일부러 두 명의 점원을 불러 건네주었던 것이다.

그 다음날 아침, 나는 저우 교수와 함께 택시로 공항으로 향했다. 공항에 도착하여 택시에서 내려 가방을 들려던 순간 아뿔싸! 바지 뒷주머니에 있어야 할 지갑이 없어졌다. 막 출발한 택시를 향해 손을 크게 흔들어 보았지만 소용이 없었다. 택시 안에서 저우 교수와 서로 택시비를 내겠다고 법석을 피우다가 그만 지갑을 좌석에 떨어뜨렸던 모양이었다. 다행히 저우 교수가 택시비를 내고 영수증을 받아 챙겼다. 그가 택시 본사에 전화를 걸고 있는 동안

나는 안절부절못했다. 지갑 안에는 주민등록증, 일본 엔화, 신용카드 등이 들어있었다. 택시회사가 말한 장소에서 기다리고 있자 10분 정도 지나자 그 택시가 다시 돌아와 우리 앞에 정차하여 지갑을 주고 감사하다고 말할 틈도 주지 않고 가버렸다. 나는 떠나가 버린 택시를 향해 '씨에씨에 닌谢谢您!(감사합니다)'라고 소리쳤을 따름이었다. 전날에는 지갑을 줍고, 그다음 날엔 지갑을 잃어버릴 뻔했던 것도 베이징에 대한 잊지 못할 추억의 하나이다.

노인복지관의 신문 일본어 강사로

2016년 2월 한국 방송통신대학교를 졸업하자 시간적 여유가 생겼다. 호수공원은 내가 살고 있는 아파트에서 엎어지면 코 닿을 곳에 있다. 공원의 둘레는 약 5km로 일주하는 데 50분 정도 걸린다. 사계절의 정취가 듬뿍 묻어난다. 늦은 봄의 황혼녘에는 뻐꾸기가 뻐꾹, 뻐꾹 노래하고, 가을엔 다람쥐가 쪼르르 나무를 기어오른다. "나는 걸을 때만 사색할 수 있다. 내 두 발이 움직여야 내 머리가 움직인다."『고백록』에 담긴 루소의 고백처럼 나는 거의 매일 걸으면서 생각하거나 뭔가를 외운다.

어느 날 점심시간에 공원 내에 있는 '일산노인종합복지관'에서 처음으로 식사를 했다. 2,200원의 터무니없이 싼 식대인데도 식사는 깔끔하고 맛도 먹을 만했다. 많은 봉사자들이 배식, 설거지, 식탁 정리 등을 맡고 있다. 식사 후에 식판을 연세가 듬직한 봉사자에게 내밀기가 여간 쑥스럽고 미안한 게 아니었다. 나도 때늦게나마 복지관에 뭔가를 기여해야겠다는 생각이 들었다.

담당 사회복지사를 찾아가 지금까지 읽고 쓴 경험을 살려 봉사하고 싶다고 하자, 얼핏 한번 쳐다보고 "경력증명서 한 통을 가져오세요."라는 짤막한 반응이었다. 수일 후 외교부에서 발급받은 30여 년간의 경력증명서를 제출하자 '어' 하는 표정을 보이더니 복지관 부설시설인 호수대학 명예총장님을 뵙고 상의하는 것이 좋겠다고 했다. 바로 정윤무 명예총장님을 찾아갔더니 경력서를 훑어보고 난 후 마침 '신문 일본어' 강사가 건강 문제로 휴강을 하고 있다면서 한번 해보라고 하여 복지관과 인연을 맺게 되었다.

2016년 4월부터 복지관에서 주 1회 '신문 일본어'를 강의하고 가끔 국제 문제에 관한 주제별 특강도 할 수 있게 되었다. '신문 일본어'는 주로 『아사히신문』과 『마이니치신문』의 사설을 다루는데 50여 명의 수강생들의 평균 연령이 놀랍게도 80대 중반 정도이다. 나도 요즘엔 어디를 가면 최고령에 속하는데 대부분의 수강생이 나보다 열 살 정도 많아 가끔 '젊은 선생'이라고 놀림을 당하는 것도 나쁘지는 않다. 구례 출신의 김원배 어르신 내외분을 만난 것도 큰 기쁨이었다.

'신문 일본어'반은 최정 선생님께서 2001년 1월부터 무려 15년 동안 변함없는 열정과 깊은 애정으로 이끌어 오셨다. 2016년 향년 88세로 별세하셨지만 열정적으로 수업을 하신 최정 선생님의 모습은 수강생들의 뇌리에 깊이 새겨져 있다. 최정 선생님의 자제분들이 선대의 '신문 일본어'반에 대한 애착을 상징화하기 위해 1천만 원을 복지관에 후원금으로 기탁하였다. 후원금은 최정 선생님께서 강의를 하셨던 제1교육실을 리모델링하는 데 사용되었다.

수강생 대부분이 10년 이상 공부를 함께 해온 관계로 결속력이 매우 강하고, 프라이드가 높다. 수업 태도가 아주 훌륭하다. 강의 중에 하품을 하거나 고개를 꾸벅거리는 모습을 볼 수 없다. 강사가 잘못 읽으면 바로 그 자리에서 정정해 준다. 수강생 중에는 주일 특파원, KAL 도쿄 지점장, 경기고등학교 교장, 고위 공무원, 교사, 의사, 기업체 사장 등 다양한 경력의 소유자가 포함되어 있으며, 일제강점기 때 여학교를 졸업한 분들도 있다. 때문에 사전에 교재 연구를 철저히 하여 만반의 준비를 해야 한다. 일본에서 외교관과 교수로 18년간 살았지만 일본 신문 사설을 이처럼 정독한 적이 없었다. 가르친다기보다 오히려 배우는 바가 많다.

　코비드-19로 인해 2020년 2월 19일 163번째의 강의 이후 기약 없는 긴 휴강이 이어지고 있다. 학기 중에는 자주 차를 마시고 식사도 같이하면서 환담을 즐겼는데 이제는 어쩔 수 없이 '거리 두기'를 하고 있어 답답한 마음이다. 요즘 나는 일본 신문 사설을 꼼꼼히 읽을 의욕도 없어 대충 훑어보는 식이 되고 말았다. 가르치는 과정을 통해 선생과 학생이 함께 발전하는 교학상장(敎學相長)의 즐거움을 더불어 누리는 그날이 하루속히 오기를 바라는 마음 간절하다.

3부

일본인의 초상

윤동주의 시를 읽는 일본인들

일본열도 서남부 끝자락에 위치한 규슈는 예부터 지리적 근접성 때문인지 한반도와 역사적·문화적으로 특별한 관계를 맺어왔다. 지금도 한국과의 인적, 물적 교류가 일본의 어느 지역보다도 활발하게 이루어지고 있으며 부산광역시와 후쿠오카시가 경제, 문화, 관광 등의 분야에서 호혜적인 협력관계를 유지하고 있다.

규슈에는 일한친선협회, 무궁화회, 한우회, 나들이회 등 한국과 관련되는 민간 친선단체가 열 손가락으로 셀 수 없을 정도로 많다. 그중에서도 '후쿠오카·윤동주 시를 읽는 모임'이 유독 눈길을 끈다.

윤동주(1917~1945)는 두말할 나위도 없이 암울한 일본강점기에 『하늘과 바람과 별과 詩』를 엮어낸 민족시인이다. 그는 교토에 있는 도시샤대학(同志社大學) 영문과에 재학 중인 1943년 7월 치안유지법 위반 혐의로 체포되었다. 모국어로 시를 썼던 것이, 조선어의 사용은 독립운동에 직결된다고 하여 금지하고 있던 당국의 미움을 샀던 것이다. 그는 사상범으로 기소되어 징역 2년 형을 선고받고 후쿠오카 형무소로 이감되어 조국의 광복을 불과 반년을 앞둔 1945년 2월 16일 서른도 안 된 풋풋한 나이에 바람처럼 스러져 갔다. '죽는 날까지 하늘을 우러러 한 점 부끄럼 없기를'로 시작되는 그의 「서시」에 가슴 뭉클한 감동과 아픔을 느끼지 않는 한국인은 없으리라.

후쿠오카의 '윤동주 시를 읽는 모임'은 연세대학교 대학원 국어국문학과 석사 및 박사과정을 수료하고 세종대학교 부교수를 역임한 니시오카 겐지(西岡健治) 후쿠오카 현립대학 교수를 중심으로 1994년 12월 네다섯 명이 시작했다고 한다. 20, 30여 명의 회원이 매달 한 번씩 모여 윤동주의 작품 한 편을 골라 음미하고 행간에 숨어 있는 진정한 의미를 파내는 즐거움에 시간 가는 줄을 모른다. 일본어 번역본을 기본 텍스트로 사용하고 있으나 한국어 원본을 참고함은 물론 때로는 의미를 분명히 하기 위해 영역도 해본다. 여담이지만 1985년 4월 룽징(龍井)에 있는 윤동주의 묘를 처음으로 찾아낸 사람도 한국인이 아닌 와세다대학 오무라 마스오(大村益夫)라는 일본인 교수였다. 또한 윤동주의 「서시」는 해설과 함께 1993년부터 수년간 지쿠마쇼보(筑摩書房)가 발행한 일본 고등학교 현대문 교과서에도 실린 적이 있다.

니시오카 교수가 7년 반 동안 '윤동주 시를 읽는 모임'의 대표를 맡아오다가 현재는 윤동주가 다녔던 도시샤대학을 졸업하고 연세대학교에서 한국어 연수를 한 마나기 미키코(馬男木美喜子) 씨가 20년 이상 대표로 활동하고 있다. 마나기 대표는 윤동주의 시에 빠져 결혼하는 것도 잊고 지내고 있다.

해마다 윤동주의 기일인 2월 16일에는 회원들이 형무소의 옛터에 모여 조촐한 추모제를 지낸다. 윤동주 시인의 모교인 연세대학교 교내에 있는 윤동주 시비 앞에서 시 낭송회를 갖기도 했다. 또한 2013년 3월 연세대학교에서 〈윤동주 시인 유고·유품 기증 특별전〉이 열렸을 때에는 2박 3일 일정으로 서울을 방문하여 특별전을 견학하고 시인의 연고지를 방문하였다. 윤동주 시인의 조카인 성균관대학교 윤인석 교수와는 특별한 관계를 유지하고 있다.

나는 후쿠오카 총영사로 재임하던 1999년 2월 26일, 총영사관 소회의실에서 42번째 윤동주 시를 읽는 모임을 주선하고, 이어 관저에서 만찬회를 개최하여 회원들을 격려하였다. 조총련의 한 여자 대학원생은 생전 처음으로 한국공관을 찾은 탓인지 긴장된 표정으로 아무 말도 하지 않고 앉아있더니 끝날 무렵에야 '고맙습니다'라고 예의를 차렸다. 참석할까 말까 무척 망설였다고 한다. 또한 나는 그해 9월 29일 자 『동아일보』 칼럼에 이들의 활동상을 소개하고 그 기사를 일본어로 번역하여 회원들에게 배포하여 그들의 사기를 북돋우어주었다.

2004년 6월 말 나는 100번째의 시를 읽는 모임에 초청받아 중

후쿠와 총영사관에서 〈후쿠오카 윤동주 시를 읽는 회〉의
42번째 모임을 갖고 만찬(1999.2.26)

국 지린성 룽징에 있는 윤동주 생가를 방문하고 그의 묘지를 참배했던 때의 감회의 일단을 피력하였다. 후쿠오카시가 주관하는 '아시아 우호의 달'의 공식행사의 하나로 열린 이 모임에는 회원을 비롯한 40여 명의 참석하여 「자화상」이라는 작품을 세 시간에 걸쳐 진지하게 토론하였다.

한국인의 참석자는 나를 포함하여 고작 세 사람뿐이었다. 일본에서 널리 알려진 70대 후반의 모리사키 가즈에 여류시인과 82세의 '문학청년'이 끝까지 자리를 지키며 토론에 참가하는 모습을 옆에서 지켜보면서 왠지 부끄럽다는 생각을 떨칠 수 없었다. 윤동주를 배출한 한국의 어디에 이런 모임이, 그것도 20여 년 동안이나 계속되고 있는 시민 모임이 있는가.

윤동주 시를 읽는 모임은 후쿠오카 이외에도 구마모토, 도쿄 등에도 있으며 이들과 교류를 하고 있다고 한다. 일본인들 중에도 윤동주 시에 공감하고 너무나 짧았던 그의 삶에 가슴 아파하는 사람들, 『하늘과 바람과 별과 시』를 반추하는 사람들이 있다는 것은 참으로 놀라운 일이다. 윤동주 시와 그의 정신이 그의 시를 사랑하는 사람들의 작은 모임을 통하여 후쿠오카에서 규슈로, 그리고 일본 전역으로 퍼져 나가기를 기대한다.

일본 대사와의 우정

서울시는 2015년 광복 70주년을 맞이하여 망국의 치욕을 잊지 말자는 취지에서 일제강점기의 통감부와 통감관저가 있던 남산 예장 자락을 '기억의 터'로 꾸미고, '남작 임권조군상(男爵林權助君像)'이라고 새겨진 표석(表石)을 거꾸로 세워 놓았다. 동상의 본체는 오래 전에 파괴되어 온데간데없다.

하야시 곤스케(林權助, 1860~1939)는 1899년 6월 24일 조선 주재 특명전권 공사로 부임하여 1906년 2월 중국 공사로 전임되어 갈 때까지 6년 반 가까이 근무하면서 일본의 한반도 병탄의 기틀을 구축했다. 군사 전략상 필요한 곳을 일본이 마음대로 사용할 수 있도록 한 한일 의정서(1904.2.23.), 재정 및 외교 고문 용빙에 관한 제1차 한일협약(1904.8.22.), 외교권을 박탈한 제2차 한일협약(을사조약, 1905.11.17.) 등에 서명한 장본인이다. 일본 외교사에서는 그를 가쓰라 다로(桂太郎, 1847~1913), 고무라 주타로(小村壽太郎, 1855~1911)와 함께 한일합방의 '3총사'라고 칭하고 있다.

하야시 공사는 일본 정부로부터 남작의 작위를 수여받았고, 1936년 희수의 나이 77세에 그의 동상이 통감 관저 앞뜰에 건립되었고 제막식에는 본인이 직접 참석하여 감회를 술회하였다. 본인의 생전에 동상이 세워진 것은 흔치 않은 일이다.

1935년에 간행된 하야시의 회고록 『나의 70년을 말한다』에는 을사조약이 체결되었던 1905년 11월 17일의 사태 전개에 대해 비교적 자세하게 기술되어 있다. 고종 황제 위문 특파대사라는 명목으로 조선에 파견된 이토 히로부미(伊藤博文, 1841~1909)는 11월 15일 고종 황제를 알현하고 조약안을 제출하였다. 한편 하야시 공사는 11월 17일 오전 조선의 대신들을 일본 공사관으로 초치하여 조약안을 제시하고 이에 대한 동의를 요청했다.

그러나 오후 3시가 지나도록 결론이 나지 않자 하야시는 궁궐로 들어가 어전회의를 개최하였다. 어전회의라고 하나 고종 황제는 칭병하고 회의에 모습을 드러내지 않았다. 밖은 이미 어두워졌는데 협의는 답보 상태를 면치 못하자 하야시는 당초 각본대로 이토에게 도움을 요청하였다. 이토는 하세가와 요시미치(長谷川好道, 1850~1924) 조선 주둔 사령관을 대동하고 입궐하였다. 그는 하야시 공사로부터 지금까지의 회의경과를 보고받은 후 오늘 중으로 결론을 내야 한다고 못 박고, 각료 한 사람 한 사람에게 위협적인 태도로 찬부를 물었다.

그런 와중에 한규설 의정부 참정(총리)이 갑자기 자리를 박차고 나갔고 이어서 궁녀들이 놀란 소리가 요란하게 울렸다. 흥분한 한규설 총리가 고종 황제의 집무실로 들어간다는 게 그만 엄비의 내실로 들어갔던 것이다. 그는 서둘러 회의장으로 돌아오다가 회의장 문 앞에서 졸도하고 말았다. 한규설 총리를 제외한 다른 대신들은 약간의 수정을 조건으로 찬성하였다. 결국 외부대신 박제순과 특명전권 공사 하야시 곤스케가 조약안에 각각 날인하였다. 이와 같이 강압적이고 불법적으로 성립된 협약이 조선의 외교권을 박탈한 을사조약이다.

하야시 곤스케의 『나의 70년을 말한다』라는 회고록을 나는 1976년 일본의 유명한 고서점 거리 간다의 헌책방에서 구입하였지만 제대로 읽지 않고 서가에 꽂아 두었다. 그런데 읽어야 할 시기가 우연히 도래하였다. 나는 1996년 2월 파푸아뉴기니 대사로 발령이 나서 그곳의 일본 대사의 인적 사항을 조사해보았다.

도쿄대 법학부를 졸업한 하야시 야스히데(林安秀, 1936~) 대사로, 그는 자기소개를 할 때는 언제나 "하야시 곤스케의 손자입니다. 잘 부탁합니다."라고 했다고 한다. 부임에 앞서 『나의 70년을 말한다』를 통독하였다. 자기과시적인 내용이 주를 이루고 있으나 러일전쟁을 전후로 한 일본의 조선 침탈의 과정을 이해하는 데 도움이 되는 내용도 있다.

파푸아뉴기니 대사로 부임한 후 하야시 대사를 예방하여 환담을 나누었다. 물론 나는 그의 조부 하야시 곤스케에 대해서는 아는 척도 하지 않았다. 예방 기념으로 졸저 『일본은 있다』의 일본어 번역본 『일본의 저력』을 서명하여 주었다.

파푸아뉴기니의 수도 포트모르즈비(Port Moresby)에는 상주 대사가 20여 명밖에 안 되어 만찬, 외교단행사 등에서 자주 만나게 된다. 특히 하야시 대사와는 2년 정도 같이 근무했는데 가끔 부부동반의 골프도 하고 맥주도 마시며 많은 이야기를 나누며 가깝게 지냈다.

1997년 가을 무렵에 하야시 대사의 도움이 필요하게 되었다. 포트모르즈비에 한국 까리따스 수녀회가 1993년에 황무지에 울타리를 치고 교사와 실습실을 건축하여 파푸아뉴기니의 유일한 여자기술고등학교(재학생 약 300명)를 설립하여 교육선교활동을 펼치고 있었다. 당시 스텔라 교장은 컴퓨터교실 설치에 필요한 40만 달러의 예산 마련을 위해 동분서주하고 있었다. 나는 스텔라 수녀에게 일본 정부의 해외개발 원조 시스템을 설명하고 일본 대사가 나서면 가능할 것이라고 귀띔을 한 후 일본 대사 내외를 주빈으로 하는 관저 만찬 행사에 수녀들을 초청하였다.

하야시 대사는 수녀들이 '라스칼'(강도)로부터 숱하게 강도를 당하고 풍토병으로 수녀 한 명이 희생당하면서까지 학교를 운영하고 있다는 이야기에 감동하였다. 마침내 하야시 대사의 적극적인 주선으로 일본 정부로부터 40만 달러를 공여받아 컴퓨터 교실을 완공하고 입구에는 '일본 정부의 지원에 의한 시설'임을 밝히는 작은 동판을 부착해 놓았다. 이 기술학교는 행세깨나 하는 사람들의 자녀들이 선망하는 교육기관으로 발전했다. 일본 정부가 적극적으로 지원하는데 한국 대사가 팔짱만 끼고 있을 수 없어 나는 학생들의 장학금으로 개인 포켓에서 2천 달러를 기꺼이 기부하였다.

나는 파푸아뉴기니에서 2년 남짓 근무한 후 후쿠오카 총영사로 전임되었다. 하야시 대사 역시 1999년 봄에 귀국하여 정년퇴임한 후 히로시마의 구레대학(吳大學) 교수로 활동하였다. 하야시 대사는 구레대학원이 주최하는 '새로운 일한 관계를 지향하며'라는 심포지엄의 기조강연 강사로 나를 초청하고, 또한 도쿄의 자택에서 우리 부부만을 위한 조촐한 만찬을 베풀어 주기도 하였다. 나 또한 답례로 하야시 대사 부부를 후쿠오카로 초청하여 관저에서 만찬을 하고 그 이튿날에는 규슈의 관광지를 안내하였다.

하야시 대사는 일본 외교협회의 회보(2001년 9월호)에 「파푸아뉴기니에서 배운 것」이라는 제하의 기고문에서, '생애의 친구'를 만났다고, 일본인 특유의 과장법으로 기술하고 있다. 나도 이를 받아 늦게나마 『사가신문』 논단(2006년 9월 18일)에 '일본 대사와의 우정'이라는 칼럼에서 파푸아뉴기니에서 '생애의 친구'를 만나게 되었다고 화답하였다.

나는 2010년 봄에 하야시 대사에게 『나의 70년을 말한다』를 읽은 적이 있다고 지나가는 말처럼 흘린 적이 있다. 그때 하야시 대사는 사실은 한국에 꼭 한번 근무하고 싶었으나 뜻을 이루지 못했다

▲ 한국 대사 초청 만찬에 참석한 하야시 대사 내외와 까리타스 수녀들

하야시 대사 부부를 후쿠오카에 초청, 관저에서 1박 후
우리 부부와 같이 2박 3일의 규수 관광에 떠나기 앞서 관저 정원에서 기념사진 ▼

고 하면서 복잡한 표정을 지었다. 지금도 우리는 가끔 연락을 주고 받고 있다.

결코 잊을 수 없는 동료

2006년 4월부터 제2의 인생을 보낸 나가사키 현립대학의 국제 교류학과에는 교수진이 모두 20명 정도로 한국인 2명, 중국인 2명, 미국인 3명 그리고 나머지는 일본인들이었다. 대부분이 대학에서 한 길 건너에 있는 교원 숙사에서 생활하고 있지만 나이가 20대 후반부터 60대 초반으로 전임강사, 준교수, 교수로 직급이 다르고, 전문분야도 상이하여 적당히 거리를 두고 지냈다.

어떤 선생은 아침 출근길에 같은 엘리베이터를 타면 눈인사를 하기는커녕 시선을 위로하고 짐짓 모른 체하는 괴짜도 있다. 학과의 교수들과 저녁 식사를 같이하는 기회가 드물게 있지만 예외 없이 각자 부담이다. 나의 환영회 때, '서 선생은 오늘 주빈이니 회비 1만 엔의 반인 5천 엔만 내라'고 선심을 쓰듯 말했다. 속으로 '좁쌀뱅이 같은 녀석들'이라는 비아냥이 절로 나왔다.

일본인 교수들 중에서 유일하게 도쿄대학, 그것도 법학부 출신인 고노 겐이치(河野健一) 선생은 다양한 경력의 소유자로 따지기를 좋아하는 모난 성격이다. 도쿄대학 졸업 후 국가공무원 상급시험 (행정고시)에 합격하여 운수성에서 공직을 시작했으나 뜻이 있어 마이니치신문사로 전직하여 영국의 런던대학원(LSE)에서 유학하고 독일의 본 특파원, 모스크바 지국장을 역임하였다. 그런데 그는 잘

나가던 신문기자를 하루아침에 그만두고 게이오대학, 조치대학 등의 비상근 강사를 거쳐 일본열도 서쪽 끝에 위치한 나가사키 현립대학의 교수로 부임하였다.

교수회의에서는 다른 교수들은 물론 학과장, 학장도 고노 선생의 논리 전개에는 그만 손을 들고 만다. 어느 날, 교수회의에 학장이 모처럼 출석하였는데 고노 선생이 학장의 발언을 반박하면서 "당신이 학장이라고 교수회의를 무시하고" 하는 식으로 이야기를 꺼내자 주위에서는 놀란 표정으로 서로 쳐다보았다. 학장은 그날 이후 두 번 다시 교수회의에 나타나지 않았다.

그런데 어쩐 일인지 고노 교수는 나를 살갑게 대했다. 우리는 서로의 연구실로 오가며 커피를 마셨고 술도 가끔 마셨다. 동년배에 모스크바 근무라는 경험을 공유하고 서로 공통된 화제가 많기도 하였다. 2012년 11월 22일에 첫 손자가 태어났다고 자랑하자 그는 다른 교수들과 함께 할아버지가 된 것을 축하하는 주연을 베풀어 주었다.

첫 손자를 볼 생각에 들떠 서울에 갈 준비를 하고 있던 12월 19일 오후 첫 시간 강의를 마치고 나오다가 심한 복통으로 그만 주저앉고 말았다. 마침 옆 강의실에 있던 고노 교수가 뛰어나와 창백한 나의 안색을 살피더니 급히 자신의 차로 대학에서 약간 떨어진 유리노병원(百合野病院)으로 데려갔다.

오후 4시 40분 병원에 도착하자마자 고노 교수는 당직 의사에게 "증상이 심상치 않으니 즉시 내시경 검사를 하세요."라고 사뭇 명령조로 말했다. 그는 매사가 이런 식이었다. 검사를 마친 이시카와 히로후미(石川浩史) 선생은 바로 수술을 하지 않으면 안 되겠다고 했다. 대장의 맹장과 직장 사이에 있는 결장이 심하게 뒤틀려 있다는 설명이었다.

나는 수술실로 실려 가면서 손자 얼굴도 못 보고 저세상으로 가는 게 아닌가 하는 불길한 생각이, 그리고 행여 나에게 무슨 일이 일어난다면 90대의 홀어머니는 어쩌나 하는 생각으로 가슴이 먹먹해졌다. 그날 저녁 8시 30분부터 그다음 날 새벽 1시 30분까지 무려 다섯 시간에 걸친 대수술을 받고 중환자실로 옮겨졌다고 한다. 내가 수술을 받고 있는 동안 한국인 동료 이형철 교수, 고노 교수 그리고 기무라 히데토 선생 등은 내내 자리를 지키면서 서울의 아내에게 연락을 취하고 나의 입원 수속과 휴강과 병가 신청 등을 해 주었다. 주위에서 경원시 되고 있는 고노 선생이 재빨리 대처해 주지 않았더라면 나는 불귀의 객이 되고 말았을 것이다.

다음 날 오후에 도착한 아내가 병실로 들어오는 순간 눈물을 주체할 수 없었다. 살아서 다시 보는구나 하는 감회였다. 당시 나는 나가사키에서 혼자 생활하였고 아내는 매월 나의 봉급날 전후로 반찬 등을 준비하여 '왕림'하여 1주일 정도 청소, 세탁 등을 해 주고 약간의 돈만 남기고 봉급을 몽땅 챙겨 서울로 돌아갔다. 남자는 시간과 돈이 많으면 엉뚱한 생각을 한다면서 말이다. 나는 가족을 위해 '돈 버는 노예'를 기꺼이 자처하고 지냈다.

입원하여 한 달쯤 지난 2013년 1월 19일 마침내 퇴원을 하긴 했으나 장루 또는 스토마(stoma)라고 하는 인공항문을 부착하고 지내야 했다. 손재주가 형편없는 나로서는 스토마를 교체하는 것이 여간 힘든 게 아니었다. 얼마 동안은 유리노 병원으로 출근하다시피 하였다. 그래도 가키타 마치코 간호사가 언제나 상냥하게 대해 주어 조금씩 스토마에 익숙해질 수 있었다. 강의 중에 배설물이 너무 많이 나와 스토마가 터질 것 같아 강의를 중단하고 급히 화장실로 뛰어간 적도 있었다. 스토마는 의료보험이 적용 안 돼 경제적 부담이 만만치 않았다.

장애인과 다름없는 생활을 7개월 이상 하다가 2013년 8월에 다시 입원을 해야 했다. 이시카와 선생은 수술에 앞서 이번 수술이 제대로 안되면 스토마를 평생 달고 지내야 한다는 것을 자세하게 설명하고 나서 '설명을 제대로 이해했다'는 문건에 서명을 하라고 했다. 서명을 할 수밖에 없었다. 의사도 걱정이 된 탓인지 나가사키 의과대학의 대장 전문 권위자의 입회하에 4시간에 걸쳐 재수술을 했다.

수술 결과가 좋아 그 지긋지긋한 스토마를 부착하지 않은 정상적인 생활로 돌아왔다. 한국에는 약 1만 5천 명이 평생 스토마를 달고 지낸다고 한다. 7개월 반의 그 악몽과 같은 나날 속에서 삶과 죽음, 종교, 가족을 진지하게 사색하고, 지난날들을 깊이 성찰할 수 있었던 것이 소득이라면 소득이었다. 고노 겐이치 교수의 빠른 판단력과 행동력으로 목숨을 부지하여 사랑스러운 손자의 재롱도 보고, 홀어머니의 마음을 아프게 하는 불효도 면할 수 있었음을 생각하면 절로 머리가 숙여진다. 고노 센세이 아리가토!

내가 만난 반골 일본 외교관

2003년 가을, 일본에서 『잘 있거라, 외무성』이 출간되어 한때

화제를 불러일으킨 적이 있다. 저자는 2003년 3월 이라크전쟁 개전 전후에 미국 주도의 이라크 공격을 지지한 일본 정부를 통렬히 비판하여 결국 면직당한 아마키 나오토(天木直人, 1947~) 전 주 레바논 일본 대사이다.

아마키 대사는 교토대학 법학부 3학년 재학 중 외교직 상급시험(외무고시에 상당)에 합격하여 1969년 4월 대학을 중퇴하고 외무성에 입성한 이래 2003년 8월 말 퇴직할 때까지 30여 년간 미국, 캐나다 등지에서 근무한 엘리트 외교관이었다.

내가 아마키 대사를 처음 만난 것은 1970년대 중반 주일 한국대사관 경제과에 근무하던 무렵이었다. 깡마른 체구에 콧수염을 기른 그는 신경질적인 인상이었다. 아마키가 당시 외무성 경제협력 1과에서 한국에 대한 차관 업무를 담당하고 있었던 관계로 우리는 자주 만났다. 일본 차관공여 실무대표단의 일원으로 포항제철소를 방문했을 때의 일이다. 박정희 대통령의 '웅비(雄飛)'라는 친필액자 앞에서 감동한 표정으로 한동안 서 있던 그가 손을 내밀며 "우리도 웅비하는 외교관이 되자"며 악수를 청해왔다.

그 후 내가 10여 년 후 본부에서 동부 아프리카 과장을 마치고일본 대사관에 다시 부임했더니 아마키는 아프리카 2과장으로 남아공 문제와 씨름하고 있었다. 우리는 구면인데다 우연히도 같은아프리카 과장을 맡은 인연으로 동업자 의식이 있어 제법 두터워진 관계가 되었다.

1988년 말인가, 그는 미국의 남아공 정책과 이를 맹목적으로 추종하는 일본 외교의 행태를 비판적인 시각으로 다룬 책자를 출간하려고 했으나 외무성의 허가를 얻지 못하여 포기할 수밖에 없었다. 그때 넘겨준 원고를 대충 보았지만, "이 친구 옹비하기는커녕 중도에 날개가 꺾이고 말겠구나!" 하는 불안한 느낌을 지울 수 없었다.

아마키는 2001년 1월, 주레바논 대사로 부임한 이래 중동지역에 관한 정보를 수집, 분석하는 한편 이라크 사태를 예의 주시하고 있었다. 아마키 대사는 미국의 이라크 공격이 임박해진 2003년 3월 14일 심야에 대사관 집무실에서 유엔 결의 없는 이라크 공격은 저지되어야 한다는 요지의 정책 건의문을 기안하여 본성으로 타전하였다.

아마키 대사는 이 전문을 외상은 물론 수상과 관방장관도 공람할 것을 요망하고 동시에 전 재외공관에도 배포하였다. 미국의 이라크 공격을 저지시키기 위하여 중동지역에 근무하고 있는 자신의 판단을 수상을 비롯한 정부 수뇌에게 전달하고자 했다. 일본 외교에 34년간 봉직한 외교관으로서 역사적 외교정책에 대해 자신의 의견을 기록으로 남긴다는 것은 최소한의 책무라고 생각하였다고 한다.

아마키 대사의 정책건의는 보기 좋게 묵살되고 말았다. 3월 20일 미국의 일방적인 이라크 공격이 개시되자마자 고이즈미 준이치로(小泉純一郞) 수상은 일본의 미국에 대한 지지를 공식 발표했다. 아마키 대사는 일본이 유엔을 무시하면서까지 성급하게 미국을 지지할 필요가 없다는 판단에서 3월 24일 다시 두 번째의 공전을 타전하여 일본은 미국 지지를 되풀이할 것이 아니라 유엔을 통한 조속한 전쟁 종결을 위해 노력해야 한다고 촉구했다. 그는 두 번째 전문도 전 재외공관의 대사들에게 배포하였다. 정부의 정책에 정면으로 도전한 두 통의 전문으로 그는 34년간의 외교관 생활을 '권고사직'으로 접어야 했다.

아마키 대사는 마치 해직을 기다리고 있었다는 듯이, 외무성을 그만둔 지 불과 한 달 만인 2003년 10월에 고이즈미 준이치로 수상을 개혁의 비전도 없고 대중적 인기에 영합하는 정치인으로 매도하는 한편 외무성의 흑막을 실명으로 폭로한『잘 있거라, 외무성 ─나는 고이즈미 수상과 매국관료를 용서하지 못한다』를 출간하여 일약 유명인으로 '웅비'하였다.

아마키 대사는 이 책자에서 고이즈미 수상의 언행에는 국가와 국민을 위해 무엇인가를 하려는 의지가 티끌만큼도 감지되지 않으며, 요행으로 손에 쥔 권력을 즐기고 있을 뿐이고 일본을 이끌고 갈만한 능력도 정책도 없다고 신랄하게 비난하였다. 한술 더 떠 사토 에이사쿠(佐藤榮作) 정권 때 비롯된 외무성의 수상관저에 대한 기밀비 상납은 고이즈미 수상 취임 후에도 외무성의 기밀비 중 매년 약 20억 엔이 상납되고 있다고 폭로하였다.

또한 그는 전후 일본 외교의 최대 실책은 바로 모든 면에서 미국 추종 자세를 탈피하지 못한 데 있다고 주장했다. 국토 면적의 0.6%에도 미치지 못하는 오키나와에 주일 미군기지의 75%가 집중되어 있는 현실을 방치하고 있는 것은 일본 정부가 아직도 오키나와를 일본으로 간주하고 있지 않다는 증거라고 주장했다. 미국이 시키는 대로만 할 것이 아니라 국민적 합의를 도출하는 방향에서 미일 동맹을 재검토하여야 한다고도 했다.

외무성에서 쫓겨난 후에도 그는 움츠러들지 않고 외교평론가, 작가, 정치운동가 등으로 다양한 활동을 계속하였다. 2004년에는

『잘 있으세요, 고이즈미 준이치로 - 국민의 생명을 무시하는 냉혈, 오만, 후안무치의 재상을 용서 못 한다』는 책을 간행하여 고이즈 수상을 맹비난했다.

뿐만이 아니다. 아마키는 2005년 중의원 선거에서 고이즈미의 선거구인 가나가와 11구에서 무소속으로 출마하여 다시 한번 화제의 인물이 되었다. 아마키는 7,475표를 얻는 데 그친 반면 고이즈미 총리는 무려 26배나 되는 197,037표를 득표하여 아마키의 코를 납작하게 했다. 그는 그 후에도 2번이나 국회의원 선거에 출마했으나 번번이 낙선의 고배를 마셨지만 아직도 정치에 대한 뜻을 접지 않고 있는 듯하다. 인터넷에서 「아마키 나오토의 메일 매거진 - 반골의 전직 외교관이 세계와 일본의 진실을 사실적으로 해설」을 발행하는 한편 인터넷 정당에도 관여하고 있다.

나는 1980년대 말에 그와 헤어지고 다시는 만날 기회가 없었는데 2015년 4월에 뜻밖에도 아마키 대사의 편지가 일산의 아파트로 날아들어 나를 놀라게 했다. 박근혜 정권 때 한일 관계가 교착상태에서 벗어나지 못하고 있던 그 무렵, 아사히신문의 하코다 데쓰야(箱田哲也) 논설위원으로부터 나와 인터뷰를 하고 싶다는 연락을 받았다. 나는 감사하나 나와 같은 피라미와 같은 존재보다는 JP가 적절할 것이라고 하며 사양했으나 굳이 나와의 회견을 갖고 싶다는 것이었다.

3월 12일 오후 2시에 코리아나 호텔 커피숍에서 하코다 논설위원과 아사히 서울 특파원을 앞에 두고 나는 화장실도 거른 채 장장 4시간 반에 걸쳐 한일 간의 현안 문제 등에 관해 열변을 토했다. 그 회견 내용이 4월 8일 자 『아사히신문』 조간에 꽤나 크게 두 장의 나의 사진과 함께 게재되었다. 사진 한 장은 세종대왕 동상 앞에서 찍은 것이고, 다른 한 장은 박정희 대통령의 저서 『국가와 혁명과 나』를 펼치고 있는 모습이다. 아사히의 회견 기사를 접한 일본의 지인들이 연락을 해왔음은 물론이고 강연 초청도 이어졌다. 아마키 대사 역시 『아사히신문』 기사를 읽고 편지를 보내왔던 것이다. 감개무량했다. 결국 '웅지'를 펴지 못하고 칠십 줄로 접어든 그의 편지를 접하고 보니 비애감마저 들었다.

아마키 대사가 놀라운 일을 했다. 2020년 9월에 김문길 한일문화연구소장 등과 함께 임진전쟁 때 조선인의 코를 잘라 무덤을 만든 일본인의 부끄러운 역사를 반성하는 『기린이여 오라』를 출간하였다. 아마키 대사는 이 책에서 임진전쟁으로부터 메이지 정부를 거쳐 아베 신조 정권에 이르기까지 반복되는 일본의 가해 역사를 기탄없이 지적하고 있다. 중국에서 평화의 시대에만 나타난다고 하는 상상의 동물 기린(麒麟)을 책의 제목에 사용함으로써 한일 간의 평화로운 시대의 도래를 기원하는 마음을 에둘러 표현했다.

후지산 등반의 추억

후지산(富士山)은 일본인에게 단순한 산이 아니다. 마치 백두산이 우리 민족에게 그 상징성이 크듯이 후지산은 일본인의 정신적 고향이자 일본의 상징으로 숭앙되어 온 대상이기도 하다. 후지산을 믿는 종교도 있다.

에도시대(江戶時代, 1603~1867)에는 후지산이 일반에게 공개되는 날 골목골목에서는 이른 아침부터 마루에 향불을 피우고 먼 곳에 있는 후지산을 향해 엎드려 경배하였다. 열광적인 후지산 신자들은 수일간에 걸쳐 등반에 나섰다. 그러나 노인, 환자 그리고 60년에 한 번 경신년 이외에는 여성의 입산금지로 산을 오르지 못한 여인들은 에도 곳곳에 있는 후지산 축소물(miniature)을 찾아 나섰다. 5~6m에 이르는 후지산 모형물의 겉은 후지산 용암으로 발라 놓아 실물 냄새가 나도록 했다. 에도의 명물이었다고 한다.

일본에서 상점과 회사의 이름으로 가장 많이 사용된 단어는 '후지'라는 것이고 설날 새벽에 후지산 꿈을 꾸면 그해는 운수가 대통하는 길몽으로 친다. 후지산은 화가나 소설가들의 단골 테마였고 신흥종교단체나 유락시설이 그 주변에 밀집되어 있다. 신앙심 있는 자는 후지산을 보며 기도하고 한량들은 후지산의 아름다운 정경을 보면서 한잔하는 것을 즐기기 때문일 것이다.

후지산은 여인네가 관동평원에 누워 있는 모습을 연상시킨다. 일본 최고의 높이 3,777m 웅자에 비해 산세가 순한 미인을 닮았고 부끄럼을 잘 타는지 안개를 치마폭처럼 두르고 있는 때가 많다. 에도시대부터 전해오는 일본 말에 '후지산에 한 번도 오르지 않아도 바보, 두 번 오르면 바보'라는 것이 있다. 이는 후지산 등정이 만만치 않음과 또한 정상의 경치가 기대에 미치지 못함을 에둘러 표현한 것이다. 후지산을 한 번이라도 올라가 본 사람은 후지산은 멀리 두고 보아야 제 모습이 드러나는 산이라는 데 동의할 것이다. 그럼에도 불구하고 아직도 그곳을 등반하지 않은 사람이 부지기수이고 두세 번씩 오른 자도 많다고 한다.

풋풋한 젊은 시절, 일본에 건너가기 전부터 후지산 등정을 마음에 두었다. 지리산의 그림자가 드리운 구례에서 태어난 촌놈 근성인지 산을 좋아했다. 후지산은 연중 등산이 가능한 것이 아니라 7월 초부터 8월 26일 불의 제삿날까지만 일반 등산객에게 공개되는 관계로 오를 기회를 마련하는 것이 그렇게 간단치가 않다.

도쿄 대사관에 부임한 후 서둘러 스포츠센터에 가서 등산복 상하의, 히말라야 등정에도 사용할 만큼 튼튼한 등산화, 코펠 등을 구입해 두고 8월 15일만 기다렸다. 어쩐지 그날을 택해야 할 것만 같았다. 젊은 날의 치기였을까.

후지산을 맨 아래에서부터 등반하는 사람은 별로 없고 대부분 자동차 편으로 해발 2,340m의 중간 지점까지 가서, 그곳에서부터 도보로 올라간다. 나는 1979년 8월 14일 이른 아침에 동료와 함께 도쿄를 출발하여 유료 자동차 도로를 이용하여 중턱까지 올라갔다. 산 중턱에 이르는 주변의 경관은 뛰어나다. 잘 손질된 도로, 원시림을 방불케 하는 전나무 숲, 호수가 내려다보이는 길목이 지금도 눈에 선하다.

후지산은 중턱을 고고메(五合目)라고 하며 그다음부터 6, 7, 8, 9고메 그리고 정상으로 구분되어 있으며, 각 구간은 0.6km에서 2.5km의 간격으로 나누어져 있다. 등산객의 목표 지점인 셈이다. 산 중턱에는 수백 명의 등산객이 인산인해를 이루고 있었다. 천년 전부터 일본인들은 이슬람교도들이 일생에 한 번 성지를 순례하듯이 평생 한 번쯤은 후지산 등반을 원했다고 한다. 슬리퍼를 직직 끌고 온 젊은이, 수건을 질끈 뒤로 맨 중늙은이, 지팡이에 의지해서 한 발 한 발을 간신히 떼어 놓는 노부부, 이건 산행이 아니라 어디 이웃집 마실가는 차림이다.

산 중턱인 고고메에서 6시경 출발하여 3시간 반쯤 지그재그로 정상을 향해 천천히 올라왔다. 해발 3천m를 훨씬 넘은 고지대에는 아름다운 경관은 온데간데없고 푸석푸석한 곰보 자갈만 있고 나무 한 그루도 찾아볼 수 없다. 멀리 산 아래 시가지의 불빛이 고향처럼 정답게 느껴졌다. 바로 머리 위 하늘에 별이 석류 알처럼 알알이 박혀 있는 아름다운 밤이었다.

어차피 하치고메(八合目)에서 한숨 붙이고 새벽녘에 일출을 보기 위해 서둘러 나서야 되기 때문에 느긋한 마음으로 하늘의 별을 쳐다보며 지리산을 그리워했다. 그때 바로 옆자리에 앉아 있던 두 명의 아가씨들이 귤과 계란 두 개씩을 내밀었다. 우리 옆을 끊임없는 행렬이 지나가고 있었다. 이곳저곳에서는 벌써부터 침낭 속으로 파고드는 축도 있었다. 하쓰에라는 아가씨와 긴 이야기가 실타래 풀리듯이 풀려나갔다. 자정을 넘었다.

주위에는 온통 두더지 모형의 침낭들이 떼를 짓고 아침의 여명을 기다리고 있었다. 우리도 그 틈새에 자리를 펴고 각자의 침낭 속으로 들어가 하늘의 별을 한참 헤아리다가 그만 스르르 잠 속으로 빠져 들었던 모양이다.

잠깐 눈을 붙였는가 싶었는데 일출을 보러 가야 한다고 주위의 두더지들이 서두르기 시작한다. 덩달아 우리도 그 대열에 합류하여 정상으로 올라갔다. 하쓰에는 정상에서 뭇사람들 틈에 끼여 떠오르는 태양을 향해 가지런히 손을 모으고 그리고 눈을 감고 뭔가를 비는 듯했다. 나는 다만 그녀 옆에서 큰 감흥 없이 초연한 태도로 앉아 있었다. 산꼭대기의 간이식당에서 뜨거운 우동 국물을 훌훌 마시면서 하쓰에가 무엇을 기원했느냐고 묻기에 "도쿄에서 다시 만나기를 빌었다."고 했더니 살포시 웃는다. 웃는 눈이 예쁘게 보였다.

8월인데도 정상에는 약간의 잔설이 남아 있고 제법 으스스했다. 화구의 봉우리에는 1936년에 세워진 후지산 측후소가 외로운 등대처럼 서 있다. 일본의 유명한 산악소설가 닛다 지로가 저 측후소에 근무하면서 소설 쓰기에 매달렸다는 설명에 하쓰에는 별것을 다 안다는 식으로 새삼스럽게 쳐다본다. 자, 이제는 내려가는 것만이 남았다. 하쓰에는 좀 더 있다가 하산하겠다 하여 우리는 아쉽다는 표정으로 '소매를 서로 스치는 것도 전생의 인연'이라고 하며 '사요나라'를 했다.

인연이 없었는지 그 후로는 한 번도 하쓰에를 만날 수가 없었다. 남부 아프리카 짐바브웨의 카하라 사막을 여행할 때, '사막의 하늘에도 지랄하게 별이 많기도 하군' 하는 독백 끝에 별처럼 작고 차가운 손을 가졌던 하쓰에가 문득 유성처럼 내 마음을 스치고 지나간 순간이 있었다. 그뿐이었다.

고서점의 메카, 진보초의 풍경

70년대 중반, 일본 대사관에 부임했다. 일본에 도착하여 한 달쯤 지난 주말에 세계적으로도 널리 알려진 고서점의 메카, 간다의 진보초(神保町)를 찾아 나섰다. 청계천 헌책방 거리와 외양은 비슷하나 안으로 들어가 보면 그 고풍스러운 분위기, 수백 년 된 고서가 주인을 인내심 있게 기다리는 서가의 모습은 완연히 달랐다. 한나

절 고서점 거리를 대충 둘러본 인상은 '일본에 잘 왔다'는 것이었다.

그 시절 일본에서는 〈도쿄 사막〉이라는 노래가 한창 유행하고 있었지만 서점을 기웃거려 본 나에겐 복에 겨운 헛소리로 들렸다. 우리가 일본의 실체와 실력을 제대로 평가하지 않고 방심하는 사이에 일본은 저만치 앞서갔던 것이다. 일본을 파헤쳐 보리라는 다짐을 절로 하게 되었다. 대학교, 서점가, 출판사가 집결되어 있는 그 거리는 지금도 늘 푸른 나무들이 우거져 있는 환상의 언덕으로 남아 있다. 메이지대학 건너편에 있는 오카(丘)라는 찻집은 고향의 뒷동산을 연상케 해서 마음에 들었다.

책의 거리, 당시 진보초의 대표적인 서점으로는 뭐니 뭐니 해도 산세이도(三省堂)를 꼽지 않을 수 없었다. 그 규모에 질렸다. 국력의 차이라는 것은 결국 서점의 크기와 그 수준으로 결판난다는 생각이 들었다. 5층의 건물 전체가 책방이라니 놀랄 수밖에 없었다. 소년 시절에 서점 종업원, 그리고 철이 들어서는 헌책방 주인을 꿈꿨다. 책방 주인의 꿈은 물 건너갔다는 체념으로 산세이도를 나왔다. 내가 다녔던 메이지대학원에서 걸어서 10분쯤 되는 곳에 위치한 산세이도 서점은 〈도쿄 사막〉에서 글자 그대로 청량감이 넘치는 지식의 오아시스였다. 지하에서는 간단한 식사도 할 수 있어 여유를 갖고 책을 고를 수 있어 좋았다.

진보초 주변의 고서점가는 일본 전국 고서점의 70% 정도가 밀집되어 있는 문화의 거리이다. 이와나미(岩波) 출판사의 홀에서는 일주일에 한 번씩인가 루마니아, 불가리아, 소련 등 동구권 사람들의 살아가는 모습을 담은 문화영화를 무료로 상영했다. 70년대 중반, 동구권은 그 지리상의 거리 이상으로 아득한 금단의 땅이었다.

이와나미홀에서 얻은 사회주의 세계에 대한 지식과 정보는 전혀 예상치도 않게 훗날 3년 4개월의 모스크바 근무에 크게 도움이 되었다. 소피아, 부다페스트를 여행하면서 나는 새삼스럽게 진보초 시대의 추억에 잠겼고 인연의 묘함에 몇 번이나 '그것참'을 염불처럼 중얼거렸다.

간다 거리 한편에 일본 민속학과 일본 문학에 관한 고서를 팔고 있는 마에다라는 책방에서 마쿠라에(枕繪)라는 춘화첩을 발견했을 때의 놀라움은 대단했다. 성에 대해 음습하고 칙칙한 이미지를 갖고 있는 동방예의지국의 신사 눈에는 정말 화끈한 그림이라는 생각이 들었다. 일본인의 기록 정신과 장인 정신이 춘화에서조차도 묻어난다는 사실에 놀랐고 일본인에 대한 인식을 새롭게 하는 계기가 되었다. 이때 구입한 마쿠라에가 훗날 『일본인과 에로스』라는 저서로 둔갑했다.

간다 고서점가에는 비단 일본 서적뿐만 아니라 러시아, 중국 관련 전문서를 취급하는 곳도 있다. '나호트카'라는 러시아어 전문 서점은 시베리아의 고고학 자료, 차이코프스키 음반, 소련의 그림까지 취급하고 있었다. 붉은색만 보아도 왠지 움츠러드는 판국인데도, 호기심으로 가끔 그곳에 들러 낯선 러시아어 알파벳 책자를 넘기면서 구약의 바벨탑 흔적이 아직도 남아있다는 생각을 했다.

나호트카에 들른 날은 대학원 동기생 아야코와 함께 도쿄 타워 근처에 있는 '볼가'라는 러시아 식당에서 보드카를 마시면서 레닌, 트로츠키, 스탈린, 그리고 평등과 자유에 대한 이야기를 늦도록 나누었다. 모난 돌을 없애버리는 사회, 맹목적 집단주의 전사들이 판치는 일본이 어쩌면 사회주의 종주국 소련을 능가하는 사회라는 나의 주장에 그녀는 애매한 표정을 지어 보였다. 마뜩찮다는 내심을 내보이는 그녀의 버릇이다. 일본과 소련을 같은 반열에 올려놓고 비교하는 그 자체가 싫다는 것이었다.

간다 거리는 일본 여느 거리와 마찬가지로 북새통이다. 서너 시간 걸려서 산 그 많은 책을 운반하기 위해서는 지하철은 곤란하고 자가용 없이는 거의 불가능하다. 70년대 중반의 간다 중심 도로는 무슨 공사가 한창인지 주차하기가 여간 어려운 것이 아니었다. 그렇지만 나는 외교관 특권을 남용(?)해서 마음 내키는 장소에 차를 몇 시간씩 세워놓고 책을 사는 대로 뒤 트렁크에 넣고 다시 책 사냥에 나섰다.

1980년대 말, 일본 대사관에서 다시 일하게 되었다. 가장 큰 변화는 25만 종류에 100만 권이 넘는 책을 다루고 있는 야에스(八重洲) 북센터의 출현이었다. 도쿄역 부근에 있는 지하 1층, 지상 5층의 유리 창문으로 된 야에스 서점은 하나의 섬이었다. 여유로운 매장, 각종 전문서적이 체계적으로 진열된 서가, 경양식을 파는 커피숍, 책방이라기보다는 문화시설을 갖춘 사랑방이자 종합 정보센터 같다. 잘은 모르지만 우리나라 교보문고도 야에스 북센터에서 얻은 아이디어가 많을 것이다.

물론 일본에 반드시 야에스 북센터와 같은 대형 서점만 있는 것은 아니다. 관공서 구내서점은 비록 규모는 작지만 아주 유용하고 편리한 정보 제공처이다. 외무성 구내서점이 그런 예이다. 외무성 직원들의 독서 경향도 살피고 그리고 시중보다는 약간 싸게 책을 살 수도 있어 외무성 구내서점 단골이 되다시피 하였다. 외무성에는 업무상 주 3~4회 들러야 했다. 그때마다 구내서점에 들르면 나카무라 사장이 아는 체를 하면서 책을 추천해 준다.

나는 그에게 '서산대사(西山大師)'로 통한다. 우리 이름을 한국어 발음대로 읽기가 어려워 대부분 서씨(徐氏)인 경우는 '조상', 조씨(趙氏)는 '초상'이라고 부른다. 한국인 이름을 일본식으로 부르면 실례가 된다는 것을 안 사려 깊은 일본인들은 서씨를 '조상'이라고 한다. 국회 도서관에서 대출을 신청해 놓고 기다리고 있을 때 '조상, 조상' 하고 불러 나갔더니 조씨 성의 한국 학생도 일어섰다. 혼란스러워서 일본인이 읽기 쉬운 이름을 작명했다. 그것이 바로 '서산대사'라는 거창한 이름이다. 그 후부터는 외무성 구내서점에 책을 주문하거나 식당을 예약할 때도 '서산대사'라고 기입했다. 실제로 일본인 중에서도 니시야마(西山)라는 성을 가진 사람이 많이 있다.

일본인을 혼쭐나게 했던 유명한 '서산대사'로 자칭하면서 일본인을 대하고 그들을 연구했다. 일본을 알고 배우되 한국인으로서 정체성을 지켜야 한다는 자신에 대한 계율이기도 했다.

3·1절에 생각나는 일본 대사

'나의 유골을 한국 땅에 묻어 달라'는 유언을 남긴 일본 대사가 있다. 가나야마 마사히데(金山政英, 1909~1997) 전 주한 대사이다. 그가 1997년 11월 타계하자 유언대로 유골은 분골되어 도쿄의 가톨릭 묘지와 경기도 파주시 천주교 하늘묘원에 안장되었다.

2017년 6월 말 나는 오랫동안 미루어 왔던 가나야마 대사의 묘소 참배에 나섰다. 경의선 금촌역에서 내려 뇌조리에 있다는 하늘묘원을 역무원, 상점 등에 물어 보았으나 모두들 한결같이 고개를 젓는다. 택시 기사도 모른다고 했다. 결국 한 시간 간격으로 운행되는 마을버스를 타고 뇌조리 삼거리에서 내렸다. 길을 물어가며 30분 정도 걸어서 땀투성이가 되어 하늘묘원 관리사무소에 도착했으나 '월요일 정기 휴무'라는 게시판에 맥이 빠졌다.

묘원이 꽤나 넓다. 묘지 사이를 위아래로 한 시간 남짓 헤맨 끝에 '제2대 주한 일본국대사, 金山 아우구스티노 政英 님의 무덤'이라고 쓰인 묘비 앞에 설 수 있었다. 나는 땀을 훔치고 나서 두 손을 모아 예를 표한 다음 구상 시인이 쓴 비문을 차근차근 읽어 보았다. 고인의 주요 약력과 함께 "나는 죽어서도 일한친선을 돕고 지켜보고 싶다."고 했던 가나야마 대사의 다짐이 새겨져 있다.

이 묘소는 가나야마 대사와 함께 오랫동안 한일 우호친선 증진에 함께 애써 온 최서면(1928~2020) 국제한국연구원 원장이 고인의 요청으로 가족묘지 부지에 가나야마 대사의 생전에 가묘를 만들어 준 것이다. 최서면 원장은 1957년부터 30년간 일본에 체류하면서 한국연구원을 설립하고 독도와 한·일 관계 연구에 일생을 바쳐온 원로 역사학자다. 그는 안중근 의사의 옥중 자필 전기인 『안응칠 력사』를 처음으로 입수했고, 야스쿠니 신사에서 임진전쟁 당시 승전비인 '북관대첩비'를 확인해 반환시켰다.

묘지 앞에 서고 보니 40년 전에 처음 뵈었던 때의 가나야마 대사의 모습이 선히 떠오른다. 1970년대 중반 해외 첫 근무지인 주일 한국 대사관에서 근무했을 때, 독도와 근대 한일 관계자료 등을 다수 소장하고 있는 한국연구원에 가끔 자료를 찾으러 가곤 했다. 가나야마 대사가 한국연구원에 부설된 국제관계공동연구소 원장직을 맡고 있었던 관계로 반백의 가나야마 대사를 연구소에서 더러 뵐 수 있었지만 가볍게 경의를 표하는 것이 고작이었다. 당시 3등 서기관이었던 나에게 칠레 대사, 폴란드 대사, 한국 대사를 역임한 가나야마 대사는 구름 위의 존재와 같게 느껴졌다. 나도 언젠가 은퇴하면 가나야마 대사처럼 한일 관계를 연구하는 기관에 몸담을 수 있었으면 얼마나 좋을까 하는 생각을 한 적이 있었다.

오랫동안 가나야마 대사를 잊고 지냈다. 그런데 우연하게 2002년 2월 교황청 대사 부임을 계기로 교황청과 일본과의 관계에 적잖은 흥미를 느껴 이에 관한 문헌을 조사하던 중에 가나야마 대사가 일본 패전 후 수년간이나 바티칸에 얹혀살았다는 것을 알고 묘한 생각이 들었다.

일본은 1945년 8월 패전 이후부터 1952년 4월 샌프란시스코 강화회의에서 조인된 대일평화조약이 발효될 때까지 주권을 상실하여 외교 부재라는 기이한 상황을 감내하지 않으면 안 되었다. 1946년 1월 맥아더 연합국 총사령관의 명령으로 유럽에 주재하던 외교관을 포함한 모든 일본인들은 본국으로 귀환해야 했다. 그러나 당시 바티칸 주재 일본 대사관의 서기관이었던 가나야마는 부인의 산후조리에 탈이 생겨 귀국을 할 수 없었고 불가피하게 잔류하여 바티칸에 의탁해야 했다. 그로부터 7년간 무급의 외교관 가나야마는 주거비, 수도, 광열비는 바티칸에 신세를 지고, 식비 등의 생활비는 통역과 바티칸의 일본어 방송 출연 등으로 번 돈으로 충당했다고 한다. 이런 와중에도 바티칸에서 4명의 아이가 태어났다. 스위스의 한 신문은 신생아 출생을 '바티칸의 기적'으로 보도할 정도로 한동안 사람들의 입에 오르내렸다.

1952년 6월, 가나야마 서기관은 마침내 일본 정부로부터 공식적으로 귀국 명령을 받아 바티칸에서의 더부살이를 청산하고 귀국하였다. 그 후 그는 일본 외무성에서 '바티칸의 가나야마'로 통했으며, 그로 인해 얻은 바가 많았다고 『누구도 쓰지 않았던 바티칸』이라는 회상록에서 적었다.

1968년 7월, 가나야마 대사는 폴란드 대사로 부임한 지 반년도 채 안 되어 갑자기 주한 일본 대사에 임명되어 제2대 대사로 서울에 부임했다. 대사가 당면한 난제 중의 하나가 3·1절 기념식 참석 여부였다. 기무라 시로시치(木村四郎七) 전임 대사는 참석하지 않았다. 그러나 가나야마 대사는 부임 이후 처음 맞은 1969년 3·1절 기념식에 일본 대사로서는 처음으로 참석하여 한국 정부와 시민들에게 좋은 인상을 심어주었다.

가나야마 대사는 당시의 심경을 1972년 4월호 『신와(親和)』에 기고한 수필 「현해탄의 가교」에서 다음과 같이 피력했다.

"과거 일본 관헌들이 자행했던 나쁜 짓도 있다. 그러나 그러한 것들은 이미 지난 일이다. 과거의 잘못을 반성하고 이를 넘어서 새로운 선린관계를 구축하지 않으면 안 될 일본 대사가, 언제까지 한국 국민의 감정을 자극할 것을 걱정하여 3·1절 기념식에 참석하지 않는다면 한국 정부와 국민은 이를 어떻게 생각할 것인가."

가나야마 대사가 한국에 우호적인 태도를 보여주자 일부에선 창씨개명한 김해 김씨의 후예라는 설도 나돌았다. 그러나 가나야마 대사가 "나는 원래 구보타(久保田) 가문 출신인데 가나야마 가문에 입양되었다."고 해명하자 설은 해프닝으로 끝났지만 그는 김해 김씨 명예회원으로 명부에 등재되었다고 한다.

가나야마 대사는 1972년 2월까지 3년 7개월간 주한 대사로 재직하면서 한국의 산업화 초기에 한·일 관계 발전을 위해 누구보다 열정적으로 활동했던 대사라는 평가를 받았다. 포항제철에 대한 일본 측의 기술공여를 요망하는 박정희 대통령의 친서를 휴대하고 본국에 일시 귀국하여 사토 에이사쿠 총리에게 이를 전달하기도 했다.

1972년 3월 외무성을 퇴임한 가나야마 대사는 11월 도쿄에 있던 한국연구원 최서면 원장을 찾아갔다. 당시의 심정과 각오를 가나야마 대사는 1988년 기고한 「최서면과 나」라는 에세이에서 "한국에서 대사로 있으면서 일·한 관계가 중요하다는 신념을 갖게 되었고 제2의 인생을 일·한 친선을 위해 노력할 것을 결심했다."고 밝히고 있다. 한·일 관계의 중요성에 공감한 두 사람은 이날 만남을 계기로 의기투합했다. 최 원장은 한국연구원에 국제관계공동연구소를 부설하여 가나야마 대사에게 초대 소장직을 맡겼다. 같은 천주교 신자인데다 기이하게도 세례명이 '아우구스티노'로 같아 두 사람은 형제처럼 서로를 아끼고 존중했다.

가나야마 대사는 퇴임 후에도 한일 우호친선 증진에 많은 애를 썼다. 1982년에는 '일한문화교류협회 중앙회장'에 취임하여 연인원 2만 명 이상에 달하는 문화교류 방문단을 160회에 걸쳐 한국에 파견하였고 또한 한국의 무용단을 초청하여 일본 각지에서 순회 공연토록 주선하여 양국 시민 간의 이해증진을 촉진시켰다.

가나야마 대사가 생전에 입버릇처럼 되뇌는 말이 있다. "일본은 제3의 개국이 필요하다. 메이지유신이 제1의 개국이었다. 제2의 개국은 제2차 세계대전의 패전을 통해서였다. 그리고 이제 필요한 제3의 개국은 아시아를 다시 수용하고 손잡는 그것이다. 전후 수십 년이 지났는데도 전후 처리가 제대로 안 되어 있다는 것은 부끄러운 일이다." 가나야마 대사는 한국과 일본이 진정한 이웃으로서 공생공영의 길로 나아가기를 바라고 행동했던 용기 있는 외교관이었다고 하겠다.

한편 최서면 원장은 2020년 5월에 숙환으로 별세하여 가나야마 대사의 곁으로 가서 한일 양국 관계를 걱정하는 수호신이 되었다.

첨언하면, 나는 1990년 1월 최서면 원장님과 미수교국인 몽골을 방문 예정이었으나 내가 모스크바 영사처 창설요원으로 갑자기 발령이 나서 동행치 못하게 되었다. 그런데도 원장님께서는 나의 모스크바 부임에 앞서 근사한 저녁에다 금일봉까지 주셨다. 한데 2020년 5월 원장님의 부음을 접하고도 장례식에 참석하지 못해 마음에 걸렸다. 마침 양계화 전 센다이 총영사의 제언으로 서거 1주기인 5월 26일 김종필 교수와 함께 최서면 원장의 묘소를 참배함으로써 다소나마 마음의 부담을 덜게 되었다.

조선인의 생명을 구한 일본 경찰서장

1923년 9월 1일 오전 11시 58분, 규모 7.9의 지진이 발생하여 도쿄, 가나가와현을 중심으로 하는 간토(關東) 지역에 엄청난 재해가 발생했다.

지진이 발생한 다음날, 2일 "조선인이 폭동을 일으키고 있다." "조선인이 방화를 하고 우물에 독을 넣고 있다."는 유언비어가 나돌았다. 소방단, 재향군인회, 청년단 등이 중심이 되어 결성된 자경단이 일본도, 죽창, 엽총, 곤봉 등으로 무장을 하고 간토 지역 일대에서 조선인을 무차별적으로 대량 학살하였다. 그 수는 6천 명 또는 1만 명이라고 한다.

그때 자경단이 일본인과 조선인을 식별하기 위해 조선인에게 15원 50전(15円 50錢), 즉 주고엔 고짓센(じゅうごえんごじっせん)을 읽어 보도록 했다. 일본어가 한국인에게 대체로 쉬운 외국어이나 한국인은 청음과 탁음 발음을 제대로 구별하지 않는 경향이 있기 때문이었다. 다른 예로 '韓國'을 'kankoku'로 발음하지 않고 'kangoku'로 발음하면 '감옥(監獄)'이 되고 마는데 후자로 발음하는 경우가 많다.

자경단의 잔혹한 학살에 대해 근대 일본의 양심으로 일컬어지는 요시노 사쿠조(吉野作造, 1878~1933)는 일본이 세계무대에 얼굴을 들 수 없을 정도로 치욕스러운 만행이라고 비난했다. 또한 일본 근대시의 거장 하기와라 사쿠타로(萩原朔太郎, 1886~1942)는, 1924년 2월 잡지 『현대』에 조선인의 학살에 분노하는 3행 시를 발표했다.

조선인이 무수히 살해되어
그 피가 백 리나 이어지네
보노라니 분노가 치밀어, 이 얼마나 처참한지고

이와 같은 살기등등한 상황에서 조선인의 목숨을 지켜낸 사람이 오카와 쓰네요시(大川常吉, 1877~1940) 요코하마시 쓰루미(鶴見) 경찰서장이다. 경찰서에 보호를 요청하러 온 조선인은 300명 정도였다. 오카와 서장은 처음엔 소지사(總持寺)라는 절의 경내에 이들을 수용했으나 조선인들에 대한 적개심이 위험수위를 넘어서자 경찰서로 옮겨 보호했다. 폭도화된 천여 명의 군중들이 경찰서를 포위하고 "조센진 죽여라.", "조센진을 보호하는 경찰서를 때려 부수자."고 외쳐댔다.

오카와 서장은 위험을 무릅쓰고 성난 군중들 앞으로 나아가 두 팔을 벌리고 막아섰다. 그리고 "경찰이 보호하고 있는 조선인들은 모두 선량한 사람들이다. 내 말을 믿지 못하겠다면, 조선인들을 죽이기 전에 먼저 나를 죽여라."고 외쳤다. 또한 오카와 서장은 "조선인들이 독을 넣었다고 하는 그 우물물을 가져오라."고 했다. 그는 그들이 내민 병에 든 우물물을 꿀꺽꿀꺽 다 마셔버렸다. 오카와 서장의 추상같은 태도에 군중들은 기가 질려 슬슬 해산했다. 한편 오카와 서장의 결단력과 행동력에 의해 목숨을 건진 301명의 조선인들은 9월 9일 기선 가잔호(華山丸)로 무사히 고베 등으로 피신했다.

오카와 서장은 후일 당시의 심경을 "조선인, 일본인 상관없이 다 사람의 목숨이다. 내 직업은 사람의 목숨을 지키는 것이기 때문에 당연한 일을 했을 뿐이다."라고 술회했다. 오카와 서장은 요코하마의 쓰루미 경찰서로부터 다른 경찰서로 전임되었으나 1927년 3월 50세의 나이에 사직했다. 오카와의 손자는 조부의 조기 퇴임은 조선인의 구조와 무관하지 않은 것으로 보인다고 했다.

1952년 3월, 쓰루미 조총련 산하단체에서 오카와 서장의 살신성인의 정신에 감사하고 그 공덕을 기리기 위해 오카와 집안의 위패가 안치되어 있는 쓰루미역 부근의 도젠사(東漸寺)에 아래와 같은 현창비를 건립했다.

"간토 대지진 때 유언비어로 격앙된 폭도들이 쓰루미의 조선인들을 학살하려고 하는 위기적 상황에서 오카와 쓰네요시 서장이 이들과 강력히 맞서 삼백여 명의 생명을 구했으니 이는 실로 미덕이 아닐 수 없다. 우리는 여기에 비를 세워 그의 명복을 빌며, 공덕을 영원히 기리고자 한다."

오카와 서장의 미담은 재일 한국인 작가 박경남(1950~)이 1992년 『두둥실 달이 뜨면』이라는 수필집을 출판함으로써 널리 알려지게 되었다. 박경남의 「나 이상의 나도 아니고, 나 이하의 나도 아닌 나」라는 수필이 2010~2013년간 중학교 3학년 국어 교과서에 실린 적이 있다.

나는 요코하마 총영사 재임 중인 2001년 가을에 민단 간부와 함께 도젠사를 방문하여 그의 현창비 앞에서 머리 숙여 예를 표했다. 또한 그의 손자 오카와 유타카 씨에게 고려인삼정 등을 보내 감사의 마음을 전했다. 오카와 유타카 씨는 조부는 경찰관으로서 당연히 해야 할 일을 했을 뿐인데 이렇게 기억해 주고 선물까지 보내줘 감사하다는 정중한 편지를 보내왔다.

매년 9월 1일이 되면 쓰루미구의 초등학생들은 도젠사로 와서, 오카와 서장의 현창비 앞에 와서 '간토 대지진과 조선인 학살'에 대해 배운다. 민단 등의 관계자들이 찾아와 헌화를 하기도 한다.

한편 근년에 우익정치가와 문화인들은 조선인 학살을 부정하는 주장을 되풀이 하고 있다. 작가 가토 야스오(加藤康夫)는 2014년 『관동대진재, 조선인 학살은 없었다』를 발간, 학살을 전면적으로 부인하고 있다. 이 책은 그의 처 논픽션 작가 구도 미요코(工藤美代

子)의 『간토대지진, '조선인 학살'의 진실』(2009년, 산케이신문사)을 거의 그대로 복사한 것이나 다름없다. 이들 부부의 학살설 부인이 인터넷 등을 통해 널리 확산되고 있다. '구린 것에 뚜껑'이라는 일본 속담 그대로 자신들의 치부를 은폐하려는 수작이다. 다행히 프리랜서 가토 나오키(加藤直樹) 씨가 2019년 『TRICK트릭 '조선인 학살'을 없었다고 한 사람들』을 발간, 이들의 거짓된 주장을 샅샅이 밝혀냈다. 아마도 저세상의 오카와 쓰네요시 서장은 미소를 지으며 '자네 말이 옳아'라고 하리라.

「한 명의 일본 병사」

한 명의 일본 병사가
진차지(晉察冀)의 벌판에서 숨을 거두었다.

그의 눈가엔
검붉은 피가 엉겨 있고
눈물은 응고되어
슬픔조차 얼어 버렸다.

손은 힘없이
정의의 탄환이 관통한
젊은 가슴에 늘어졌다.

두 명의 농부가 삽을 메고 와
그를 허베이(河北)의 땅에 묻는다

황토를 콧등에 끼얹는데
눈은 소리 없이 무덤 위로 흩날린다.

적막한 이 한밤에
아득히 먼 병사의 고향에선
허리 굽은 노파가 성긴 백발을 늘어뜨리고
전쟁터의 아들이 무사하기를
빌고 있을 텐데.

이 시는 중국의 시인 천후이(陳輝)가 중일전쟁이 한창이던 1940년 2월 12일 밤에 지은 것이다. 총탄을 맞고 이미 주검이 되어버린, 적군 병사의 고향에 있는 노모를 생각하는 인간애가 비감에 젖게 한다. 천후이는 1944년 2월, 농가에 잠복 중 일본군의 공격을 받자 수류탄으로 자폭하였다. 24세의 청춘이었다.

나는 이 시를 중국문학 전공의 일본인 교수가 아사히신문에 소개한 기사를 보고 처음 접하였다. 이 시는 1958년에 간행된 천후이의 시집 『10월의 노래』에 수록되어 있다. 시집을 구하기 위해 도쿄 간다의 헌책방과 인터넷에도 찾아보고, 방학 때 일시 귀국하는 중국인 동료 교수들에게도 부탁했으나 여의찮았다.

2011년 여름 베이징에 있는 위이엔대학(語言大學)에서 개최되는 학회에 참석하는 기회에 하루 온종일 헌책방을 돌아다니며 찾아보았으나 성과가 없었다. 할 수 없이 위이엔대학의 도서관에 가서 사서에게 「한 명의 일본 병사」의 시의 복사를 부탁했다. 그는 귀찮다는 표정으로 '일본인?' 하기에 나는 한국 사람이라 하고, 명함의

'徐'를 손가락으로 가리키며 조상은 아마도 중국에서 왔을 것이라는 헛소리를 늘어놓았다. 그러면 그렇지, 사서는 표정을 누그러뜨리고 "뭘 하려고요." 하기에 내년 중일국교정상화 40주년에 즈음하여 국경을 초월한 천후이의 숭고한 정신을 기리는 칼럼을 일본 신문에 기고할 예정이라고 했다.

그는 서고로 가서 너덜너덜한 『10월의 노래』 시집을 찾아서 들고 와 나에게 건네주었다. 마침내 손에 넣은 시집을 들뜬 표정으로 페이지를 천천히 넘기는 나를 사서는 채근하지 않고 기다려주고 「한 명의 일본 병사」 이외에도 몇 편을 복사해 주었다.

2012년 중일국교정상화 40주년 운운하고 거창하게 이야기했지만 실제로 중일 양국이 천후이의 정신에 비추어 지난 40년간의 양국 관계, 나아가 동아시아 관계를 반추해 보기를 기대하였던 것이다. 2011년 10월 23일 자 『나가사키신문』에 「한 명의 일본 병사」 칼럼을 게재하여 시인의 숭고한 정신을 널리 알렸으며, 어느 일본인 독자로부터 감동적인 칼럼이었다는 편지를 받았으니 그 사서에게 언명한 약속은 지킨 셈이라 하겠다.

일본 고대문자 기념비 탐방

일본인들은 복잡한 사람들이라서 예나 지금이나 이해하기가 쉽지 않다. 『일본서기』에 백제의 왕인 박사가 일본에 한자를 전해주었다고 기술하는 등 우리나라가 문화적으로 한 수 위라는 것을 인정하는 듯하다가도 『일본서기』와 『고사기』에서는 고대 한국이 일본의 조공국이며 오랑캐라고 쓰고 있으니 도대체 종잡을 수가 없다.

역사적 사실과 허구를 뒤섞어 놓으면 허구보다 더 무서운 법이다. 조선통신사를 조공사절로 표기해야 직성이 풀리는 식자들도 있다. 『일본서기』의 역사관으로 한글을 얕잡아보는 사람들이 오래전부터 있었다. 백제가 한자를 전래하기 이전에 일본 고유의 문자가 있었으며 이를 진다이모지(神代文字)라고 불렀다.

한국이 중국으로부터 정치, 문화적으로 압도적인 영향을 받으면서도 민족으로서의 정체성을 지켜온 것은 기적에 가깝다. 중국의 표의문자와 전혀 다른 언어 체계를 지닌 표음문자 훈민정음의 창제가 정체성 유지에 크게 기여했다고 하겠다. 1443년에 창제된 훈민정음은 유네스코 기록유산에도 등재되어 있는 문자로서 한국인의 자긍심의 상징이다.

일본은 중화문명의 주변국으로서 한반도 국가를 한 수 아래로 보고 중국과는 대등하다는, 아니 대등해야 한다는 민족적 집념을 지니고 살아왔다. 일본의 이와 같은 집념이 빚어낸 희극적인 예가 있다. 한글이 일본 고유의 고대문자를 모방했다는 것이다.

에도시대 중기, 일본에서는 민족의 뿌리를 고전에서 찾으려는 복고주의적인 국학이 성행했다. 모토오리 노리나가(本居宣長), 히라타 아쓰타네(平田篤胤) 등이 대표적인 국학자이다. 일본 고유의 민족종교인 신도(神道)의 색채와 국수주의적 경향이 강한 국학은 메이지유신의 사상적 지주로 막부 부정의 이론이 되었다.

히라타 아쓰타네는 진다이모지를 집대성하여 『신지히후미덴(神字日文傳)』을 저술했다. 그는 이 저서에서 모음과 자음을 결합한 표음문자를 진다이모지의 실체라고 주장했다. 히라타가 진다이모지라고 주장한 것 중에는 '가'·'나'·'아'·'이'·'마' 등이 포함되어 있다. 이는 우리에게 너무나 익숙한 문자가 아닌가. 그는 한글이 일본 고유의 문자인 진다이모지를 모조한 것이라는 황당한 주장을 했다.

히라타는 비단 학자로서만이 아니라 막부 말기 존왕양이(尊王攘夷) 운동에도 영향을 미친 사상가였다. 일본 전역에 히라타를 흠모하는 제자들이 많았는데 아마도 그의 제자들은 한결같이 한글을 일본 고유문자의 위작이라고 믿었을 것이다. 1920년대 말기에 국수주의자와 군인들 중에도 진다이모지의 존재를 주장하는 부류가 있었다.

히라타의 황당무계한 설과 관련하여 일본에서도 진다이모지의 존재설과 부정설이 분분했으나, 현재 학계에서의 존재설은 설 자리를 잃었다. 요즘에는 오히려 진다이모지가 한글을 본뜬 위작이라는 설이 사실로 굳어지고 있다. 일본의 국민적 국어사전이라고 할 수 있는 고지엔(廣辭苑)은 일본의 진다이모지라고 하는 것은 한글 등을 위작한 것이라고 기술하고 있으며, 또한 『일본사사전』에도 위작임이 논증되었다고 분명히 밝히고 있다.

그렇다면 일본 사회에서는 진다이모지를 이미 흘러간 과거사로 취급하고 있을까. 지금도 몇몇 호사가들은 진다이모지에 대한 집착을 버리지 못하고 기어이 찾아내고 말겠다며 인터넷에 올리는 등 여러 활동을 하고 있다. 도쿠시마현(德島縣) 아와(阿波) 마을의 인터넷 홈페이지에 진다이모지 석비가 관광 명소로 소개되어 있다. 학계에서는 한글을 본뜬 위작이라며 이미 그 존재를 부정하고 있는데도 역사 여행의 여정에 포함하고 있다.

2001년 가을에 도쿄에서 비행기로 한 시간 남짓 걸리는 진다이 모지 명소 도쿠시마 아와를 찾아 나섰다. 내 눈으로 현장을 직접 확인하고 싶었기 때문이다. 석비는 작은 신사 앞에 세워져 있다. 높이 2.7m, 너비 60cm, 폭 34cm의 거대한 화강암에 한글의 자모를 뒤섞어놓은 듯한 문자가 어지럽게 새겨져 있는데 이 고장 연못에 살고 있는 큰 메기를 노래한 내용이라고 설명했다. 이 석비는 히라타의 제자인 이 고장 출신의 이와쿠모 하나카오라는 가인이 1862년에 건립했으며 일본에 하나뿐인 진다이모지 기념비라는 안내판이 세워져 있다.

공항에서 버스를 타고 역까지 30분, 역에서 기차로 한 시간, 그리고 다시 택시로 30여 분 가야 하는 불편함 때문인지 관광객의 모습은 보이지 않았다. 택시 기사는 장거리 왕복 손님을 태워서인지 연방 싱글벙글댔다. 진다이모지를 보기 위해 한국에서 일부러 왔다는 설명에 "그래요, 그래요."를 연발하면서 백미러로 흘끔흘끔 나를 훔쳐본다. '괴짜 같은 사람이로군' 하는 속내였으리라.

오가사와라, 김옥균의 유배지에서

지금도 일본에 여객기와 인연이 먼 외딴 섬이 있다. 행정 구역상으로는 도쿄도에 속하지만 6일에 한 번 운항하는 선편으로 25시간 이상이 소요되는 곳. 도쿄에서 남쪽으로 1,000km나 떨어진 태평양 한가운데에 남북 400km에 걸쳐 30여 개의 섬이 흩어져 있는 오가사와라 제도(小笠原諸島)이다.

1884년 12월 갑신정변이 삼일천하로 막을 내리자 김옥균(1851~1894)은 박영효, 하나부사 요시모토 일본 공사 등과 함께 인천에 정박해 있던 일본 상선인 지토세마루(千歲丸)호로 나가사키, 고베를 거쳐 12월 하순에 도쿄에 도착했다.

망명 초기에는 후쿠자와 유키치(福澤諭吉, 1835~1901) 등이 김옥균의 재기를 위해 물심양면으로 많이 도왔다. 그러나 조선의 거듭되는 신병인도 요구와 암살 기도가 끊이지 않자 일본 정부는 김옥균을 애물단지로 여기게 되었다.

망명생활 1년 반쯤 지난 1886년 6월, 야마가타 아리토모(山縣有朋) 내무상이 김옥균에게 15일 이내의 국외퇴거를 명령함으로써 오가사와라에 끌려오게 되었다. 야마가타 내무상은 김옥균을 추방하면서 경시총감에게 그의 일행에 대한 감시는 철저히 하되 함부로 대하지 말 것과 김옥균 등 3명의 생활비로 월 30엔을 지불토록 지시하였다. 당시 현미 한 석(150kg) 가격이 5엔 60전인 점을 감안하면 그런대로 지낼 수 있는 금액이었다.

나는 2011년 2월 23일 오전 10시에 도쿄 다케시바항에서 출항하는 오가사와라호에 올랐다. 1등석은 왕복 요금이 10만 엔이나 되어 5만 5천 엔의 2등석 표를 샀다.

2월 24일 오전 11시 30분, 여객선은 예정대로 오가사와라의 현관 지치섬의 후타미항에 닿았다. 체구가 자그마한 60대 초반의 나가시마 다다요시 교육장이 사람 좋은 미소를 띠며 맞이해줬다. 교육청에 함께 가서 김옥균에 관한 자료를 열람하고 향토 사학자 한 분을 소개받았다. 초면이지만 나가시마 교육장은 고맙게도 체류 기간 중 김옥균이 체류했던 장소 등을 안내해 주었다.

오가사와라 제도에는 약 23,000명의 인구가 지치섬(父島)과 하하섬(母島)에 거주하고 있으며, 면적은 두 섬을 합쳐도 울릉도의 반보다 약간 큰 정도이다. 1853년 이곳에 기항한 미국의 페리 제독은 '창세기의 잔영이 그대로 남아 있는 곳'이라고 했다. 육지와 연결된 적이 없어 특이한 동식물이 많은 점이 높이 평가되어 유네스코의 세계유산으로 등록되었다. 기후는 아열대 해양성 기후로 사철 온난 다습하다.

중심지 지치섬은 해변을 따라 길게 뻗어 있는 작은 마을에 불과하다. 식당과 여관이 마을 규모에 비해 많다. 마을 끝자락에 '아리랑 불고기' 간판이 나를 반긴다. 푸른 바다, 맑은 하늘, 기괴하게 우뚝 솟은 산 이외에는 특별한 볼거리가 없다.

김옥균 일행은 처음엔 출장 소장 관사에 묵다가 그 후 소장이 물색해준 3, 4평 정도의 방 두 칸에 부엌이 딸린 집으로 이사하였다. 그는 처음엔 방 안에 틀어박혀 참선으로 시간을 보냈다. 그러나 얼마쯤 지나자 이웃 사람들과 바둑을 두거나 휘호를 써주기도 했다. 가끔은 약초도 캐고 낚시로 시간을 보내기도 하였다.

김옥균은 오가사와라에서 2년을 보냈는데 지치섬에서 1년 반, 지치섬에서 약 50km 떨어진 하하섬에서 반년간 거주했다. 유배생활 중 서너 번이나 이사를 했다. 큰 배만 들어오면 산속으로 피신했다는 기록으로 보아 항상 납치와 암살의 두려움에 시달린듯하다.

김옥균은 이곳에서 소일 삼아 초등학교에서 서예를 가르친 적도 있다. 그는 아이들을 몹시 귀여워했고 그들에게 자기를 아버지라 부르도록 하고 가끔 먼바다를 바라보며 눈시울을 훔쳤다. 아홉 살의 와다 노부지로(和田延次郎) 소년이 김옥균을 몹시 따랐다. 그는 김옥균이 좋아하는 수박을 자주 가져다주었다. 김옥균 역시 이 기특한 소년을 몹시 귀여워했다. 와다는 김옥균이 상하이로 죽음의 여행을 떠날 때 수행하게 된다.

나는 이 섬에 3박 4일 머무는 동안 김옥균이 기거했다는 곳을 둘러보았지만 어떤 흔적도 남아 있지 않았다. 그가 살았다는 집터엔 열대의 덩굴만 무성하게 뒤엉켜 있다. 향토지리지와 중고등학교 부교재에 그의 사진과 함께 실린 한 페이지 분량의 설명문이 전부이다.

1888년 7월, 김옥균의 끈질긴 신병치료 요청이 주효하여 오가사와라에서의 2년간 유배생활에 종지부를 찍고 홋카이도(北海道)로 이송되었다. 홋카이도 지사를 비롯한 유력인사들이 김옥균에 경의를 표하고 후하게 대해 주었다. 홋카이도 내에서의 여행은 제한하지 않았다. 도청 간부, 지방 유지들과 바둑대회, 시회 등을 갖고 온천 여행도 심심찮게 했다.

홋카이도에서의 1년 9개월 유배생활 중에는 신병치료 목적으로 도쿄로 나들이도 할 정도로 비교적 자유롭게 보냈다. 일본 측에서는 생활비를 종전의 30엔에서 50엔으로 인상해 주었다. 당시 도청 간부의 월급이 20엔 정도였으니 적은 금액은 아니라고 하겠다.

1890년 3월 류머티즘 치료를 위해 상경한 김옥균은 정부 요로에 빌어먹더라도 자유를 누리며 살고 싶다고 호소했다. 읍소작전이 먹혔던지 그는 4월 초 마침내 3년 7개월간의 억류로부터 벗어나 도쿄에서 거주할 수 있게 되었다. 정치활동 자제와 일본 정부의 생활비 지급 중단 등의 단서 조건이 붙긴 했다. 자유스러운 신분이 되었으나 경제적 곤궁과 잦은 암살 위협으로 불안한 나날을 보내야 했다.

출구가 보이지 않는 망명생활에 자포자기 심정이 되어갔다.

김옥균은 유일한 타개책은 조선의 상전 노릇을 하고 있는 이홍장과의 직접 담판뿐이라는 결론을 내리고, 이홍장의 양아들 이경방 주일 청국 공사에게 양부와의 면담 주선을 의뢰했다. 한중일 간의 삼화론(三和論)으로 이홍장을 설득할 자신이 있었다. 그러나 일찍이 이홍장은 '김옥균은 재주가 조금 있으되 때로 그 몸을 위험에 빠뜨리기에 족하다'라고 했으니 어찌하랴!

10년 가까운 망명생활에 심신이 지친 김옥균은 활동비 지원을 흘리는 암살 주모자 이일직의 함정에 빠져들고 말았다. 이일직이 건네준 5,000달러의 어음을 상하이로 건너가 현금화한 다음 톈진으로 가서 이홍장을 만날 셈이었다. 5,000달러는 일본 엔으로 환산하면 1만 엔, 당시 국회의원 연봉이 800엔이니 국회의원 12년분의 세비에 상당하는 거액이었다. 그러나 5,000달러의 어음은 위조로 미끼에 불과한 휴지 조각이었다.

김옥균은 1894년 3월 23일에 고베에서 상하이로 출항하는 사이쿄마루(西京丸)호에 승선하였다. 4명의 일행에 오가사와라의 소년 와다 노부지로, 청국 공사관 통역 오보인 외에 기이하게도 이일직의 하수인 홍종우가 끼어 있었다. 이들은 고베에서 같은 호텔에 투숙하여 먹고 마셨다. 숙박료는 홍종우가 처리했다.

1894년 3월 28일. 김옥균은 상하이 미국 조계 내의 일본인 호텔 '동화양행' 2층 3호실에서 홍종우가 쏜 3발의 총탄으로 44년간의 생애를 어이없게 마감했다.

나는 2월 27일 오후 2시, 나가시마 교육장의 전송을 받으며 배에 올랐다. 오랜 숙제를 해낸 기분이 되어 멀어지는 섬들을 뒤로했다. 이튿날 28일 오후 3시 30분에 다케시바항에 도착한 후, 택시로 김옥균의 묘로 직행했다. 그의 묘는 일본 도쿄에 두 곳, 한국에 한 곳, 모두 3기나 된다. 도쿄에는 아오야마 외국인 묘지와 신조지(眞淨寺)라는 절에 각각 한 기씩 있다. 두 곳에 있는 묘비가 모두 주위의 묘비에 비해 터무니없이 크다. 묘라고 하지만 그의 머리털과 옷가지를 매장한 것에 지나지 않는다.

3월 28일 김옥균의 기일. 혼자서 충남 아산시 영인면 아산리에 있는 그의 묘를 참배했다. 자중자애하면서 진득이 때를 기다렸다면 웅지를 펼칠 기회가 있었던 것이 아니었을까 하는 아쉬움을 떨쳐버릴 수가 없었다.

중국 중학생의 일본인 이미지

2012년 여름 베이징대학 어학연수에 참가하는 기회에 나는 인민교육출판사 간행 초급중학교 교과서인 『중국역사』 제4권을 구입하여 중국 근대사에 기술된 일본에 관한 내용을 검토했다. 초급중학교는 3년제로 한국의 중학교에 해당한다.

『중국역사』 제4권(이하 교과서)은 도쿄재판의 통계를 인용하여 일본군이 1937년 12월 난징을 6주간 점령하여 민간인 30만 명 이상을 살육했다고 기술하고 있다. 난징 학살의 희생자가 30만 명에 달한다는 중국의 주장에 대해 일본인은 고개를 갸웃거린다. 그러나 30만 명이라는 숫자는 중국인의 역사 기억 중에 이미 뚜렷하게 각인되어 있다. 초등학교에서부터 고등학교에 이르기까지 학생들에게 주입되고 있을 뿐만 아니라 중국 전국의 항일 기념관의 전시물에는 예외 없이 피해자들의 사진과 함께 30만 명 학살에 대한 내용을 담고 있다.

또한 교과서에는 일본군이 상의를 벗은 중국인을 일본도로 내려치려는 자세를 취하고 있고 옆에는 세 명의 일본군이 이를 드러내고 웃고 있는 사진을 싣고 있다. 뿐만이 아니다. 일본군 장교 두 명이 '백 명의 목을 누가 먼저 베는가' 하는 시합 광경을 다룬 당시의 일본 신문보도를 인용하고 있다. 잔악무도한 일본인의 이미지를 애국주의 교육 방법을 통해 중학생들의 뇌리 깊숙이 각인시키고 있다.

교과서는 일본의 잔악한 통치의 실례로서 이시이 부대(石井部隊)를 들고 있다. 이시이 부대의 정식 명칭은 '관동군 방역급수부'로 방역과 음료수 확보라는 명목으로 1940년에 설립했으나 실제로는 세균전을 전문적으로 연구하는 부대였다. 부대장 이시이 시로(石井四郎, 1892~1959)의 성씨를 취해 '이시이 부대' 또는 731부대로 불렸으며, 페스트, 콜레라, 장티푸스 등의 병균을 이용한 폭탄의 연구와 제조를 추진했다. 일본 침략자들은 동물 대신 살아 있는 중국인들을 생체실험의 대상으로 삼았다. 이들은 중국인 포로들을 '마루타'(통나무)로 부르며, 이들에게 세균을 주사하고, 오염된 음식물을 섭취시키는 등의 실험을 자행하고 생체 해부까지도 했다. 교과서는 이와 같은 실험을 통해 참살된 중국인이 3천 명 이상에 달하며, 또한 이곳에서 제조한 전염병균을 항일 근거지에 살포하여 다수의 중국인이 피해를 입었다고 기술하고 있다. 한편, 2011년 10월 16일 자『도쿄신문』은 731부대의 세균공격으로 제2차 대전 중의 피해자는 약 2만 6천 명에 달한다고 보도했다.

교과서에 기술되지 않은 이시이 시로의 면모를 소개한다. 이시이는 교토제국대학 의학부를 수석으로 졸업한 후 제1육군병원을 거쳐 1928년부터 미국, 유럽 등에 2년간 파견되어 화학전과 세균전에 관한 연구를 하였다. 그 후 그는 일본 관동군의 세균전 비밀부대 총괄책임자가 되어 중국인, 조선인, 러시아인, 미국인 포로 등 수천 명을 인체실험에 사용한 전범이었다.

이시이는 패전 후 실험 자료를 미국에 넘겨주었기에 전범으로 처형되지 않고 1959년까지 살아남았다. 그 후 그는 병원을 개업하고 기독교 신자가 되어 무료로 환자를 치료해 주기도 하였다고 한다. 6·25전쟁에 참전했다는 설도 있다.

다시 교과서를 살펴보자. 1941년 12월 7일 일본군의 진주만 기습으로 태평양 전쟁이 발발하자 중국은 12월 9일 미국, 영국에 이어 일본에 선전포고를 하였다. 중국 정부는 영국 정부의 요청으로 미얀마에 파병하여 일본과 전투를 하였으며, 1945년 초 영국, 미국과 합동작전으로 일본군을 공격하였다. 1945년 8월 15일, 일본 제국주의가 무조건 항복함으로써 8년간에 걸친 항일전쟁은 마침내 '중국 인민의 위대한 승리'로 끝났다고 기술하고 있다. 일본 정부는, 9월 2일 연합국과 항복 문서에 조인하였다. 중국에서는 9월 3일 거국적으로 항일전의 승리를 축하하였으며, 이날은 중국 항일전쟁 승리 기념일로 지정되어 있다. 한편 일본 정부는 9월 9일 중국과의 항복문서에 조인하였다. 그런데 일본인들은 중국에 졌다는 인식이 희박하다.

교과서는 항일전쟁으로 3,500만 명이 희생되었고, 약 6천억 달러에 달하는 경제적 손실을 입었으나 항일전쟁의 승리는 중국 인민이 100년 이상에 걸친 민족적 치욕을 씻고, 중화민족이 쇠퇴로부터 진흥으로의 전환점이 되었다고 평가하고 있다.

중국에서는 초등학교, 중학교, 고등학교의 역사 학습에 있어서 교과서의 암기를 매우 중요시하고 있다. 이와 같은 암기 교육을 통해서 학생들의 뇌리에는 '일본제국주의의 잔악한 행위'가 철저하게 주입되고 있다고 하겠다. 다감한 시기에 이와 같은 교육을 받은 관계로 중국 젊은이들에게 있어 과거 일본의 침략적 이미지는 쉽사리 지워지지 않을 것으로 보인다.

교과서를 검토한 과정에서 한국과는 다른 특징을 발견할 수 있었다. 중국의 항일전쟁 기념관에는 예외 없이 종군 위안부에 관한 사진 등을 전시하고 있으나 이 교과서는 종군 위안부 문제를 거론하고 있지 않다. '잔악무도한 일본 침략군에 대한 항일전쟁'을 강조하고 있는 인민출판사의 역사 교과서가 비인간적 행위의 상징이라고 할 수 있는 위안부 문제를 누락시키고 있는 배경과 정치적 의도 파악은 금후의 과제로 남겨 둔다.

중국의 역사 교과서 이외의 다른 교과서는 일본을 비난만 하고 있지는 않다. 예컨대 중국 중학교 현대문 독본에는 중국의 대표적인 문인과 함께 일본 헤이안 시대(平安時代, 794~1185)의 저명한 여류작가 세이 쇼나곤(淸少納言)의 작품을 소개하고 있다. 또한 고등학교 독본에도 일본 현대 작가 미우라 데쓰오(三浦哲郎)의 단편소설 「시노부카와(忍ぶ川)」를, 한국의 김동리의 「화랑의 후예」와 함께 싣고 있는 점이 주목할 만하다.

한편 일본 중학교 음악 교과서에는 〈아리랑〉을, 국어 교과서에는 재일교포 출신의 수필을, 중고등학교 영어 교과서에는 한글 등 한국 문화를 소개하는 내용이 몇 편 실려 있다. 고등학교 국어 교과서에 윤동주의 「서시」가 한동안 실렸던 때가 있었다. 이런 점을 고려하여 한국의 교과서에도 노벨상을 수상한 일본 작가의 작품 정도는 소개하는 것이 상호 이해 증진의 차원에서 바람직하리라고 본다.

동아시아 속의 일본제 한자어

일본의 정사 『일본서기』는 4세기 말 백제의 왕인 박사가 논어 10권과 천자문을 일본에 전래했다고 기술하고 있다. 또한 중국의 사서 『송사(宋史)』에도 이 같은 사실이 기록되어 있다. 중국에서 시발된 한자를 조선을 통해 배운 일본인들이 만들어낸 일본제 한자어가 근대 이래 한국과 중국에 지대한 영향을 끼치고 있다.

메이지유신 이후 일본에서 계몽적 지식인들이 서양어의 개념을 번역하는 과정에서 일본제 한자어를 다수 만들어 냈다. 물론 이들은 독창적으로 어휘를 만들어 낸 것이 아니라 『논어』·『맹자』 등의 중국 고전과 중국 거주 서양인들의 한역 번역서 및 중·영 사전 등을 활용하여 새로운 의미를 부가하였다.

메이지유신을 계기로 근대화에 박차를 가하고 있는 일본과 봉건적 체제 유지에 부심하는 중국 간의 힘의 관계가 역전되었다. 청일전쟁에 패배한 중국은 일본의 근대화를 배우기 위해 일본에 유학생을 파견하기 시작했다. 1896년 제1회 관비유학생 13명의 파견에서 비롯된 일본 유학생은 1905년에는 1만 명 정도로 대폭 증가했다. 루쉰, 저우언라이, 량치차오 등도 유학생 리스트에 이름을 올렸다. 이들의 귀국으로 일본제 한자어가 대량으로 한자의 종주국인 중국으로 이입되었다.

일본제 한자어의 유입과 수용을 둘러싸고 중국의 학자, 지식인들 간에 치열한 논쟁이 전개되었다. 당시 중국의 개혁지도자의 캉유웨이, 량치차오 등은 서양문명을 도입하는 지름길로서 일본제 한자어를 받아들여야 한다고 주장하였다. 흥미로운 점은 마오쩌둥이 일본제 한자어 사용에 대해 전향적인 태도를 보였다. 마오쩌둥은 공산당의 정풍운동을 환기시키며, 문장의 표현을 풍부하게 하기 위해 외국어로부터 배우는 것도 중요하다고 하면서, 연설 중에 일본제 한자어인 '간부'를 사용했다. 1949년 10월 1일 마오쩌둥이 정식으로 선포한 '중화인민공화국'의 국명 중 '중화'만이 순수한 한어이고 '인민', '공화국'은 일본제 한자어이다.

한편 베이징대학 초대 총장을 역임한 옌푸(嚴復, 1854~1921)는 일본제 한자어에 이의를 제기하면서 대안을 제시하였다. 영국 유학 경험이 있는 옌푸는 서구의 정치학, 경제학, 철학 분야의 명저를 다수 번역 소개하면서 새로운 어휘를 선보였다. 예컨대 경제학을 계학(計學), 물리학을 격물(格物), 정치학을 치제론(治制論), 언어학을 자학(字學), 자본을 모재(母財), 진화를 천연(天演) 등으로 제시했지만 결국 일본제 한자어에 밀리고 말았다. 문명 그 자체라고 자부하는 중국 식자들에게 동쪽 오랑캐 일본이 만든 한자어 유입은 충격적이었다. 그들은 적잖은 심리적 갈등을 겪고 고민하는 한편 일본제 한자어라는 것은 따지고 보면 일본 고유의 것이 아니라 결국 서구

서적의 한역에 불과하다고 자위하기도 했다.

중화인민공화국 성립 후, 1956년 1월부터 중국 문자 개혁과 언어규범화 운동이 진행되는 가운데 일본어 어휘의 차용 문제가 거론되었다. 1958년 무렵에 『현대 한어 외래어 연구』가 간행되었다. 중국 최초의 외래어 전문서적에 '현대 한어 중의 일본어 어원'에 관한 한 장이 설정되어 있어서 이를 계기로 본격적인 일본제 한자어 연구가 기대되었으나 문화혁명(1966~1976) 등의 정치적 요인으로 외래어 연구는 터부시 되어 휴면상태로 접어들고 말았다. 1977년 이후 개방개혁의 추세와 더불어 일본어 학습 붐이 일어나 일본어 교육의 견지에서 중일 한자 비교 연구가 행해져 1984년 12월 최초의 외래어 사전 『한어외래어사전(漢語外來語詞典)』이 간행되었다.

나는 2012년 8월에 베이징대학의 4주간 하계 어학 코스에 참가한 적이 있다. 수업은 아침 8시부터 12시까지이며, 오후에는 자유시간이었다. 책 사는 게 취미라 오후에는 으레 베이징대학 부근의 헌책방을 뒤지고 다녔다. 어느 날 마침내 『한어외래어사전』을 구할 수 있었다. 사전이라고 하지만 422페이지에 영어, 프랑스어, 독일어, 러시아어, 일본어 등에서 차용한 약 1만 개의 어휘가 수록되어 있는 소책자이다.

숙소에 돌아와 일본어 어원 표시가 되어 있는 단어를 노트에 전부 옮겨 적어서 헤아려 보았더니 전체 외래어 단어 중 약 8%를 차지하는 890여 개였다. 이 중 한국에도 유입되어 통용되고 있는 일본제 한자어는 700개 정도이다. 한편 한국어 어원의 단어는 가야금(伽倻琴), 북타령(鼓打令), 도라지(道拉基), 아바이(阿爺伊) 등 20개가 채 못 되며 대부분 북한의 어휘이다.

서양의 학술용어와 새로운 용어가 그리스어, 라틴어로부터 생성된 것과 같이, 한중일 3국에서는 한자의 뛰어난 조어력을 활용하여 새로운 어휘를 만들어 내거나 고어에 새로운 개념을 부여할 수 있다. 또한 한중일 동아시아 3국이 한자 문화권을 형성하고 있기 때문에 메이지유신 이후 일본에서 만들어진 근대 한자어가 한국과 중국에도 자연스럽게 유입되어 수용될 수 있었으며, 아직도 그 생명력을 유지하고 있다고 하겠다.

오늘날 일본은 물론 한국과 중국에서도 『한어외래어사전』에 수록되어 있는 근대 일본제 한자어 없이는 정치, 경제, 법률, 사회 분야 등을 논할 수 없을 정도이다. 그런데도 일본인들은 한국이나 중국에 대해 일본제 한자가 동아시아의 근대화에 기여한 공을 청출어람식으로 자랑할 법도 한데 전혀 그렇지 않아 기이하게 생각될 정도이다.

다소 양이 많긴 하나 일본제 한자어의 실상을 확인한다는 의미에서 『한어외래어사전』에 수록되어 있는 어휘 중 한중일 3국 간에 공통적으로 현재 사용되고 있는 721개의 단어를 아래에 기재한다.

(1) 정치·사회 등

가결(可決), 간사(幹事), 강령(綱領), 강제(强制), 개편(改編), 거두(巨頭), 공명(共鳴), 공민(公民), 공보(公報), 공복(公僕), 공산주의(共産主義), 공인(公認), 공화(共和), 교제(交際), 과도(過渡), 광장(廣場), 국제(國際), 군국주의(軍國主義), 권위(權威), 금혼식(金婚式), 기관(機關), 낙선(落選), 내각(內閣), 내막(內幕), 내용(內容), 냉전(冷戰), 논전(論戰), 담

판(談判), 대국(大局), 대표(代表), 독재(獨裁), 동의(動議), 동정(動靜), 맹종(盲從), 모체(母體), 무산계급(無産階級), 민주(民主), 반대(反對), 반동(反動), 봉건(封建), 부결(否決), 사각(死角), 사교(社交), 사단(社團), 사회(社會), 사회학(社會學), 사회주의(社會主義), 선거(選擧), 선전(宣傳), 성분(性分), 성원(成員), 승인(承認), 시사(時事), 시장(市長), 신분(身分), 신호(信號), 실권(實權), 업무(業務), 연도(年度), 연미복(燕尾服), 연설(演說), 영공(領空), 영토(領土), 영해(領海), 예비(豫備), 예산(豫算), 우익(右翼), 은혼식(銀婚式), 의결(議決), 의원(議員), 의회(議會), 이념(理念), 인권(人權), 인선(人選), 임명(任命), 입구(入口), 입장(立場), 입헌(立憲), 자유(自由), 자치령(自治領), 정당(政黨), 정보(情報), 정책(政策), 조각(組閣), 조직(組織), 좌담(座談), 좌익(左翼), 주의(主義), 주체(主體), 주필(主筆), 지배(支配), 지부(支部), 직접(直接), 집결(集結), 집단(集團), 총동원(總動員), 총리(總理), 총아(寵兒), 총영사(總領事), 취임(就任), 특권(特權), 파견(派遣), 패권(覇權), 표결(票決), 표어(標語), 품위(品位), 풍운아(風雲兒), 필요(必要), 항의(抗議), 해방(解放), 혁명(革命), 협회(協會), 호외(號外), 화장품(化粧品), 활약(活躍), 회답(回答), 회수(回收), 훈령(訓令), 효과(效果), 흥신소(興信所)

(2) 경제·경영 등

결산(決算), 견습(見習), 경공업(輕工業), 경기(景氣), 경비(經費), 경제(經濟), 경제학(經濟學), 견인차(牽引車), 계수(係數), 계획(計劃), 고리대(高利貸), 공영(公營), 공채(公債), 공황(恐慌), 광고(廣告), 국고(國庫), 국세(國稅), 금액(金額), 금융(金融), 기업(企業), 기조(基調), 기준(基準), 내근(內勤), 노동(勞動), 노동자(勞動者), 노동조합(勞動組合), 농작물(農

作物), 누진(累進), 능력(能力), 능률(能率), 단리(單利), 단식(單式), 독점(獨占), 동산(動産), 동태(動態), 명세표(明細表), 배급(配給), 보험(保險), 복식(複式), 부동산(不動産), 분배(分配), 분석(分析), 불경기(不景氣), 상수도(上水道), 상업(商業), 생산(生産), 생산력(生産力), 소득세(所得稅), 소비(消費), 소유권(所有權), 수공업(手工業), 수입(輸入), 수출(輸出), 승객(乘客), 승무원(乘務員), 시장(市場), 신용(信用), 신탁(信託), 실업(實業), 실적(實績), 은행(銀行), 이사(理事), 입초(入超), 잉여가치(剩餘價值), 외근(外勤), 자본(資本), 자본가(資本家), 재단(財團), 재벌(財閥), 저장(貯藏), 저조(低調), 저축(貯蓄), 전매(專賣), 절약(節約), 정보(情報), 정태(靜態), 조합(組合), 주식회사(株式會社), 중공업(重工業), 증권(證券), 지수(指數), 채권(債權), 채무(債務), 청산(淸算), 최혜국(最惠國), 출초(出超), 통계(統計), 통화수축(通貨收縮), 통화팽창(通貨膨脹), 투기(投機), 투자(投資), 현금(現金), 회계(會計), 회사(會社)

(3) 법률

각서(覺書), 간수(看守), 감정(鑑定), 개정(改訂), 공소(公訴), 공판(公判), 구류(拘留), 국사범(國事犯), 권익(權益), 권한(權限), 규범(規範), 규칙(規則), 단서(但書), 등기(登記), 면허(免許), 민법(民法), 배심원(陪審員), 법률(法律), 법안(法案), 법인(法人), 법정(法廷), 법칙(法則), 부인(否認), 변호사(辯護士), 보장(保障), 복제(複製), 사법(私法), 상법(商法), 소권(訴權), 수속(手續), 시행(施行), 시효(時效), 실효(失效), 심문(審問), 심판(審判), 양해(諒解), 원칙(原則), 의장(意匠), 인감(印鑑), 인도(引渡), 제약(制約), 제재(制裁), 제한(制限), 중재(仲裁), 중재인(仲裁人), 취소(取消), 출정(出廷), 판결(判決), 헌법(憲法), 협정(協定), 형법(刑法)

(4) 군사·경찰

가상적국(假想敵國), 간부(幹部), 개입(介入), 경찰(警察), 계급(階級), 계열(系列), 계통(系統), 고사포(高射砲), 공수동맹(攻守同盟), 관측(觀測), 군부(軍部), 군수품(軍需品), 궁도(弓道), 극복(克服), 근무(勤務), 기관포(機關砲), 기사(騎士), 기수(旗手), 기지(基地), 도화선(導火線), 동원(動員), 백기(白旗), 복무(服務), 봉쇄(封鎖), 부관(副官), 부식(副食), 사관(士官), 사변(事變), 사태(事態), 상비군(常備軍), 생명선(生命線), 선전(宣戰), 소위(少尉), 소장(少將), 수류탄(手榴彈), 순양함(巡洋艦), 소방(消防), 원수(元帥), 위관(尉官), 육탄(肉彈), 의무(義務), 적시(敵視), 전선(前線), 전선(戰線), 중장(中將), 진용(陣容), 책동(策動), 첨병(尖兵), 출정(出征), 침략(侵略), 침범(侵犯), 퇴역(退役), 편제(編制), 항공모함(航空母艦), 헌병(憲兵), 현역(現役)

(5) 문학·예술 등

가극(歌劇), 가명(假名), 각광(脚光), 각본(脚本), 거성(巨星), 거장(巨匠), 경기(競技), 공간(空間), 교향악(交響樂), 국교(國敎), 극장(劇場), 노작(勞作), 다도(茶道), 도구(道具), 도안(圖案), 동정(同情), 등외(等外), 등재(登載), 만담(漫談), 만화(漫畵), 문명(文明), 문학(文學), 문화(文化), 무대(舞臺), 미술(美術), 반향(反響), 배경(背景), 비극(悲劇), 비평(批評), 사조(思潮), 상징(象徵), 서곡(序曲), 서막(序幕), 소묘(素描), 소야곡(小夜曲), 소재(素材), 소질(素質), 실감(實感), 실연(失戀), 아악(雅樂), 안타(安打), 어원(語源), 연주(演奏), 연출(演出), 영상(影像), 예술(藝術), 운동(運動), 운동장(運動場), 원예(園藝), 원작(原作), 유도(柔道), 은막(銀幕), 의역(意譯), 의의(意義), 의인법(擬人法), 이중주(二重奏), 일정(日

程), 입장(入場), 입장권(入場券), 음정(音程), 작자(作者), 작품(作品), 잡지(雜誌), 장소(場所), 전람회(展覽會), 전위(前衛), 종합(綜合), 주인공(主人公), 창작(創作), 처녀작(處女作), 추상(抽象), 출판(出版), 출판물(出版物), 투영(投影), 판화(版畫), 화랑(畫廊), 환상곡(幻想曲), 희극(喜劇)

(6) 교육

가분수(假分數), 간단(簡單), 강단(講壇), 강사(講師), 강습(講習), 강연(講演), 강좌(講座), 공립(公立), 과목(科目), 과정(課程), 과학(科學), 교과서(教科書), 교수(教授), 교양(教養), 교육학(教育學), 교착어(膠着語), 교훈(校訓), 국립(國立), 기록(記錄), 기호(記號), 단원(單元), 단위(單位), 단행본(單行本), 단순(單純), 도서관(圖書館), 독본(讀本), 동기(動機), 등사판(謄寫版), 모교(母校), 목적(目的), 목표(目標), 문고(文庫), 박사(博士), 반기(半旗), 방안(方案), 방정식(方程式), 방침(方針), 번호(番號), 사립(私立), 사무원(事務員), 색인(索引), 소질(素質), 속기(速記), 수준(水準), 연습(演習), 연필(鉛筆), 자료(資料), 저능아(低能兒), 조성(造成), 주동(主動), 중점(重點), 지도(指導), 지식(知識), 진도(進度), 진전(進展), 집중(集中), 참관(參觀), 참조(參照), 체육(體育), 체조(體操), 타율(他律), 평가(評價), 학력(學歷), 학사(學士), 학위(學位), 학회(學會), 훈육(訓育), 훈화(訓話), 환경(環境), 회화(會話)

(7) 철학·종교 등

가정(假定), 간접(間接), 감성(感性), 감정(感情), 개괄(概括), 개념(概念), 개략(概略), 객관(客觀), 객체(客體), 경험(經驗), 계기(契機), 견지(堅持), 고조(高潮), 관계(關係), 관념(觀念), 관점(觀點), 관조(觀照), 광의(廣

義), 귀납(歸納), 긍정(肯定), 기독교(基督敎), 기분(氣分), 기질(氣質), 긴장(緊張), 내재(內在), 논단(論壇), 논리학(論理學), 능동(能動), 대상(對象), 대조(對照), 명제(命題), 명확(明確), 묵시(默示), 미화(美化) 반감(反感), 범신론(汎神論), 범주(範疇), 변증법(辨證法), 본질(本質), 부정(否定), 분위기(雰圍氣), 비관(悲觀), 사도(使徒), 사상(思想), 사조(思潮), 상대(相對), 상징(象徵), 세계관(世界觀), 세기(世紀), 소극(消極), 수난(受難), 승화(昇華), 시간(時間), 심리학(心理學), 심미(審美), 암시(暗示), 오성(悟性), 우연(偶然), 연역(演繹), 원죄(原罪), 유물론(唯物論), 유신론(有神論), 윤리학(倫理學), 의식(意識), 인문주의(人文主義), 이상(理想), 이성(理性), 이지(理智), 인격(人格), 인상(印象), 자율(自律), 저항(抵抗), 적극(積極), 절대(絕對), 종교(宗敎), 지양(止揚), 직관(直觀), 주관(主觀), 전제(前提), 정신(精神), 정의(定義), 정화(淨化), 조건(條件), 착각(錯覺), 천주(天主), 철학(哲學), 청교도(淸敎徒), 최면술(催眠術), 표상(表象), 현상(現像), 현실(現實), 허무주의(虛無主義), 협의(狹義), 형이상학(形而上學)

(8) 이학(理學)

간선(幹線), 개산(概算), 갱목(坑木), 건축(建築), 고장(故障), 고정(固定), 고주파(高周波), 고체(固體), 공업(工業), 교통(交通), 관측(觀測), 광년(光年), 광선(光線), 금강석(金剛石), 기계(機械), 기사(技師), 기선(汽船), 기체(氣體), 난류(暖流), 냉장(冷藏), 냉장고(冷藏庫), 단파(短波), 대기(大氣), 동력(動力), 물리(物理), 물리학(物理學), 물질(物質), 민감(敏感), 밀도(密度), 박물(博物), 반경(半徑), 반사(反射), 반응(反應), 발명(發明), 방사(放射), 방식(方式), 백금(白金), 백야(白夜), 백열(白熱), 변압기(變壓器), 병충해(病蟲害), 복사(輻射), 분자(分子), 분해(分解), 비금속(非

金屬), 비중(比重), 생리학(生理學), 생태학(生態學), 선반(旋盤), 섬유(纖維), 세포(細胞), 소화전(消火栓), 속독(速度), 수성암(水性岩), 수소(水素), 아연(亞鉛), 압연(壓延), 액체(液體), 양극(陽極), 양자(量子), 역학(力學), 열대(熱帶), 열차(列車), 옥소(沃素), 온도(溫度), 온상(溫床), 온실(溫室), 용매(溶媒), 우생학(優生學), 운전수(運轉手), 원동력(原動力), 원리(原理), 원소(元素), 원자(原子), 요소(要素), 유리(流離), 유전(遺傳), 음극(陰極), 이론(理論), 자극(刺戟), 자연도태(自然淘汰), 자외선(紫外線), 작물(作物), 저압(低壓), 전류(電流), 전자(電子), 전지(電池), 전차(電車), 전파(電波), 전화(電話), 제어기(制御器), 지질(地質), 지질학(地質學), 지선(支線), 지표(地表), 지하수(地下水), 직경(直徑), 직류(直流), 진공관(眞空管), 진화(進化), 진화론(進化論), 질소(窒素), 질량(質量), 전보(電報), 처녀지(處女地), 채광(採光), 촉광(燭光), 촉매(觸媒), 출구(出口), 출발점(出發點), 탄산(炭酸), 탐조등(探照燈), 퇴화(退化), 파장(波長), 평면(平面). 포화(飽和), 표본(標本), 표고(標高), 한대(寒帶), 한류(寒流), 해발(海拔), 화성암(火成巖), 화석(化石), 화학(化學), 효소(酵素)

(9) 의학

간호부(看護婦), 결핵(結核), 교감신경(交感神經), 내분비(內分泌), 단백질(蛋白質), 동맥(動脈), 모세관(毛細管), 복용(服用), 소화(消化), 신경(神經), 신경과민(神經過敏), 신경쇠약(神經衰弱), 영양(營養), 외분비(外分泌), 우생학(優生學), 위궤양(胃潰瘍), 위생(衛生), 유전(遺傳), 유행병(流行病), 의학(醫學), 이물(異物), 임상(臨床), 전염병(傳染病), 정맥(靜脈), 좌약(坐藥), 주사(注射), 주식(主食), 해부(解剖), 혈색소(血色素), 혈전(血栓), 화농(化膿), 화장품(化粧品), 흑사병(黑死病)

4부

격동기의
모스크바 1200일

모스크바 영사처 개설 요원으로

1988년 3월 말 주일대사관 발령으로 러시아와 전혀 인연이 없었던 문외한이 북방외교 일선의 첨병으로 뛰어들게 되었다. 1988년 7월 7일 노태우 대통령은 '민족자존과 통일번영을 위한 특별선언'을 발표했다. 이 '7·7 특별선언'은 '한반도의 평화를 정착시킬 여건을 조성시키기 위해 북한이 미국·일본 등 우리 우방과의 관계를 개선하는 데 협조할 용의가 있으며, 또한 우리는 소련·중국을 비롯한 사회주의 국가들과의 관계를 추구한다'고 선언했다. 이는 그동안 물밑에서 추진해온 북방정책을 공개적으로 대내외에 천명하고, 중국과 소련 등 공산국가와의 관계 정상화를 추진해 나가겠다는 결의를 분명히 한 것이었다.

당시 1981년 서독 바덴바덴에서 개최되었던 IOC 총회에서 서울올림픽을 유치해놓은 상태였다. 1980년 모스크바올림픽과 1984년 LA올림픽이 반쪽의 축제로 끝나고 말았기 때문에 성공적인 서울올림픽 개최를 위해서는 소련과 중국 등 여타 공산권 국가들의 참가가 절대적으로 필요했던 것이다.

1988년 6월, 나는 요코하마에 본부를 둔 국제열대목재기구(ITTO)의 회의에 참석했다. 도쿄 주재 소련 노보스티 특파원이라는 자가 회의장에서 어슬렁거리고 있었다. 소련 기자가 열대 목재에 관심을 갖고 있는 것에 묘한 생각이 들어 인사를 하고 명함을 교환했다. 이들은 후에 특파원 신분을 위장한 정보기관원으로 밝혀졌다. 그 후로 우리는 가끔 식사를 하면서 국내외 정세에 관한 의견을 교환하곤 하였는데 그는 나를 외무부 소속 공무원으로 여기지 않고 엉뚱하게 추측하고 있는 듯했지만 모른 척했다.

당시 주일대사관에서는 소련을 비롯한 동구권 외교관들과 꾸준히 접촉하면서 이들의 올림픽 참가 여부를 타진하고 그들의 반응을 주의 깊게 주시하였다. 다행스럽게도 서울올림픽은 동서 양 진영이 모두 참석하여 세계적인 평화와 화합의 제전이 되어 우리나라는 '세계 속의 한국으로' 부상했으며, 특히 소련 등 사회주의 국가들은 한국의 웅비(雄飛)에 경탄을 금할 수 없었다. 서울올림픽이 성공리에 끝난 뒤 1988년 11월 10일에 개최된 소련 공산당 정치국 회의는 한국과의 관계를 처음으로 진지하게 검토하게 되었으며 오랫동안 적대국으로 대해 온 한국을 우호적으로 받아들이기 시작한 계기가 되었다고 한다.

1988년 말 대한무역투자진흥공사(KOTRA)와 소련 상공회의소가 사무소의 상호 개설 문제를 협의하는 과정에서 소련은 코트라와 상공회의소에 영사기능의 수행 부여를 제기했으나, 우리는 영사기능을 비정부기관에 위임할 수 없다는 입장을 견지했다. 이에 따라 1989년 11월 17일 싱가포르에서 가진 양국 외무 당국 협의 결

과 '양국의 외무공무원에 한하여 영사업무를 수행할 수 있다'는 등
을 내용으로 하는 양국의 영사처 설치에 관한 합의의정서를 서명
하게 되었다. 이에 따라 본부에서는 모스크바 영사처 창설을 서둘
러 12월 25일 영사처장으로 공로명 뉴욕 총영사(외무장관 역임)를
내정하고 선발대 요원 선발을 검토하기 시작했다.

　1990년 1월 초, 서울에서 모스크바 영사처 창설요원으로 갈지
도 모른다는 이른바 '복도통신'이 나돈 후, 나는 전격적으로 발령을
받았다. 두 달 정도의 준비기간을 갖고 부임하는 것이 관례였지만,
1월 30일까지 모스크바 부임 발령을 받았기 때문에 도둑놈 소 몰
듯 부랴부랴 보따리를 챙겼다. 조선일보, 중앙일보 등의 신문은
1990년 1월 26일 자의 기사에서 "정부는 소련 영사처 개설을 위해
서현섭 주일참사관 등 2명을 오는 29일 모스크바로 파견한다."고
짤막하게 보도했다. 참사관의 부임을 기사로 다룬 것은 이례적이
라고 하겠다.

　3년 4개월간의 모스크바 근무 중에 주모스크바 영사처 참사관,
주소련연방 대사관 참사관, 주러시아연방 대사관 참사관이라는 3
개의 대외직명을 바꿔 달리라고는 예상할 수 없었다. 한국 외교사
에 전무후무한 '영사처'라는 생소한 명칭은 최호중 외무장관이 직
접 작명한 것인데 그럴듯해 보였다. 따지기 좋아하는 일본 외무성
친구들한테 영사처 명함을 건네주었더니 국제법 교과서에도 나와
있지 않은 명칭 아니냐면서 고개를 갸우뚱했을 정도로 낯선 호칭
이었다.

　입국비자를 받기 위해 '러시아어 도사' 백주현 서기관(주카자흐스
탄 대사 역임)과 같이 도쿄의 소련 대사관으로 갔다. 물론 평소에 정

기적으로 접촉해왔던 리준(Victor N. Lizun) 총영사에게 사전에 전화를 해놓았다. 늘 굳게 닫혀 있던 대사관 정문이 스르르 열렸다. 한국 대사관 차량이 처음으로 소련 대사관 내로 들어간 것이다. 가벼운 흥분을 느꼈다. 미수교국 입국자에 대해서는 별도 용지에 비자를 발급한 관례와는 달리 여권에다 발급해 주었다. 한국인에 대해 여권상의 발급은 처음이라면서 총영사가 웃었다.

총영사실에는 아르메니아산 코냑과 소련산 초콜릿이 준비되어 있었다. 우리는 '한·소 우호를 위해서' 가볍게 잔을 부딪치고 코냑을 들이켰다. 한낮인데도 두 잔을 더 마셨다. 헛기침을 한 후 리준 총영사가 양복 상의 단추를 잠그고 정색을 하더니 친구로서 부임에 앞서 한 가지 충고를 하겠다고 했다. 긴장되었다. 모스크바 주재 외교관이나 상사원이 가장 견디기 어려운 유혹은 암시장이라고 하면서 아예 암달러상을 가까이하지 말라는 당부였다. 고맙긴 했지만 긴장이 확 풀렸다. 난다, 긴다 하는 정보원이 득실거린다는데 어림이라도 있겠는가 하는 생각을 이미 하고 있던 터라 신통한 충고로 받아들여지지 않았기 때문이다.

나는 총영사에게 고맙다고 하면서 모스크바 부임 시에 일부러 러시아 항공, 아에로플로트를 택했다고 생색을 냈다. 이어 요즈음 모스크바 식품 사정이 어렵다고 하여 당장 먹을 김치, 라면 등을 탑승 항공편으로 좀 넉넉하게 가져가야 할 것 같으니 잘 부탁한다고 했다. 그는 알겠다면서 코냑이나 한잔 더 마시자고 했다.

1990년 1월 30일 오후 5시 30분, 백 서기관과 함께 아에로플로트 SU-576편으로 모스크바 셰레메티예보 국제공항에 내렸다. 모스크바 영사처장 대리로 모스크바에 첫발을 내딛던 그때를 회상하면 지금도 가슴이 설렌다. 주러 초대 이범진 공사가 1911년 1월 13일 망국의 한을 품고 순국한 지 79년 만에 처음으로 한국 외교관으로 부임했다는 사실에 가슴 벅찬 감동과 함께 무거운 책임감을 느꼈다.

리준 총영사 배려로 동전 한 푼 지불하지 않고 가져온 김치, 라면, 생선 통조림 등 200kg이 훌쩍 넘는 식품을 제대로 통관할 수 있을지 은근히 걱정스러웠다. 그러나 세관원은 여권을 보면서 '외교관' 하고 한마디 묻더니 그냥 나가라고 하지 않는가.

공항 밖은 이미 어두워져 있었다. 겨울바람, 지독한 기름 냄새, 강한 억양의 러시아어가 뒤섞여 한동안 정신을 차릴 수 없었다. 서둘러 공항을 빠져나와 시내로 향하는 도중에 눈 덮인 자작나무 숲이 희미한 가로등 빛 속으로 숨바꼭질하듯 사라졌다가 나타나곤 한다. 차창으로 망연히 이를 바라보면서 이 길이 정녕 한·소 외교 관계로 이어지는 새벽길이 될 수 있을까 하는 일말의 불안감을 떨쳐버릴 수가 없었다.

외무성에서 멀지 않은 메주드나르드나야 호텔에 여장을 풀었다. 이 호텔 사무동 7층 코트라 사무실 홀의 탁자에서 영사처 개설 준비를 할 수밖에 없는 형편이었다. '메주드나르드나야'는 영어의 'international', 국제호텔이라 하겠다. 국제호텔은 모스크바의 별세계라고 할 수 있을 정도로 은행, 식당, 국제전화 등의 거의 모든 편의 시설을 갖춘 5성급 호텔이었다.

KGB와 미인이 득실거린다는 정도의 얄팍한 상식만을 갖고 맞이한 모스크바의 첫날밤은 절간에 끌려온 색시 심정이었다. 막막했다. 쉽게 잠들지 못하고 있는데 똑똑 문 두드리는 소리에 화들짝 놀라며 시계를 보았다. 10시 30분을 좀 지나고 있었다. 이 밤중에 누구일까 하는 두려움 섞인 마음으로 문을 약간 열자, 담배를 입에 문 미녀가 나를 밀치며 방 안으로 들어섰다. "아, 이것이 그 유명한 KGB의 미인계인가." 하는 생각과 함께 그녀를 한껏 밀어내자 물컹한 느낌이 손끝을 타고 온몸으로 퍼져갔다. 쩔쩔매는 나의 모습을 재미있어 하며 그녀는 '쟈지깔까'를 연발한다. 안 되겠다 싶어 "야, 꺼져." 우리말로 소리를 버럭 지르자 복도 저편으로 가버렸다. 후에 알았지만 그 불청객의 '쟈지깔까'는 내가 지레짐작한 그것이 아니라 '담뱃불 좀 빌리자'는 의미의 러시아어라고 해서 실소를 금치 못했다.

그래도 이웃사촌이다

서울과 도쿄에서 보고 느낀 일본인과, 아프리카나 모스크바와 같은 험지에서 만난 일본인 사이에는 상당한 차이가 있다. 말도 많고 사연도 복잡한 한일 관계지만 생활환경이 어려운 제3국에서는 협조가 잘되고 서로 통하는 이웃이라고 생각된다.

동부 아프리카의 탄자니아와 아직 외교관계가 없었던 1985년에 그곳에서 개최되었던 국제회의에 참석했을 때였다. 모처럼의 기회라고 생각하여 탄자니아 외무 고위 당국과 은밀히 접촉하여 수교 교섭을 시도하였던 우리들에게 지원을 아끼지 않았던 분은 탄자니아 주재 구로코치 야스시(黑河內康) 일본 대사였다.

구로코치 대사는 아프리카의 오염되지 않은 인간미와 자연에 홀딱 반해 아프리카 근무를 자청한 특이한 경력의 소유자이다. 아프리카 과장을 거쳐 케냐 대사관 참사관, 탄자니아 대사, 나이지리아 대사를 지냈고 1994년 1월부터는 자신의 뜻에 반해서 스위스 대사로 근무하게 되었다고 행복한 불평을 했다. 부인 역시 핀란드 대사를 지낸 외교관이었다.

우리 일행을 관저에 초청하여 만찬을 베풀어 주고 또한 그곳 외무성 차관을 은밀히 관저로 초청하여 미수교 국가 간의 접촉 장소를 마련해 주었다. 한국과 탄자니아 수교를 생각할 때는 구로코치 대사를 떠올리게 된다. 훗날 1989년 9월 나는 도쿄 대사관에 근무할 때 구로코치 대사를 오찬에 초청하여 감사한 마음을 전했다.

1990년 1월 30일 동료와 같이 모스크바에 도착한 다음날 점심 때, 일본 대사관의 다나카 겐지(田中謙次) 참사관이 당시 모스크바 유일의 일본식당 '사쿠라'로 우리를 초청하여 식사를 하면서 최근 소련정세 등에 관해 많은 정보를 주었다. 그는 모스크바 근무가 3번째인 소련 전문가였다. 동년배인 다나카 참사관이 본성 분석과장으로 있을 때 자주 그의 사무실을 방문하여 북한·일본 관계 정보 등을 탐문하면서 가까워졌다.

백주현 서기관과 둘이서 공관 창설 준비에 눈코 뜰 새 없이 바쁘던 어느 날, 그가 심한 복통 때문에 옴짝달싹할 수 없게 된 적이 있다. 둘이 있다가 한 사람이 덜컥 병이 났으니 여간 걱정스러운 게 아니었다. 당시 러시아 병원은 시설도 시원찮은 데다 약도 제대로 없었다. 게다가 나의 러시아어 실력은 그보다 더 못한 형편이었다.

염치 불고하고 다나카 참사관에게 도움을 요청했다. 다행히 일본 대사관에는 간호원 1명과 전문 의사가 본성으로부터 파견되어 관내에 소규모 의무실을 운영하고 있었다. 다나카 참사관의 소개를 받아 생면부지의 고초 요이치 의무참사관에게 사정을 설명했더니 점심식사 시간인데도 전혀 싫은 기색을 하지 않고 환자를 바로 데려오라고 했다. 신경성 급성위염이라는 진단과 함께 주사를 놓아주고 사흘분의 약을 조제하여 주었다. 환자의 경과를 좀 더 두고 관찰하겠다며 급한 경우에는 시간에 구애받지 말고 언제든지 전화하라고 하면서 친절하게 자택 전화번호까지 적어주었다. 그 후 두세 번 더 치료를 받은 후 백 서기관은 완쾌하였다.

대사관 직원뿐만 아니라 유학생이 응급치료를 호소해 왔을 때에도 번번이 신세를 졌다. 마음속으로는 늘 고맙게 생각은 하면서도 인삼차 한 봉지 외에는 인사치레도 제대로 못한 게 늘 마음에 걸렸다. 묘한 인연이다. 후일담이지만, 필자가 1996년 2월 파푸아뉴기니 대사로 부임하였더니 고초 박사가 일본 대사관 의무참사관으로 근무하고 있어 반갑게 재회할 수 있었다. 그들 부부를 관저로 초청하여 때늦게나마 감사한 마음을 전달할 수 있었다. 지금까지도 교제를 이어가고 있다.

해외에서 한국인과 일본인과의 상부상조는 어제오늘에 시작된 것이 아니다. 839년 어느 여름 해거름에 입성이 허름한 40대 중반의 일본인 승려가 중국 문등현 적산촌에 있는 신라 법화원의 문을 두드렸다. 법화원은 청해진 대사 장보고가 해상권을 장악하여 일본과 중국과의 무역을 독점하여 기세를 날리던 시절에 세운 신라인의 사원이다. 봄, 가을에 열리는 법회에 200여 명의 신라인이 참석하였다고 하니 절의 규모가 꽤나 컸던 모양이다.

신라원에서는 엔닌(円仁)이라는 생면부지의 일본인 승려를 8개월 동안이나 따뜻하게 보살펴 주었다. 그는 통역이 필요하거나 배고프고 지치면 으레 신라원이나 신라관을 찾았다. 10년 동안 중국에서 구도행각을 성공적으로 마치고 귀국할 수 있었던 것은 신라인들이 베푼 물심양면의 지원 때문이었다고 자각대사 엔닌 자신이 그의 유명한 여행기 『입당구도순례행기』에 자세히 적고 있다.

그의 사후에 제자들로 하여금 적산선원을 세우게 한 것은, 적산촌의 신라원에 대한 감사의 마음을 오래도록 기리고자 함이었을 것이다. 일본인의 꼼꼼한 기록광의 기질이 한껏 발휘된 그의 여행기는 현장법사의 『대당서역기』, 마르코 폴로의 『동방견문록』과 함께 동아시아 3대 여행기로 꼽히고 있다. 하버드대학 교수와 주일미국 대사를 역임한 에드윈 라이샤워(Edwin O. Reischauer, 1910~1990)가 『입당구도순례행기』를 연구하여 박사학위를 취득하고 영문으로 출간하자 학계는 물론 일반인들도 이에 관심을 갖게 되었다. 라이샤워 대사 부친은 30여 년간 일본에서 선교사로 활동하면서 불교를 연구하여 일본 불교에 관한 저서를 남겼다.

아마도 자각대사 엔닌 이외의 많은 일본인 유학승들도 신라인의 신세를 적잖게 졌을 뿐만 아니라 일본이 중국 당나라의 문물을 받아들인 과정에서도 신라인의 도움이 컸을 것이라는 게, 일본의 엔닌 연구가들의 결론이다.

우리는 이국에서의 한일 간의 우정을 일시적인 에피소드로 치부하지 말고 이를 키워 나가야 할 것이다. 말도 많고 바람 잘 날 없는 한일 관계이나 제3국에서는 서로 의지할 수 있는 이웃사촌과 같은 존재이다.

해외에서 일본 사람들과 사귀었던 경험에 비추어 볼 때 한국과 일본이 해외에서 공동 프로젝트를 추진하면, 다른 어느 나라 파트너보다 성공할 가능성이 높다는 생각이 든다. 한국이나 일본, 다 같이 좁은 땅덩이에 인구는 많고 자원은 없고 해외 의존도가 높은 국가이다. 한일 양국에게는 해외자원 개발과 시장 확보가 절실한 문제이다. 한국과 일본은 최대의 시너지 효과를 낼 수 있는 인근 국가로 2008년 이래 쿠웨이트, 프랑스, 터키, 모로코, 미얀마 등에서 100건이 넘는 프로젝트를 추진 중이다. 21세기에는 한국과 일본이 시야를 보다 넓혀서 공동 번영을 모색하는 좋은 동반자적 관계를 모색해야 할 것이다.

한·소 샌프란시스코 정상회담 후일담

집사람은 나의 첫인상을 '어리숭하다'고 했는데, 사실 나는 어리어리한 편이다. 그런데 웬일인지 그 유명하다고 하는 소련의 정보기관 KGB는 나를 정보기관의 요원으로 단정하였다. 도쿄에서 소련 대사관 측과 접촉하는 과정에서 한국 외교부의 직원이라고 분명히 밝혔는데도 그들은 여전히 '저 녀석은 그쪽이야'라고 여긴 것 같았고 후임자들에게도 그렇게 인계했던 모양이다.

1990년 3월 2일 공로명 대사님이 영사처장으로 부임한 지 한 달쯤 지난 4월 초에 대머리에다 몸집이 좋은 신사가 영사처로 나를 찾아왔다. 그는 내가 자신에 대해 알고 있을 것이라는 태도로 두나예프(Vladislav I. Dunaev) 소련 노보스티 통신(Novosti Press Agency) 도쿄 특파원이라는 명함을 내게 건네면서 노재봉 대통령 비서실장과 김종휘 외교안보수석의 명함도 보여주었다. 두나예프는 급한 용무로 서울에 가야 하니 모스크바-서울 왕복 1등 항공권 2장을 마련해달라는 것이었다.

당시 1988년 '7·7 특별선언' 이후 박철언 정무장관은 극비리에 소련을 수차 왕래하면서 소련의 대표적인 국책연구기관의 책임자들과 접촉하여 양국 관계 개선 방안 등의 협의를 진행하고 있었으며, 두나예프를 비밀창구로 지정해두었던 것이다. 그러나 영사처로서는 이를 전혀 알 수 없었다. 두나예프는 고르바초프 서기장의 비서실장인 체르니예프의 심복으로 서기장과도 가까운 사이라고 한다.

나의 보고를 받은 공로명 대사님은 뭔가 짚이는 데가 있어서인지 '그렇게 하시오'라고 했다. 나는 항공권을 두나예프에게 건네면서 귀국하는 대로 연락주기를 당부하였다. 3주쯤 지난 5월 4일 오후에 두나예프가 전화로 모스크바로 돌아왔다고 하기에 나는 자세한 내용을 알아보기 위해 외무성 근처의 '엘리나'라는 레스토랑으로 그를 초청했다.

식사를 하면서 이번 여행 결과를 물어보자 그는 손가락으로 천장을 가리키며 입을 손으로 막는 시늉을 한다. 도청이 될 우려가 있다는 제스처이다. 'KGB도 도청을 무서워하는군' 하고 나는 속으로 중얼거렸다. 우리는 식사를 서둘러 마치고 밖으로 나와서 천천히 걸었다. 그는 약간 흥분하여 '이 사실이 밖으로 알려지면 세상이 깜짝 놀랄 것'이라고 운을 뗀 후 또박또박 '6월 4일 샌프란시스코'라고 말하고 이를 서울에 급히 보고해달라고 했다. 나는 혹시 내가 잘못 들은 것이 아닌가 하여 '6월 4일 샌프란시스코'라고 확인했더니 그는 고개를 끄덕거렸다.

대사께 보고를 드렸더니 빨리 전보를 기안해서 가져오라고 했다. 나는 '상부 추진 건 6월 4일 샌프란시스코'라는 요지의 간략한 전보를 기안하여 결재를 받아 지급전보로 타진하였다. 당시 노태우 대통령의 지시를 받은 정부가 '태백산'이란 암호명으로 극비리에 한·소 정상회담을 추진하고 있었음이 2021년 기밀이 해제된 1990년도 외교문서를 통해 확인됐다.

사실 서울에서는 두나예프가 모스크바로 돌아가는 대로 영사처에 나와 있는 안기부 직원을 통해서 소식을 전해 올 것으로 기대했던 모양이다. 영사처로부터 초특종 전보를 받은 최호중 외무장관은 김종휘 외교안보수석을 경유하여 대통령에게 보고하였다. 결과적으로 안기부는 본건에 있어 패싱을 당해 굉장히 화를 냈다고 한다. 나의 개인적인 추측인데 두나예프는 처음부터 나를 안기부 직원으로 단정하고 있었던 것으로 생각되었다. 두나예프는 1991년 4월 19일 제주도에서 개최되었던 제3차 한·소 정상회담에 소련측 수행원 명단에도 없이 대통령의 특별기편으로 도착하여 밤늦게 호텔의 내 방으로 전화를 하여 사람을 놀라게 했다. 특별한 말을 하지 않고 '히히' 하고 기분 나쁜 웃음소리를 남기고 사라졌다.

이틀인가 지나서 본부로부터 공로명 대사에게 일시 귀국하라는 전문이 도착했다. 공 대사께서는 귀국하면서 만약 샌프란시스코로 가는 게 정상회담 때문이라면 "무사히 도착했다."는 내용의 서비스 전문을 보내겠노라고 했는데 아니나 다를까 "무사히 서울에 도착했다."는 짤막한 전문이 도착하였다. 우리 모두 그 전보를 받고 박수를 치고 만세를 외쳤다.

이렇게 하여 마침내 1990년 6월 4일 샌프란시스코의 페어몬트 호텔에서 노태우 대통령과 고르바초프 대통령 간의 역사적인 한·소 정상회담이 개최되었다. 그해 9월 30일 대사급 외교관계 수립 합의에 이어 12월 13일 노태우 대통령의 소련 공식 방문으로 양국 관계는 급진전하였다.

12월 말 나는 정부로부터 '홍조 근정훈장'을 수여받았을 때, 재주는 곰이 부리고 돈은 왕서방이 챙긴다는 속담과 같이 한·소 수교의 막후의 주역인 박철언 장관과 두나예프 기자의 공을 가로챈 기분이 들었다.

새로운 역사가 태동하고 양국 관계가 새롭게 정립되는 역사의 현장을 3년 이상 지켜보며 일할 수 있었던 것은 33년간의 외교관 생활에 있어 큰 보람이자 영광으로 각인되어 있다. 금상첨화 격으로 주위에서 한결같이 애썼다고 평가해 주어 나를 으쓱하게 했다.

1992년 6월 러시아를 공식 방문한 이상옥 외무장관께서 대사관 직원들이 모인 가운데 "서 참사관이 대러시아 외교의 개척자이자 선구자로서 많은 수고를 하였다."는 과분한 치사를 하여 나는 실로 감개무량하였다. 그도 그럴 것이 1970년 외무부 입부 면접 때 나의 최종 학력이 대학 1학년 중퇴라고 하자 어이없어 하시며 만년필을 책상에 놓고 '별 녀석도 다 있군' 하는 표정을 짓던 그 면접관이 바로 당시 이상옥 총무과장이었으니 말이다. 장관님께서는 나를 따로 불러 금일봉을 주시는 자상함을 보여주셨다.

또한 1993년 5월 귀국할 때 김석규 대사님 이하 35명의 주러시아 대사관 직원명의 기념패를 증정받아 참으로 기쁘고 감사한 마음이었다.

"1990년 1월 주소련 영사처 창설요원으로 부임한 이래 1993년 5월에 이르기까지 한·소, 한·러시아 관계 증진에 크게 기여한 것을 평가하며 귀하와 함께 주러시아 대사관에서 함께 근무하고 동거동락해 오면서 많은 외교 업적을 이룩한 것을 기념하고 귀하의 앞날에 영광과 더 큰 성취를 기원하면서 이 기념패를 드립니다."

이 기념패는 왕년의 추억이 응축되어 있는 보물로 서재를 장식하고 있다.

모스크바의 별천지

1990년 1월 30일 모스크바에 부임 후 열흘쯤 지나 모스크바 시내 지도를 사기 위해 '프로그레스'라는 서점에 들렀다. 외무성에서 멀지 않은 곳에 있어 외무성에 오가며 짬을 내어 들르기에 아주 좋은 위치였다. 이 서점은 출판도 겸하고 있는데, 러시아 역사, 문화, 정치에 관한 책을 영어, 독일어 등 세계 각국 언어로 번역, 출판하여 팔고 있다. 모스크바에서 보낸 3년 남짓한 기간 동안 1주일에 한두 번은 이곳에 들러 책을 주워 담았다. 책값은 전혀 부담이 되지 않을 정도로 헐값이었다. 10달러 정도의 책을 사면 양손으로 들기에 무거울 정도로 많은 책을 살 수 있었다.

러시아 부임 전에는 책을 안 사기로 마음먹었다. 서울의 집에 기천 권의 책이 쌓여 있기 때문이다. 그런데 세계에서 책값이 워낙 싼 러시아에 오고 보니 처음의 결심은 온데간데없고, 러시아어 선생 마리나에게 모스크바 유명 서점과 고서점 리스트 작성을 독촉하였다. 서툰 러시아어 실력 때문에 주말엔 마리나를 비서인 양 데리고 다니며 책방을 순례했다. 미녀와 함께 책을 사러 다니는 재미도 나쁘지는 않았다. 아마도 마리나는 나의 러시아어 교습에 바친 시간보다는 책방 안내에 더 많은 시간을 나와 함께 보냈을 것이다. 중학교 영어 선생 자리를 박차고, 우리 집의 러시아 개인교사로 자리를 옮긴 가난한 아가씨 마리나에게 책방 안내에 소비된 시간을 꼬박 돈으로 계산해 주었음은 물론이다.

서울의 태평로쯤 되는 칼리닌 거리에는 소련에서 제일 크다고 할 수 있는 '돔크니기'라는 대형서점이 있다. 외교, 예술, 문학 등 거의 전 분야를 망라한 책들이 서가 식으로 진열되어 있어 책 고르기에 편리하다. 운전사 알레그와 함께 허겁지겁 책들을 뽑아 들었다. 서점 직원들이 가소롭다는 눈초리로 나의 뒷덜미를 지켜보고 있었지만 전혀 개의치 않았다. 그 직원들은 나만 나타나면 "일거리 생겼군." 하는 말을 속으로 삼키고 불만스러운 표정을 지었다. 특히 점심시간이 가까울 무렵에 모습을 보이면 노골적으로 싫어하는 기색을 보였다. "국가는 봉급을 주는 척하고, 노동자는 일하는 척한다."는 말들이 공공연히 유행하던 시절이었다. 봉급이 형편없이 낮아 일할 의욕도 없고, 일하지 않아도 국가가 얼마간의 급료를 주니 놀면서 지내자는 풍조가 일반화되어 있던 때에, 내가 책을 많이 사면 살수록 일거리만 많아져서 귀찮다는 것이다. 알만했다. 그래도 나는 그녀들의 무뚝뚝한 응대를 전혀 모른 척하고 책만 골랐다.

KGB 본관 건물 건너편에는 '보스톡'이란 헌책방이 있다. 보스톡'은 주로 문학 서적을 취급한다. 러시아 대백과사전을 구하고 싶다고 했더니 고개를 흔들었다. KGB 요원이 외국인이나 주변 관공서를 감시하기 위하여 서점 종업원으로 가장하여 일하고 있는 것이 아닌가 하는 지레짐작 때문에 썩 발길이 내키지 않는 고서점이다. 대사관 비서 올가와 함께 트베르스카야 거리에 있는 고서점가를 찾아 나섰다. '두르지바'라는 고서점에서 『소비에트 외교학 사전』 3권을 구한 것은 큰 소득이었다. 1만 6천 원쯤 지불했으니 횡재한 셈이다.

고서점 거리에는 북한 문학류도 가끔 눈에 띄었다. 50년대 말에 나온 북한 문학전집을 구해서 이기영, 한설야 등의 작품을 처음으로 읽을 수가 있었다. 사라져버린 토속적인 우리 어휘들이 가끔 보석처럼 반짝거렸다. 서울에 가져오고 싶었지만 한 번 읽은 것으로 만족하고 한국문학을 전공하려는 러시아인 친구에게 작별 선물로 주고 왔다.

어느 날 나타샤라는 아가씨가 『소련 대백과사전』을 살 수 있다는 정보를 귀띔해 주었다. 1천 달러 달라는 것을 흥정에 흥정을 거듭하여 800달러에 그것을 손에 넣었다. 전 37권의 그 사전은 내가 오랫동안 관심을 두고 찾던 물건이었다. 그 사전이 인연이 되어서인지 아들 녀석이 서울대 노문학과에 입학하게 되었는지 모르겠다. 어렵게 구한 책이지만 제대로 활용할 실력이 못 돼 서울대 노문학과에 기증하였다.

모스크바 생활 2년째에는 아예 책 구하는 도우미를 개인적으로 고용하여 상트페테르부르크와 모스크바 고서점을 뒤지고 다녔다. 모스크바 부근에 나인홀 골프장이 생겼지만 나는 여전히 책방 먼

지가 좋았다. 또한 모스크바 생활 중 잊지 못할 추억 중의 하나는 눈썰미가 있는 중학생 딸아이를 데리고, 그 애가 괜찮다고 하는 그림을 사는 재미였다. 예능 계통에는 죽었다가 깨어나도 근처에도 못 갈 나와는 달리, 딸아이 윤정이는 글씨도 잘 쓰고 악기도 잘 만지고, 게다가 그림에는 재능이 있어 보여, "병원에서 바뀐 아이가 아닐까" 하는 의구심조차 들 정도였다.

삭풍이 몰아치던 모스크바의 겨울을 이겨내고, 아직도 그곳을 그리워하는 마음을 지니고 있는 것은 책방이라는 별천지가 있었기 때문이었다. 러시아의 책방이여, 영원하라!

이범진 공사의 유택을 찾아

모스크바 부임 발령을 받았을 때, 나는 19세기 말의 한·러 관계 사료를 발굴해서 좋은 논문 한 편을 써보고 싶다는 강렬한 욕구에 사로잡혔었다. 그러나 1990년은 샌프란시스코 정상회담, 뉴욕 한·소 수교 외상회담, 당시 노태우 대통령의 모스크바 방문 등으로 이어지는 숨 가쁜 외교 일정 때문에 도저히 틈을 낼 수 없었는데 마침내 기회가 왔다.

1991년 8월 보수파가 중심이 되어 일으킨 쿠데타가 좌절되어 공산당이 해체되고 숱한 공산당 인재가 하루아침에 직장을 잃고 실직자로 전락하였다. 나는 이때다 싶어, 공산당 국제과에 근무하였던 드미트리에게 월 100달러를 지불하겠으니 새로운 직장을 찾을 때까지 나를 도와달라고 했다. 그는 실직 상태에 쌍둥이마저 태어나 경제적으로 어렵던 때라 흔쾌히 나의 요청을 수락하였다. 그가 받던 봉급은 월 50달러 정도였고, 당시 암시세는 공정환율의 6배 정도였다.

외무성 문서보관소와 상트페테르부르크 문서보관소, 신문박물관 등을 뒤져 이범진 공사에 대한 기록이나 사진을 찾도록 했다. 30대 후반의 드미트리는 외교관의 산실인 모스크바 국제관계대학을 졸업한 관계로 외교 사료에 밝았다. 그는 도시락을 싸 들고 외교 문서보관소, 레닌도서관 등에 출근하다시피 하여 좋은 자료를 다수 발굴하였다. 나는 드미트리의 헌신적인 도움을 받아 이범진 공사의 부임에서부터 순국에 이르기까지의 자료 발굴과 공사관 위치, 묘역 등을 알아낼 수 있었다.

후일담 한 토막. 2007년 9월 나가사키의 대학에 근무할 때 자료 조사 차 일주일간 러시아를 방문한 적이 있다. 모스크바에 도착하여 호텔에서 드미트리 집으로 전화를 했더니 다행히 그가 직접 전화를 받았다. 지금 모스크바에 왔으니 식사나 같이하자고 했더니 그는 몹시 당황한 목소리로 "다시는 연락하지 마시라우."라고 하면서 일방적으로 전화를 끊어버렸다. 그는 복직되어 평양 주재 러시아 대사관에서 근무를 마치고 그 무렵 귀국했다는 후문이었다.

다시 본론으로 돌아와서 이 공사의 러시아 부임 전후 조선을 둘러싼 국제정세와 순국에 이르기까지의 과정을 간략히 소개한다.

조선을 둘러싼 청·러·일의 각축전이 치열하게 전개되고 있던 1895년 10월 8일 미우라 일본 공사의 지휘하에 일본 군인과 대륙 낭인들이 궁궐에 난입하여 명성황후를 무참히 시해한 만행을 저질렀다. 위안스카이의 안하무인적인 내정간섭과 일본 제국주의의 천

인공노할 주권모독 행위에 치가 떨린 고종은 1896년 2월에 이범진, 이완용 등의 영접을 받으며 러시아 공사관으로 피신하였다.

역사에서는 이를 가리켜 아관파천이라고 하며, 고종은 러시아 공사관에서 1년 9일을 지내게 되었다. 이 기간에 조선은 소위 친러시아 분위기로 급변하였다. 이유야 어떻든 간에 주권국의 원수가 남의 나라 공관에 가서 1년을 보냈다는 것은 조선의 비극이었다고 지적하지 않을 수 없다.

아관파천 1년 만인 1897년에 고종은 내외의 여론에 힘입어 러시아 공사관에서 경운궁으로 환궁하고, 국호를 대한제국, 연호를 광무라 고친 다음 왕을 황제라 칭하며 자주·주권 국가임을 선포하였다. 이에 따라 친러파는 정치무대에서 밀리기 시작하였으며, 친러파의 거두로 알려진 이범진 법무대신은 우여곡절을 거쳐 1900년 6월 21일 남필우, 김동일, 김병옥 서기관 3명과 함께 최초의 제정 러시아 주재 특명 전권공사로 부임하였다.

이범진 공사는 상트페테르부르크 중심지에서 다소 떨어진 신흥 주택지 체르노레첸스카야 5번지의 2층집에 공사관 겸 관저를 정했다. 이 지역은 2차 대전 이후에 재개발되어 옛날 건물은 다 헐리고 지금은 5층짜리 아파트 단지가 들어서 있다. '체르노레첸스카야'는 '검은 개울'이라는 의미인데, 아파트 앞에는 청계천 정도의 실개천이 무심하게 흐르고 있었다.

이 공사는 이국만리에서 일본의 제국주의적 침략 앞에 풍전등화와 같이 위태로운 사직을 살려보고자 니콜라이 2세와 람스도르프 외상에게 적극적인 간여를 요청하기도 하였고, 영어와 불어를 능통하게 구사할 줄 아는 귀족 출신의 코발리스카야 여사를 시간제로 고용하여 국제정세 흐름을 파악했다.

이 공사가 당시 사용했던 명함은 '특명 전권공사 프린스 진범이(Prince Tchine-Pomm Yi)'라고 되어 있어 상당히 재미있게 생각되었다. 이 공사가 실제로 왕실과 어떤 친인척 관계에 있는지는 모르겠으나 아마도 고종 황제와 같은 전주 이씨라 'Prince'라고 했던 것으로 보인다. 니콜라이 2세나 다른 러시아 귀족을 접촉하는 데는 단순히 공사라는 직함보다는 'Prince'가 더 유리했던 것이다.

러시아는 조선에서의 영향력 회복을 위해서 'Prince Yi'가 언젠가 도움이 될 것이라는 계산에서인지 이 공사를 음양으로 지원했고 일본과의 한판 승부가 불가피해진 상황이 되자 이 공사에게 자문을 구하기도 했다. 그러나 1904년 제1차 한·일 협약이 체결되어 이른바 일본인에 대한 고문정치가 시작되고 러·일 전쟁에서 러시아가 패배함에 따라 러시아의 조선과 이 공사에 대한 관심은 눈에 띄게 줄어들었다. 1905년 일본의 강압에 의한 을사조약 체결에 따라 조선의 외교권이 박탈되었고 이에 따라 서울에 주재하던 각국 공사관은 철수하였으며 일본은 러시아에 주재하고 있는 이범진 공사 소환을 위해 조선 정부에 압력을 가함과 동시에 러시아에도 수차례 퇴거시킬 것을 요청하였다.

설상가상으로 이 공사에 대한 조선 정부의 재정지원은 1905년 말부터 완전히 중단되어 공사관 유지는커녕 연명하기조차 어렵게 되었다. 이 같은 상황에서도 이 공사는 니콜라이 2세에게 일본의 침략으로부터 조선을 구해줄 것을 요청하였으나, 일본에게 패한 러시아로서도 답답할 따름이었다. 니콜라이 황제는 일본의 요청을 무시하고 이 공사를 측은하게 여겨 계속 상트페테르부르크에 머물도록 하고, 1906년 1월 1일부터 5년간 3개월마다 7,325루블을 지급하였다.

7,325루블이면 당시로는 상당히 큰 금액이었다. 그러나 이 공사는 이 금액으로는 공사관 직원과 같이 생활하기에는 부족했던지 기회 있을 때마다 보조금을 간청하곤 했다. 자신의 명함 앞뒤에 예쁘게 불어로 쓴 긴급지원 요청 메모는 양반의 체통 같은 것은 염두에도 둘 수 없었던 다급한 상황에 놓여 있었음을 보여주는 것이라 하겠다. 1906년 11월 6일 니콜라이 황제가 이 공사에게 스타니슬라바 1급 훈장을 수여한 데 대해 이 공사는 훈장 수여에 감사함을 표시하면서도 훈장이 밥을 먹여주지는 못한다고 하면서 재정적 지원이 절실하다고 호소했다.

부임할 때 데리고 온 아들 이위종이 1907년 이준, 이상설과 함께 헤이그 특사로 참석하여 활동한 것은 이미 우리에게 잘 알려져 있다. 이위종은 1905년 러시아 정교로 개종하고 이름도 '블라디미르 세르게비치 이'로 개명한 후, 전남편 사이에 세 자녀를 둔 놀켄 귀족 부인과 결혼하였다. 그 후 블라디미르 사관학교를 졸업하고 제1차 세계대전에 참전하였고, 거기서 전사한 것으로 알려졌다.

이범진 공사가 1908년 1월 31일 자로 이즈볼스키 외상에게 서한을 보내어 아들 이위종의 취직을 부탁한 것을 보면, 귀족 부인과의 결혼으로도 재정적인 문제는 해결되지 않았던 것 같다. 이위종의 외손녀 예피모바는 현재 모스크바 시내에 살고 있으며, 우리 대사관이 주최한 국경일 리셉션에 남편과 함께 참석하여 한국인의 피를 나누어 가진 것을 자랑스럽게 생각한다고 털어놓았다.

이 공사는 러시아 정부의 재정적 지원도 끝나 살아갈 길이 막막해진 데다 10년간의 해외 생활에 지칠 대로 지치고 종묘사직의 운명은 오늘내일하는 암담한 현실에 어찌할 수 없는 무력감을 느껴 마침내 자진을 결심하게 되었다.

1910년 4월 주러 모토노 이치로(本野一郎, 1862~1918) 대사가 러시아 측에 조만간 일본 정부가 조선을 병합할 것이라고 통보했다. 1910년 8월 22일, 결국 한일합방조약이 체결되었다. 이 공사로서는 삶의 의미가 송두리째 없어진 것이었다. 육십을 바라보는 노구를 주체하기도 어렵게 된 그가 취할 수 있는 단 하나의 길은 더 추해지기 전에 품위를 지키며 순국하는 것뿐이었으리라.

이 공사는 하나하나 준비해 나갔다. 일본 사람을 골탕 먹일 계획이라는 핑계를 대고 코발리스카야 여사에게 러시아어와 영어로 유언장을 만들어 받았다. 유언장을 작성한 다음 이 공사는 가재도구를 고물상에 처분했다. 분신과도 같은 가구가 실려 나가는 것을 볼 수 없었던지 이 공사는 고물상 주인이 물건을 가지로 올 때쯤이면 어딘가로 외출하였다가 저녁 늦게 처연한 모습으로 돌아왔다. 주위에서는 이 공사가 고국으로 돌아가기 위한 준비를 하고 있는 것으로 알았다.

목돈을 마련한 이 공사는 젊은 직원을 일본인으로 행세하도록 하여 장의사한테 가서 장례비를 알아보게 한 다음, 며칠 후 1911년 1월 9일 자신이 직접 가서 참나무 관을 고른 다음 한 걸음이라도 조선과 가까운 곳에 묻히고 싶었던 것일까, 관을 블라디보스토크까지 운반한다는 조건으로 2500루블을 지불했다. 1월 12일에는 공사관 직원들을 데리고 시내 러시아 식당에서 이승에서의 마지막 슬픈 성찬을 가졌다.

1월 13일 정오, 이 공사는 목을 매어 59세의 파란만장한 일생을 마감했다. 그때 손에 들고 있던 여섯 발들이 권총에서 세 발의 총알이 의자가 넘어지는 순간에 발사되어 문과 벽에 박혔고 총소리에 놀란 늙은 머슴이 문을 박차고 들어왔으며 곧이어 연락을 받은 쿠즈네츠프 경찰서장이 달려왔다.

쿠즈네츠프 서장 앞으로 보낸 유서에서 이 공사는 자신의 죽음은 타살이 아니라 자살이니, 다른 사람을 연행해서 조사하지 말고 조용히 처리해 달라는 부탁을 적어 놓았다. 고종 황제 앞으로 쓴 유서에는 국권을 앗아간 일본에 대한 증오와 좌절감 때문에 자결한다고 밝히고 있으며, 서울의 가족에게도 유서를 남겼다. 늙은 머슴을 위해서는 전 재산인 50루블을 남겼다.

이 공사의 유해는 검시 결과 자살로 판명되어 병원에 안치되었다. 1월 21일 러시아 정교회에서 거행된 장례식에는 러시아 외무성 관리는 누구 한 사람 나타나지 않았고 공사관원 코발리스카야 여사, 약간 명의 한인이 참석한 쓸쓸한 영결식이었다고 『페테르부르크일보』는 보도했다.

이 공사는 여섯 필의 말이 끄는 백색 영구마차로 역까지 운구되고 특별열차로 시내에서 30km 떨어진 우스펜스키 묘지로 이동되어 그곳에 묻힌 것으로 기록되어 있다.

나는 1991년 12월 마음먹고 페테르부르크의 우스펜스키 묘지에 가서 영하 30도의 추위 속에서 눈 덮인 비석 하나하나를 쓸어가며 이 공사의 묘를 찾으며 하루를 보냈으나 아무런 성과를 거두지 못했다. 해질녘까지 공동묘지를 하루 종일 헤매고 있는 것이 딱하게 보였던지 관리 직원이 오더니 혁명 후 오래된 묘는 거의

다 정리하고 이름도 '파르갈다보' 묘지로 바뀌었다고 설명하면서 두툼한 매장자 명부를 일일이 확인한 후, 이 묘지에는 '진범 이'가 잠들어 있지 않다는 확인서를 발급해 주고 씩 웃으며 어서 가라고 내쫓았다.

정부에서는 고인의 공을 기려 1991년에 건국훈장 애국장을 추서하였다. 또한 서울시는 2021년 1월 이범진 공사의 집터였던 현 중앙우체국 자리에 이범진·이위종 열사 부자의 업적을 기리는 기념표석을 설치하였다.

1991년 12월, 페테르부르크 공동묘지에서 이범진 묘를 찾고 있는 우공(愚公)

톨스토이 생가에서

영사처 창설요원으로 부임한 1990년은 격변의 해였다. 공산당 일당 독재를 규정한 헌법 6조가 폐기되고, 고르바초프 대통령이 취임한 데 이어 각 공화국들이 다투어 주권 독립을 선언하여 소련 붕괴를 가속화시키던 대전환기였다. 이 같은 정치적 소용돌이 속에서 한국·소련 관계는 1990년 6월 샌프란시스코 정상회담, 9월의 뉴욕 수교 외상회담, 12월 노태우 대통령의 소련 공식 방문으로 양국 관계는 급진전하였다.

영사처가 대사관으로 승격되고, 직원들이 증원되어 어느 정도 안정되자 나는 주말을 이용하여 그동안 미루어 둔 톨스토이 생가 탐방에 나섰다. 차가운 빗방울이 후두두 떨어지는 1991년 늦가을 어느 날, 레오 톨스토이(1828~1910)의 영지 '야스나야 팔랴나'를 찾아 나섰다.

모스크바에서 승용차로 세 시간쯤 남쪽으로 달려 톨스토이가 태어나 팔십 평생 중 60년을 살다가 묻힌, '맑은 햇살이 넘치는 초원'이라는 뜻을 지닌 야스나야 팔랴나에 도착했다. 입구 주변에는 그림엽서와 화첩을 파는 기념품 가게가 서너 개 있고 촌부들이 사과를 손에 들고 관광객의 손길을 기다리고 있었다. 큼직한 문을 지나 매표소로 갔더니 추위에 입술이 새파랗게 된 사십 대 중반의 아주머니가 퉁명스럽게 가이드가 필요하냐고 물었다. 영어 통역을 부탁하고 매표소 옆에 서서 비에 젖어 드는 초원을 망연히 바라보았다. 가을비는 연못에 하염없이 떨어지고 10만 평이나 된다는 과수원의 사과들이 함초롬히 빗물을 머금고 있다.

통역원 타치아나의 안내로 톨스토이가 즐겨 걸었던 초원의 이곳저곳을 둘러보았다. 온실, 마구간, 창고, 저택 등이 점점이 흩어져 있다. 톨스토이 선조는 14세기에 독일에서 왔으며, 외가 볼콘스키 공작 집안은 러시아의 개조(開祖)로 일컬어지는 류리크 왕가와 인연이 깊은 러시아의 명문 귀족이었다. 톨스토이는 이곳에서 백작의 4남으로 태어났으며, 후에 모친으로부터 이 대저택을 상속받았다.

빗물이 뚝뚝 떨어지는 우산을 접어들고 박물관으로 사용 중인 저택 안으로 들어서자, 나이 든 할머니가 손님을 맞이하듯 얼른 우산을 받아 놓는다. 1층 응접실을 대강 훑어보고 2층으로 올라가자 가족들의 초상화가 벽에 걸린 식당, 『전쟁과 평화』·『안나 카레리나』를 저술하던 서재, 피아노, 2만여 권의 장서, 침실 등이 생전의 모양 그대로 보존되어 있다.

〈볼가강의 뱃사공〉으로 일약 유명해진 화가 레핀이 그린 톨스토이 초상화가 걸린 식당에는 손님을 기다리고 있는 듯 식탁과 10개의 의자, 사과가 가득한 바구니, 홍차를 끓여 내는 사모바르가 정연히 놓여 있다. 이곳에서 고리키, 체호프, 투르게네프 등 당대의 내로라하는 문인들이 식사를 하며 열띤 담론을 벌였으며, 『닥터 지바고』를 집필한 파스테르나크의 부친 레오니드가 『부활』의 삽화를 완성하고 의기양양하게 떠들었다는 등, 타치아나는 구구단을 외우듯이 줄줄이 설명을 이어나갔다. 침실 벽에 걸린 남루한 작업복, 침대 옆의 두툼한 성서, 묵직해 보이는 아령이 남작 톨스토이의 일상을 말해준다. 수도승의 거처를 연상케 한 이곳에서, 그는 영화와 특권이 보장된 귀족의 지위를 견딜 수 없어 했고 순박한 농부들의 생활을 동경했다.

한때는 사냥을 즐겼고 트럼프에 빠진 노름꾼이었던 그는 허무감과 생의 무의미에 시달리다 공자, 부처, 소크라테스, 쇼펜하우어에 경도되었다가 마침내는 예수를 제일의 성현으로 받들게 되었다. 성서를 원어로 읽고자 애썼고 산상수훈에 따른 검소한 촌부의 생활을 지향했다. 40대부터 채식주의자로 돌아섰고, 200여km나 떨어진 모스크바까지 탁발승처럼 닷새에 걸쳐 걸으면서 중생들의 삶을 살펴보려고 한 것이나, 육신을 자연의 일부로 여긴 태도는 기독교적이라기보다는 불교 쪽에 가까워 보인다.

톨스토이는 이 방 저 방으로 작업실을 옮겨가면서 집필했다고 한다. 2층에서는『전쟁과 평화』를, 지하에서는『부활』을 썼다. 이곳은 제2차 세계대전 때 나치스에 점거되어 군용병원으로 쓰이기도 했으니 전쟁과 평화를 다 겪은 셈이다.

톨스토이는 70대에 일본어를 배우기 시작했다고 한다. 일본 작가 도쿠토미 로카(德富蘆花, 1868~1927)가 1906년 여름에 이곳을 방문하여 5일간이나 체류하였다. 그때 그들은 서툴긴 하나 일본어로 환담했다고 하니 놀랍다. 도쿠토미의『불여귀』의 영역 본이 서가에 꽂혀있다. 수영하러 가는 도중에 톨스토이는 소피가 급했던지 자작나무 아래에서 실례를 하지 않은가! 도쿠토미도 질 새라 하고 옆에 서서 내갈겼다는 무용담이 전해져 온다.

톨스토이는 꽤나 정력적이었던 모양이다. 13명의 자녀를 얻어 5명은 잃었지만 5남 3녀는 장성하여, 그의 후손 200여 명이 미국, 이탈리아, 스웨덴 등에 흩어져 살고 있으며 스웨덴에 가장 많은 20여 명이 거주하고 있다고 한다. 귀족으로서 참회에 참회를 거듭

하던 그는 생애의 마지막 무렵에 가출하여 1910년 11월 7일 중앙아시아의 한촌 아스타포역(톨스토이 역으로 개칭)의 역장 집에서 객사하였다.

빗속에 젖어 드는 오솔길을 따라 그의 묘지로 향했다. 나는 타치아나와 우산을 함께 쓰고 가면서 아마도 톨스토이가 소피아 부인에게 한 장의 서찰을 유언장처럼 남기고 가출했던 그날도 이렇게 비가 내렸을 것이라는 흰소리를 했다. 그러자 그녀는 큰 눈을 더 크게 뜨고 '재미있는 상상력'이라고 추켜세우며 톨스토이가 도와줄 터이니 한 권 써보라고 농담을 했다.

톨스토이는 '나에게 있어 야스나야 팔랴나 없는 러시아는 생각할 수도 없다'고 할 정도로 사랑했던 그 초원에 잠들어 있다. 다듬잇돌만 한 크기의 흙과 낙엽 더미, 그것이 세계적 문호 톨스토이의 영원한 안식처다. 그 흔한 묘비도 없다. 100만 평이 넘는 초원에서 널찍한 땅을 사양하고 한 평도 안 되는 땅에 묻혀 있다.

톨스토이는 별 볼일도 없는 제 조상의 묘역을 터무니없이 크고 호사스럽게 치장하기에 급급한 이들을 어떤 눈으로 쳐다보고 있을까 하는 생각을 하면서 야스나야 팔랴나를 뒤로했다.

메아리 없는 우정

80년대 초 네덜란드 암스테르담 대학원의 유럽통합 국제과정(International Course in European Integration)에 적을 두고 1년간 공부한 적이 있다. 19개국으로부터 34명이 참가한 이 과정은 국제법적 측면을 다루는 반과 국제경제적 측면을 다루는 반으로 나누어져 있었으며, 나는 국제법반에 들었다. 강의는 각 반별로 행해졌으나 합반하는 경우도 더러 있었다.

국제경제반에 소련 대외경제성에서 왔다는 빅토르 돌야(Victor Dolya)라는 젊은이가 있었는데 그는 영어가 서툴러서인지 처음에는 주로 폴란드, 헝가리, 유고슬라비아 등의 동구권 학생들과 어울려 다녔다.

나는 모처럼 소련인 친구를 사귈 수 있는 기회를 놓치고 싶지 않아 그와 친해지려고 공을 많이 들였다. 소련이 남북한을 어떻게 평가하고 있는지 궁금하기도 해서 이것저것 묻기도 하고 같이 〈닥터 지바고〉도 함께 보러 다니고 가끔은 맥주를 마셨다. 그래도 보이지 않는 벽이 있는 듯했다.

눈이 참 많이 내렸던 그해 겨울에 소련, 폴란드, 헝가리, 탄자니아, 쿠바 학생들, 말이 학생들이지 그들은 다 대학을 졸업하고 외무성이나 대외경제성에 근무하고 있던 공무원 신분이었다. 김봉규 총영사께서 그들을 관저로 초청하여 멋있는 '한국의 밤'을 보낸 적이 있다.

처음에는 빅토르가 공무원의 신분으로 국교가 없는 대한민국 총영사 관저에 가는 것을 꺼림칙하게 여겨 자칫 유산될 뻔한 것을, 탄자니아 중앙은행 법률고문 샤니가 들어서서 일을 성사시켰다. 생전 처음으로 한정식을 즐긴 후 한국 5,000년 예술영화를 감상한 그날 저녁 이후 그들은 나에게 마음을 트고 스스럼없는 대화를 나누는 사이가 되었으며 빅토르와는 더욱 가까워졌다. 헝가리 부다페스트대학의 코바수 교수가 개도국 개발론을 강의하면서 남북한의 경제 격차는 더욱 벌어질 것이라고 전망하자 빅토르는 한국을 다시 보게 되었다.

그 후 10년의 세월이 흘러 내가 모스크바 부임을 받고 빅토르와 의 즐거운 해후를 마음속으로 기대하며 세레메티예보 국제공항에 도착했다. 도착 수일 후 10년 전에 적어 받은 그의 집 전화번호로 연락했으나 "예보 네프(그는 없다)", "니즈나유(몰라요)"라는 퉁명스 러운 대답뿐이었다. 그의 주소로 편지를 띄우고 크리스마스카드도 보냈지만 감감무소식이었다.

모스크바에는 서울에서와 같은 부동산 투기가 없고, 아파트를 배정받기도 어려울뿐더러 한번 아파트를 얻으면 거의 자식 대까지 그대로 사는 것이 보통이다. 따라서 빅토르가 그곳에 살고 있거나 적어도 그곳에 사는 사람들은 빅토르의 행방쯤은 말해줄 수 있는 데도 모른다고 잡아떼서 모스크바의 우리 집에서 불고기와 김치에 다 보드카를 마시며 회포를 풀려는 기대가 무너지고 말았다. 빅토 르는 대외경제성 소속이라고 했지만 사실은 KGB 요원이 아닌가 하는 생각이 들어 더 이상 연락을 하지 않았다.

러시아에서는 외교관은 24시간 '보호'를 받고 있다는 느낌이 들 었다. 부임하여 3개월쯤 지난 토요일 저녁 무렵, 집으로 가기 위해 차를 몰고 달리고 있었는데, 도로에서 서 있던 한 사나이가 차를 세우더니 "지금 당신은 집의 반대 방향으로 가고 있다."고 친절하 게 일러 주었다. 또한 여름날 한밤중에 자고 있는데 전화가 울렸다. "왜 문을 닫지 않고 있나요?"라는 것이었다. KGB의 보호가 싫다기 보다는 안전하게 지낼 수 있다는 생각이 들어 고맙기조차 했다. 그러나 드미트리나 빅토르에게는 KGB는 두려운 존재였을 것이다.

그들의 입장을 충분히 이해할 수 있어 '빌어먹을 녀석들'이라고 내뱉지는 않고, '할 수 없지' 하고 포기했다.

크림반도의 진주, 얄타

1991년 11월 23일 토요일 아침 9시 35분발 비행기 편으로 눈 덮인 모스크바를 뒤로하고 크림반도 동해안에 자리하고 있는 휴양지 얄타를 향해 떠났다.

얄타·포츠담·카이로 회담 개최 연대를 외우느라고 애쓰던 곳을 드디어 가보게 되는구나 하는 달콤한 생각도 잠깐, 비행기는 투명한 가을 하늘 아래의 심페로폴 공항에 착륙했다. 공항에서 얄타 시내에 이르는 90km 정도의 도로 저 멀리에는 피난민촌을 연상시키는 간이주택이 심심찮게 눈에 들어왔다.

스탈린 시대에 강제이주 당했던 타타르인의 자손 10만여 명이 최근 개혁정책 추진과 더불어 고향을 찾아왔으나 옛집에는 러시아인이 버티고 있어 할 수 없이 산기슭에 무허가 집을 짓고 살면서 반환될 그날을 꿈꾸고 있다고 한다. 한편 크림자치공화국 당국이 무허가 판잣집을 대거 철거하고 나서자 이에 타타르인이 들고 일어나 사회적 긴장이 만만치 않다.

크림반도는 역사적으로 그리스, 로마, 터키, 비잔틴 제국의 영향 하에 있었으며 1784년 예카테리나 2세의 정부(情夫) 포튬킨이 '크림반도를 병합한 이래 러시아령, 후년에는 구소련령이 되었다. 1954년 2월 우크라이나 출신의 흐루쇼프 당시 공산당 서기장이 러시아·우크라이나 합병 300주년 기념선물로 크림반도를 자신의 출신 지역인 우크라이나 공화국에 편입했다. 별일도 다 있다는 상념에 젖어 있는 사이에 자동차는 숙소 '오레안다'에 도착했다. 훗날 크림자치공화국은 2014년 4월에 러시아와 합병조약에 서명하게 된다.

호텔 앞에 서서 심호흡을 크게 한 후 사방을 둘러보았다. 앞에는 바다, 뒤에는 해발 1000~1500m의 크림산맥이 병풍처럼 뻗어있다. 바람결에 부서지는 파도소리가 귓전을 스친다. 해안선을 따라 점점이 흩어져 있는 고급 별장은 19세기 황족과 귀족과 부귀영화를 말해 주는 듯하다.

이튿날 가을 아침햇살을 받으면서 해안선을 따라 자동차로 '제비 둥지'라고 불리는 흰 궁전으로 향했다. 독일계 러시아 귀족이 1911년에 집시 애인을 위해, 흑해가 바로 아래로 내려다보이는 절벽 위에 지었다는 이 궁전은 지금은 정취가 듬뿍 묻어나는 카페로 쓰이고 있다. 관광객이 밀려 좁처럼 자리 잡기가 힘들다. 우리 일행은 운 좋게도 제비 둥지의 다락방에서 향기로운 커피를 마시면서 젊은 날의 연인과의 한때를 회상할 수 있었다. 아마도, 집시 애인은 이 궁전을 지어준 귀족과 함께 바다를 내려다보면서 "흑해는 어째서 이름과는 달리 바다 빛이 검지 않고 푸를까요."라고 물었겠지.

제비 둥지를 멀리하고, 우리 일행은 1945년 2월 4일부터 11일간 미영소의 수뇌 루즈벨트, 처칠, 스탈린 삼거두가 제2차 세계대전 후의 국제정치와 한국의 신탁통치를 논의하고 소련의 대일 참전을 결정한 얄타 체제의 산실, 리바디아궁을 찾아 나섰다. 최후의 황제 니콜라이 2세가 1911년 여름 별장으로 지었다는 3층의 백색 궁전은 현재 반은 박물관으로 나머지는 요양원으로 사용되고 있다. 회의장 안에 진열되어 있는 합의문서의 사본이 발길을 멈추게 하고 당시 사용되었던 테이블과 의자, 그리고 세 수뇌의 그 유명한 사진이 역사를 반추케 했다.

미국 프랭클린 루즈벨트 대통령의 침실이 회의장과 가장 가까운 것은 소아마비에다 죽음을 불과 2개월 앞둔 63세의 병약한 노인에 대한 스탈린의 배려였을까? 루즈벨트는 스탈린에게 너무 양보하였다는 비판을 면치 못했는데, 지하의 루즈벨트는 오죽이나 섭섭했을까 하는 생각이 들었다.

브론초프 백작이 영국의 성을 그대로 모방하여 흑해의 전망이 가장 좋은 곳에 터를 잡은 알루푸카 궁전과, 작은 동산을 연상시키는 정원을 대충 보고, 안톤 체호프(1860~1904)가 1898년부터 만년의 6년을 보낸 체호프 박물관으로 발길을 향했을 때는 이미 어둑어둑해질 무렵이었다. 우리는 마치 체호프의 저녁 초대를 받은 손님인 양 3층 흰 건물의 문을 가볍게 두드렸다. 환한 불빛 속에 볼멘목소리의 할머니가 입장시간은 오전 10시부터 오후 4시까지라고 하며 문을 닫을 기세였지만, 여기까지 온 노정을 생각하고 밀고 들어갈 수밖에 없었다.

소설가이자 의사였던 체호프는 결핵을 앓으면서도 이곳에서 『세자매』, 『벚꽃동산』을 집필하였다. 당시 얄타에 살고 있었던 고리키와 더불어 문학과 인생을 이야기하던 중 간간이 공허한 웃음을 기침처럼 토하고 멀리 바다를 응시했던 응접실은, 금방이라도 186cm 장신의 사람 좋아 보이는 체호프가 우리에게 맛 좋은 크림 와인이라도 내놓을 듯한 따뜻한 분위기다.

러시아 연극의 리얼리즘 성과를 집대성한 모스크바 예술극장이 1898년 개관되어 그 첫 작품으로 체호프의 희곡「갈매기」를 공연하여 세계 연극계에 새로운 바람을 일으켰고, 체호프는 여주인공 올가 크닙페르와 결혼하게 된다. 그러나 그는 병 때문에 그녀와 같이 살지 못하고, 얄타에서 외로운 투병생활 중에 피를 말리면서 그녀의 방문을 애타게 기다려야 했다. 결국 체호프는 1904년 44세의 아까운 나이에 타계하고 말았다.

체호프가 손수 심은 사이프러스, 라일락이 정원에 가득하다. 주인이 떠난 지 90년 가까이 되었지만 잘 자라고 있는 무심한 상록수에게 "다스비다냐(안녕)"를 연발하면서 우리는 서둘러 발길을 되돌렸다.

바이칼호에서의 데이트

시베리아의 맑고 투명한 아침 햇살이, 녹색의 바다로 불리는 타이가 숲에 금빛처럼 쏟아지던 1991년 늦가을, 신비스러운 바이칼호를 찾아 나섰다. 눈물조차도 눈 안에서 얼어붙는다는 극지에서 용케도 잘 자라고 있는 자작나무를 대견스럽게 여기며, 이르쿠츠크 동쪽으로 40km쯤 달리자 성황당 입구의 나뭇가지마다 헝겊이 무수히 달린 것이 보였다. 언덕바지에는 헝겊 조각을 달고 있는 박수(남자 무당)를 둘러싸고 몇 사람이 아침부터 보드카를 마시다가 자기네 쪽으로 오라는 손짓을 했다. 바이칼호 주변에 살고 있는 몽골계 부리야트족의 토속신앙이 그대로 남아 있으며, 이 지역은 세계 샤머니즘의 총본산이라는 설명이었다.

국영관광공사 인투리스트에서 아르바이트로 외국인 관광안내를 하고 있는 이라가 눈에 가득 장난기를 담아 기원할 것이 있으면 헝겊 한 장을 주겠다고 했다. 나는 잠시 생각하는 척하다가 싱글싱글 웃으며 바이칼호 정령도 내 소원은 이루어 주지 못할 성싶어 그만두겠다고 능청을 떨었다. 무슨 소원일까 궁금하다는 표정으로 쳐다보는 그녀에게 "이라와 사랑을 해보았으면 하는 것이거든."이라고 농담을 했다.

이르쿠츠크 외국어대학 영문학과 졸업반에 재학 중인 남자 친구와 함께 지난주 첫눈이 내리던 날 여기에 와서 졸업하면 바로 결혼할 수 있도록 기원했다고 하면서 허튼수작하지 말라는 투로 자동차 문을 열어 주며 어서 타라고 채근했다. 30km를 더 달리자 안가라강 상류에 있는 리스트뱌카 마을에 닿았다. 시베리아의 크고 작은 300여 개의 하천이 바이칼호로 흘러 들어가지만 유출되는 것은 오직 하나, 안가라강뿐, 그래서 안가라강은 바이칼호의 무남독녀라 할 수 있다. 바이칼호와 안가라강의 경계선상에는 하얀 수염의 신선이 산다는 샤만 바위가 묵직하게 가라앉아 있고 그 아래쪽에는 거대한 댐이 있다. 원시종교의 상징인 샤만 바위를 외면이나 하듯이 야트막한 산 아래에 숨어 있는 교회를 찾아가 촛불을 켜고 두 손을 모아 무사히 여행을 마칠 수 있게 해 주십사 하고 기도했다.

남한 면적의 3분의 1이나 되는 거대한 면적에 깊이를 알 수 없는 수심 때문인지 원주민들은 바이칼호를 '풍부한 바다'라 불렀다. 평균 수심 700m, 최고 수심 1,700m로 세계에서 제일 깊은 호수, 1,800

여 종이 넘는 동식물이 서식하고, 신화와 전설이 대대손손 전해지는 바이칼호는 진정 위대하고 경외하는 존재로 인식되었을 것이다.

소형 유람선을 전세 내어 망망대해 같은 호수 위를 하얀 포말을 일으키며 선유하다가 잠깐 배를 멈추고 쌍안경으로 하늘과 타이가 숲을 본다. 13세기 마르코 폴로가 바이칼호를 보고 '시베리아의 진주'라고 경탄했을 만큼 수려한 경관이다. 선장은 깎아지른 절벽 아래 포구로 우리를 안내했다. 호수 건너편까지는 40km를 훨씬 넘는데도 지호지간으로 느껴지는 것은 청징(淸澄)한 바이칼호의 공기 때문이리라. 수심 40m까지 훤히 보이는 세계 제일의 투명도를 자랑하는 물을 두 손으로 퍼서 심 봉사 눈 뜰 때 손으로 눈 비비듯 지독한 근시인 눈을 문질렀다. 신성한 바이칼호의 신통력으로 40m 앞까지는 아니더라도 4m 앞이나 제대로 볼 수 있게 되었으면 하는 바람에서였다.

심호흡을 크게 한 후 '바이칼! 바이칼!' 큰 소리로 외치자 300m쯤 떨어진 곳에 바위처럼 꼼짝 않고 앉아 있던 사람이 일어섰다. 그쪽으로 가까이 가서 통성명을 했다. 미국에서 온 호수에 미친 젊은이였다. 한 달 반 동안 호숫가에 앉아 변화무쌍하게 조화를 부리는 바이칼호를 관찰하고 있으며, 날씨가 추워지면 동아프리카의 탕가니카호로 옮겨갈 것이라 했다. 이 괴짜가 부러운 생각이 들었다.

그의 설명에 의하면, 바이칼호와 탕가니카호는 외형이 오이 모양과 비슷하다고 한다. 보통 호수의 수명은 길어야 3만 년인데 바이칼호는 2,500만 년의 수명을 자랑하고 있으며, 그런데도 아직도 청춘이라고 하니 놀랄 수밖에 없었다. 바이칼호의 장수비결은 에피슈라는 1.5mm 크기의 새우 종류가 플랑크톤을 잡아먹는 자연의 청소부 역할을 훌륭히 수행하고 있는데다가 수온이 연평균 섭씨 4도로 동식물이 서식하기에 알맞기 때문이라고 한다. 열대호수는 수온 상승으로 인해 바닥에 가스가 차서 결국 늪지로 변하게 된다. 그는 바이칼호의 최대의 위협은 호수 주변의 펄프공장과 화학공장에서 쏟아져 나온 폐수로 인한 공해라고 한다. 자신의 호소(湖沼) 연구의 주요 목적은 바이칼호를 인류의 유산으로 보존하는 범세계적인 운동을 전개하기 위한 것이라고 했다. '입성도 시원치 못한 주제에 뜻 하나는 광대한 바이칼호만 하구나' 하고 놀라며, 우리는 시장기를 핑계 삼아 그를 뒤에 남겨두고 호심으로 미끄러져 갔다.

점심 식사를 위해 리스트뱐카 언덕바지에 있는 바이칼 호텔로 갔다. '도쿄'라는 식당도 있었지만 러시아 식당으로 들어갔다. 바이칼호가 훤히 내려다보이는 창가에 앉아 독일산 맥주를 곁들여 먹은 '오물' 생선요리는 밥맛없는 이름과는 달리 별미였다. '오물'은 어른 손바닥 크기의 담수어로 바이칼호의 명물로 알려져 있다. 남획으로 그 수가 줄어들어 어획량을 엄격히 제한하고 있다고 한다.

바이칼호의 물을 마시면 바이칼호처럼 장수한다는 요란한 선전과 함께 일본 사람들이 바이칼호에서 채취한 물로 제조한 바이칼 생수는 한 병에 6달러나 했다. 1.5리터 물 한 병에 1,800루블인 셈이다. 이라는 한 달 아르바이트해서 받은 수당 1,700루블로는 바이칼 생수 한 병도 살 수 없다며 아름다운 미간을 찌푸린다. 아프가니스탄 전쟁에 참전하여 부상을 입고 제대한 예비역 육군 대령인 아버지는 집에 있고, 어머니는 호소 연구소의 연구원인데 3개월째 봉급을 못 받고 있다는 고달픈 이야기도 덧붙였다.

호기심으로 바이칼호 생수 한 병을 사서 마셔 보고도 싶었지만,

바이칼호처럼 크고 아름다운 눈을 가진 이라가 비참하게 느낄 것 같아 그만두었다. 대신 수고해 준 덤으로 물 한 병 값을 돌아오는 차에서 슬그머니 그녀의 손에 쥐어 주었다.

춘원 이광수 『유정』의 남정임이 최석을 찾아온 바이칼 호반에 서, 연인처럼 이라와 함께 산책하고 뱃놀이를 한 기억이 새록새록 떠오를 때가 있다.

6박 7일의 시베리아 철도 횡단기

해동 무렵부터 여름휴가를 기다리던 가족들이 서울로 간다고 법석을 피울 때, 나는 마음속에 나만의 계획을 세우고 기대에 부풀어 있었다.

소련 발령을 받은 순간 20대 초에 결핵으로 2년 남짓 요양하면서 귀동냥한 "시베리아를 보지 않고서는 러시아를 보았다고 할 수 없다."는 안톤 체호프의 술회에 영향을 받은 탓도 있지만, 실은 소년 시절의 막연한 꿈과 모스크바 근무 중에 이승에서 가장 긴 시베리아 횡단 열차여행을 하고 싶다는 바람 때문이었다.

1890년 당시 신진작가로 부상한 체호프는 30세 되던 봄에 결핵을 앓고 있으면서도 혼자 시베리아 횡단이라는 무모한 여행길에 나섰다. 기차와 배, 그리고 세 필의 말이 끄는 트로이카를 이용하여 2개월 반에 걸친 긴 여정 끝에, 하바롭스크에 도착한 그는 무엇을 얻었을까. 작가로서의 상상력의 비약 또는 시베리아의 영구 동토의 툰드라에 떠도는 러시아의 혼을 보았을까. 농노가문 출신의 체호프는 '본업인 의학은 아내, 문학은 정부'라며 문학을 사랑했다. 그의 작중 인물이 기차여행을 하면서 차창을 통해 세계를 보는 경우가 많은데, 이는 아마도 그의 시베리아 여행과도 관계가 있으리라고 본다.

체호프가 나섰던 그 길을 100년 후 동양의 나그네가 물론 그 당시와는 비교도 할 수 없으리만큼 호사스러운 여건으로 그것도 일주일에 해치우는 단기속성의 여정이지만 체호프와 러시아에 대해 따뜻한 애정을 품고 나그넷길에 올랐다. '혼자 여행은 위험하다'는 아내의 충고를 마이동풍으로 치부하고 말이다.

제1일째: 1991년 7월 17일(금)
말리지 못할 만치 몸부림하여 마치 천리만리나
가고 싶은 마음이라고나 할까   - 소월, 「천리만리」에서

오후 2시 정각에 시베리아 횡단 열차의 시발역인 야로슬라블역을 서서히 빠져나가는 환상의 시베리아 횡단 전기기관차 '러시아호'에 나를 맡겼다.

일반적으로 역 이름은 위치하고 있는 지역 명칭을 따르는데 러시아에서는 최종 목적지를 역 이름으로 한다. 그래서 모스크바에는 모스크바역이 없다. 키예프역, 상트페테르부르크역, 카잔역과 같이 종착역의 이름을 달고 있는 것을 보면 시베리아의 시발역은 블라디보스토크역이어야 하는데 그렇지 않다. 그것은 1860년에 모스크바 동북쪽 260km 지점에 있는 중세 러시아의 옛 도읍지 야로슬라블과 모스크바 간에 철도가 개통되었고 그 후에 철도가 연장

시베리아 횡단 〈모스크바-블라디보스토크〉 열차

되었기 때문이다.

　모스크바에서 목적지 하바롭스크까지는 장장 8,531km, 북극의 곰처럼 기운 좋은 철마가 밤낮으로 6일간 달려야 하는 아득한 거리이다. 중간 중간에는 예카테린부르크, 옴스크, 노보시비르스크, 크라스노야르스크, 이르쿠츠크, 울란우데 등의 크고 작은 40여 개의 역이 듬성듬성 박혀 있다. 우랄산맥을 넘은 유형자들이 날이 저물거나 눈보라 때문에 더 이상 갈 수 없을 경우에 묵어가는 숙영감방이었던 역에서, 러시아호는 10~20분 정도 멈추었다 다시 달린다.

　시베리아의 평원을 질주할 붉은 유성 러시아호는 2인용 1등 객실 1량, 나머지는 4인용 2등 객실과 식당으로 구성되어 있다. 각 차량에는 2명의 차장이 배치되어 있어 차표 검사, 침구 정리, 홍차 시중, 청소를 맡고 있으며 이들은 대부분 중년 아주머니들이라 시베리아 횡단 철도에서의 로맨스에 대한 기대를 아예 일찌감치 버리게 한다.

나는 낯선 사람과 같이 좁은 공간을 사용해야 하는 불편함과 피곤함을 덜기 위해 2인용 1등 객실을 독차지했다. 요금은 2인분을 지불했음은 물론이다. 일주일 동안 생활할 공간을 '달팽이 집'이라고 명명하고 침대 2개 중 열차가 달리는 방향을 볼 수 있는 곳은 거실 겸 식당, 다른 침대는 침실로 정했다. 생수, 컵라면, 오이, 읽을거리를 대충 정리한 다음 두 사람이 간신히 비켜갈 수 있는 복도에 서서 좌우를 살펴보았더니 왼편은 영어를 쓰는 노부부가 다정스럽게 이야기를 나누고 있었고, 오른편은 모녀간으로 보이는 러시아인이 밝은 표정으로 밖을 보고 있었다.

향기가 물씬 나는 럭스 비누 3개들이 두 케이스를 들고 차장실로 신고하러 갔더니, 아주머니들은 한번 힐끗 쳐다보더니 별 관심도 안 보이고 수건 정리를 계속했다. 턱없이 큰 소리로 "세르게이 세르게비치 서가이"라고 소개하자 그제야 그들은 웃으며 통성명을 하자고 손을 내밀었다.

허리에 살이 제법 올라 있고 미욱스럽게 생긴 30대 중반으로 보이는 안나와 아름다운 이름이 슬프게 느껴지도록 목 언저리에 주름이 잡힌 나타샤가 일주일 동안 나를 포함한 승객 18명의 편의를 돌보아줄 차장들이었다. 비누를 건네며 잘 부탁한다고 고개를 꾸벅했더니 "니치보"라고 하면서도 비누를 받는 손길은 잽싸고, 무심했던 푸른 눈길은 한결 따뜻해졌다.

'니치보'는 '괜찮다, 별일 아니다'라는 뜻으로 긍정적인 의미로 많이 쓰이고 있다. '괜찮아요'라는 말이 우리 언어문화의 일단을 상징적으로 보여주고 있듯이 '니치보'는 러시아인 특유의 모순성과 적응성을 단적으로 나타내 주는, 슬라브적 정서가 담긴 표현으로 다양하게 사용된다.

'니치보, 니치보'를 흥얼거리며 차창 밖으로 펼쳐지는 정경으로 눈을 돌렸다. '베료자'라고 하는 자작나무 숲이 파도처럼 밀려왔다 빠져나가곤 했다. 영하 40도의 혹한과 열사의 폭양에도 끄떡없이 중앙아시아, 북극해, 시베리아, 유라시아 대륙 전체를 덮고 있는 자작나무야말로 가장 러시아적인 수목이라고 할 수 있겠다. 러시아의 화가가 가장 즐겨 그리고 시인이 칭송해 마지않는 베료자, 전선에 나가 있는 병사에게 고향과 어머니를 떠올리게 하는 것이 자작나무다. 자작나무 숲 뒤로 홀연히 나타난 러시아 정교회 사원의 황금빛 돔은 미망에서 헤어나지 못하고 있는 중생을 부르고 있는 듯했고, 지천으로 피어 있는 보라색 붓꽃과 노란 들꽃은 철길을 동화 속의 꽃길처럼 느끼게 했다.

점심도 제대로 못 먹고 컵라면에 오이 한 조각으로 저녁 끼니를 때웠지만 시베리아 대자연의 서곡에 포만감을 느끼며 팔자 좋은 여행객이라는 자족감에 젖었다. 해가 자작나무 숲으로 떨어진 지 이미 오래되었지만 구릉과 숲으로 이어지는 초원에서는 빛과 어둠이 힘겨룸을 하는지 저녁 10시가 넘었는데도 어슴푸레한 황혼이 머뭇거렸다. 밤이 이슥하기는 아직 멀었지만 거실에서 침대로 옮겨 수건만 한 커튼을 내리고 덜커덩거리는 기차의 흔들림을 꿈결처럼 느끼며 잠에 빠져들었다.

제2일째: 7월 18일(토)

들꽃은 피어 흩어졌어라

- 소월, 「들꽃」에서

덜커덩거리며 위아래로 요동을 치는데도, 다소 늦은 9시 30분경에 잠에서 깨어나 철로 변에 1km 간격으로 파수병처럼 서 있는 이정표에게 "도브로 우트로"라고 아침 인사를 했더니 '1,348km 지점 통과 중'이라고 대답하는 듯했다.

러시아의 평원과 서부 시베리아를 남북으로 길게 갈라놓은 유라시아 대륙의 경계를 지나고 있는 우랄산맥에는 기천m를 넘는 준령이 첩첩이 있을 것으로 알았는데, 실망스럽게도 그저 평원과 구릉뿐이었고 평균 고도는 500m 내외에 불과하다.

13세기 무렵 1만 명의 기병을 이끌고 몽골이 거침없이 몽골고원에서부터 공격해 올 수 있었던 배경도 이 같은 지형적인 특성 때문이었을 것이다. 러시아의 영토가 우랄산맥 너머로 확장되었던 시기는 스탈린이 '레닌 이전의 레닌'이라고 흠모해 마지않던 이반 4세의 치하인 1581년이었다. 이반 4세와 마찬가지로 스탈린도 제국 확장에 광분했던 것은 다 아는 일이다.

우랄 지방의 중심지 예카테린부르크는 옐친 대통령의 고향이자 러시아 최후의 황제 니콜라이 2세와 그 가족이 1918년 7월 16일 처참하게 처형된 비극의 땅이다. 약간 기우뚱하게 서 있는 이즈바(러시아 초가), 봉분처럼 둥그스름하게 쌓아 올린 건초더미, 웃통을 벗어 붙이고 감자 밭에서 일하고 있는 농부의 모습은 러시아의 전형적인 시골 풍경화 그대로였다. 유럽에서 철거된 핵무기가 우랄 지역으로 옮겨졌고 핵 오염으로 제2의 체르노빌의 위험이 있다는 전문가들의 경고는 한가롭게 들리는 낮닭의 꼬끼오 소리에 흔적도 없이 묻혀버린 느낌이었다.

니콜라이 2세(1868~1918)는 시베리아와 인연이 깊다고 할 수 있겠다. 시베리아를 처음이자 마지막으로 여행했던 황제 니콜라이 2세는 황태자 시절인 1891년 5월 31일 블라디보스토크에서 거행되었던 역사적인 시베리아 철도 기공식에 참석하여 축사를 했던 장본인이었다. 시베리아 철도 건설 계획이 알려지자 영국, 프랑스 등 유럽에서는 러시아인의 농담이 또 시작되었다고 빈정거렸고, 영하 50도를 견디는 특수강철을 1만km에 걸쳐 부설하리라고는 아무도 믿지 않았다.

니콜라이 황태자는 순양함 아조바호를 타고 이집트, 인도, 중국 등을 순방한 후 1891년 5월 일본 나가사키에 상륙했다. 그는 나가사키 방문에 이어 시가현 비와호(琵琶湖)를 유람하고 돌아오는 길에 경비 중이던 쓰다 경찰이 휘두른 검에 의해 후두부에 찰과상을 입고 붕대를 감은 채로 시베리아 철도 기공식에 나타나 모든 사람을 놀라게 했다. 미신과 소문이 판을 치던 러시아에서는 붕대를 감은 황태자의 기공식 참석은 불길한 징조로 모든 이의 가슴에 짙은 그림자를 드리웠던 것이다. 1896년 5월 니콜라이 2세 대관식 때 그의 목걸이가 바닥에 떨어졌으며, 즉위 기념으로 일반 서민들을 초청한 모스크바 근교 호딘가의 축하연에서는 2,000여 명이 압사한 참사가 일어나 황제의 앞날은 불길하게만 비쳐졌다. 또 결혼한 지 10년 만에 얻은 아들은 혈우병 환자였다. 그리고 1917년 사회주의 혁명이 일어난 이듬해에 7명의 가족 모두가 노동자와 농민의 이름으로 시베리아에서 처형되고 말았으니 불길한 조짐은 단순히 조짐

만으로 끝나지 않았다.

황제의 권위보다는 가족을 소중히 여겼던 그는, 절대자를 갈구하고 모든 것을 절대자에게 종속시키기를 바라는 슬라브인의 정서와는 거리가 먼 지극히 가정적인 황제였다. 조선의 처음이자 마지막 러시아 주재 조선 외교사절이었던 이범진 공사가 조선의 외교권이 일본에 박탈되어 오도 가도 못 하는 곤경에 처하자 이 공사가 1911년 순국할 때까지 생활비를 보태주는 인정도 보여준 황제였다.

1891년 9,289km의 시베리아 횡단철도 착공에서부터 1916년 완성에 이르는 25년간은, 철도 건설 노무자를 중심으로 한 근대적인 프롤레타리아가 등장하여 혁명 운동의 성격이 지금까지의 인텔리겐치아와 학생을 중심으로 하던 농민적인 운동으로부터 근대적인 노동운동으로 변모되었다.

러시아호는 니콜라이 황제 일가의 비극을 아는지 모르는지 줄곧 동쪽으로 달려, 1,777km 지점의 유럽·아시아라고 새겨져 있는 오벨리스크 앞을 바람처럼 스쳤다. 체호프가 '한 발은 유럽에, 다른 한 발은 아시아에'라고 술회하던, 유럽이 끝나고 아시아가 시작되는 유라시아의 경계 지역이다. 시베리아는 크게 나누어 우랄산맥 동쪽부터 예니세이강까지를 서시베리아, 예니세이강과 레나강의 지역을 중앙시베리아, 레나강의 동쪽을 동부시베리아 또는 극동으로 나누고 있는데, 열차는 시베리아의 시작, 서부시베리아를 관통하고 있는 중이었다. 니콜라이 2세는 기공식 참석 후 극동지방에서부터 중부시베리아와 서부시베리아를 거쳐 3개월 동안 힘들고 긴 모험과 같은 여행을 했으며, 공교롭게도 이때 그는 후에 자신이 유배되는 지방도 시찰했던 것이다.

저녁 식사도 하고 식당칸 구경도 할 겸 식당차로 가보았으나 오늘 영업시간은 이미 끝났다는 김새는 얘기만 들었을 뿐이다. 열차는 모스크바 시간대를 따라 운행되고 있지만, 식당은 현지시간에 따라 문을 여닫는다는 친절한 설명이었다. 러시아 시간대가 11개나 되어 열차가 동쪽으로 달려 나감에 따라 모스크바 시간대보다 한 시간씩 빨라지는 것이다. 중앙통제식의 기차 운행과 지방분권식의 식당 운영에 녹아나는 것은 승객뿐이다. 그래서 그런지 대부분의 승객들은 각자 준비해온 검은 빵, 생선 절임 등으로 자기 객실에서 먹고 마시고 있었다.

어느 지점을 통과할 때 시간을 조정할 수 있을지 나로서는 영 자신이 없어, 모스크바 시간대를 그대로 유지하고 필요할 때는 차장실에 가서 현지 시간을 물어보고 식사도 자체 해결하기로 방향을 정했다.

컵라면과 삶은 계란으로 저녁을 때운 후 근무 중인 나타샤 방으로 가서 차를 마시며 세상 돌아가는 이야기 끝에 나이를 묻자, 숙녀 나이를 묻는 몰상식한 친구도 있다는 식으로 겹이 된 턱을 아래위로 움직이면서 미소 지었다. 손자가 초등학교에 다닌다고 하니 쉰은 훨씬 넘었을 터인데, 그래도 얼굴에는 가벼운 화장을 했다. 남편 직업을 묻자 "라즈비죤카"라고 눈가에 가득 주름이 잡히도록 웃으며 대답했다. '라즈비죤카'를 얼핏 '라즈보드카'로 듣고, 보드카를 잘 마시는 주정뱅이라는 뜻인가 생각하고 재차 물었더니 '이혼녀'라고 당당하게 대답했다.

오나가나 이혼녀투성이다. 내 주위의 러시아어 선생, 가정부, 딸아이의 회화 선생, 비서 등 10명 정도의 여성들 중에서 7명이 목하

이혼 중이라면 그 비율은 짐작할 수 있을 것이다. 러시아에서 가장 성업 중인 것은 아마도 이혼 사업일 것이다. 언제 이혼했느냐는 질문에 두 번째 손녀가 태어날 때쯤이었다는 태연한 나타샤의 대답에 손을 들고 다음 질문으로 넘어갔다.

봉급은 3,000루블(20달러 정도) 밖에 안 되지만 보름 일하고 보름 쉴 수 있어 좋고, 차 안에서 각양각색의 사람들과 만나 이야기하는 재미가 있어 즐거운 마음으로 일하고 있다고 대답했다. 2등 칸 차장보다는 1등 칸 차장을 더 알아준다는 자랑을 덧붙이는 것도 잊지 않았다. 도토리 키 재기 식의 자랑을 늘어놓고 있지만 나타샤는 소박하고 친절한 아주머니 같았다. 옐친의 경제개혁 정책을 어떻게 생각하느냐는 질문에 대해서는 직접적인 대답을 피하고 사람들은 지난 1년 동안 70여 년간의 공산당의 설교에도 깨닫지 못한 것을, 즉 사회주의에도 좋은 점이 있다는 것을 비로소 깨달았다는 현답을 했다.

인플레와 실업이 없던, 그러나 자유가 저당 잡히고 진리가 침묵하던 시절을 두고 한 말이리라. 하기야 우리 어렸을 때도 가끔 일제 강점기가 더 나았다고 골 빈 소리를 하는 어른들을 본 기억이 있으니 탓해서 뭐하랴 싶었다.

나타샤는 시베리아 왕복 근무를 마치고 보름 만에 모스크바로 돌아오면 물가가 떠날 때의 100%, 200%씩 올라 있어 기차에서 내리는 것이 겁이 날 지경이라고 했다. 1,000~2,000루블을 받는 연금 생활자가 어림잡아 3,500만 명 정도인데 이들의 어려움은 보기에도 딱하다면서 한숨을 내쉬었다. 겨울을 코앞에 둔 여인네의 시름은 시베리아의 밤처럼 깊어만 간다.

제3일째: 7월 19일(일)

거울을 들어 마주 본 내 얼굴을
좀 더 미리부터 알았던들
- 소월, 「부귀공명」에서

아침 7시경 눈이 떠졌다. 얼마쯤 왔을까를 마음속으로 계산하면서 25m 간격의 레일 이음새를 덜커덩거리며 넘는 소리에 귀를 기울이고 그대로 누워 있었다. 이틀을 달렸지만 아직도 반도 못 왔으리라. 16세기 후반부터 20세기 초에 이르는 300년 동안 이 사람들은 평균 155km² 씩 영토를 넓혀 왔다는 전대미문의 기록을 갖고 있다.

1725년 표트르 대제(재위 1682~1725)는 태평양을 넘어 지금의 미국 알래스카 지역까지 진출하였지만, 그 후 알렉산드르 2세(재위 1855~1881)는 1867년 에이커당 2센트, 총 720만 달러에 알래스카를 미국 측에 팔아넘겨야 했다. 삼키지도 못할 것을 목구멍으로 넘겨 쩔쩔매는 거인의 한심한 꼬락서니였을까. 땅을 처분한 알렉산더 2세는 제명대로 살지도 못하고 암살되었다는 것을 떠올리며, 2,248만km² 의 거대한 영토의 증인처럼 서 있는 이정표를 보았더니, 3,041km란 표시가 눈에 들어온다.

덥수룩하게 자란 턱수염에 샤워를 못 해 영 개운치 않다. 기분전환을 위해 화장실에 가서 졸졸 흘러내리는 세면대의 물에 말끔히 수염을 깎고 났더니, 한결 새로운 기분이 들었다. 러시아 지도를 펼쳐놓고 커피 향내를 코끝에 느끼며 조금씩 커피를 마시면서 창밖의 경치를 뒤쫓았다. 가없는 평원에 전개되고 있는 산문적인 시베리아의 산하, 일 년 내내 동장군이 설치고 있을 것으로만 생각되던 산천에 눈이 시리도록 널려있는 푸른 자연에 묘한 배반감이 느껴졌다.

복선으로 깔린 러시아의 동맥 시베리아 철도에는 석탄, 목재, 기름을 실은 화물 열차가 수도 없이 비켜가 시베리아가 자원의 보고라는 것을 실감할 수 있었다. 열차는 잘도 달려 오비강의 철교를 기세 좋게 건너 인구 130만의 노보시비르스크로 들어섰다. 시베리아의 한가운데 자리한 이 신흥도시는 오비강 철교 건설 기지로 개발되어 지금은 세계적인 과학 도시로 급성장했고, 러시아의 내일의 향방이 달려있는 비밀스러운 곳이다. 고르바초프 전 대통령의 경제보좌관으로 한때 급진 경제개혁의 전도사로서도 명성을 날렸던 아가베기안 교수도 이곳 연구소 출신이다. 아가베기안 교수는 한국을 네 번이나 방문한 지한 과학자로 6·25라는 전쟁 참화를 단기간 내에 극복하고 올림픽까지 개최한 한국의 경제발전은 사회주의 경제 환상에 충격을 가했다고 토로했다.

15분간 정차. 부리나케 내려 어깨에서 뿌드득 소리가 나도록 한껏 팔을 벌려 몸을 뒤틀어 보고 무릎 굽혀 펴기를 서너 차례 한 후, 노점상으로 급히 뛰어가 삶은 감자, 오이, 마른 생선을 사고 100루블을 내밀었다. 노점상 아주머니는 화들짝 놀라며 거스름돈이 없다고 난처한 표정을 지었다. 거스름돈 대신에 삶은 감자를 달라고 했더니 한 양푼 정도 남은 것을 전부 주었다. 모두 다해서 우리나라 돈으로 500원이니 터무니없이 싼 가격이었다. 하기야 일주일 내내 타고 달리는 1등 객실이 2만 원도 채 안 되었다.

옛날 타고난 싸움패 코사크족들이 달리는 황금 덩어리인 검은 담비 모피를 찾아 동방을 향해 쉬지 않고 돌진했듯이, 러시아호는 다시 제정 러시아의 영광과 좌절의 기억을 간직한 채 적막한 영구 동토의 밀림을 뚫고 마냥 달리기 시작했다. 낮은 지붕을 뚫고 서너 개씩이나 솟구쳐 있는 굴뚝은 이곳이 극한의 땅이라는 것을 말해 주고 있는 듯했다. 자작나무와 붉은 소나무 숲에 가득한 저 햇살은 잠깐 스쳐 지나가는 한여름의 꿈길인가.

철로 변에서 약간 떨어진 구릉에서 놀고 있는 한 무리의 아이들에게 손을 흔들어 보였다. 무심한 눈길, 그것이 전부였다. 서울행 급행열차를 향해 애틋한 선망으로 메어지는 여린 가슴을 안고 열심히 손을 흔들던 암울한 소년 시절이 문득 진한 아픔으로 떠올랐다. 그 소년은 서울을 지나 시베리아의 이곳까지 오는 세월에 반백이 되었다. 무엇을 향한 동경이었으며 무엇을 얻었는가. 시베리아의 찬바람보다 더 서늘한 허망함이 가슴을 적시고 지나갔다.

어둠 속에 담긴 작고 초라한 타이가역에 정차하자 주황색 작업복을 입은 체격 좋은 아주머니가 바퀴를 탕탕 두드리며 열차를 점검했다. 남녀평등이라는 그럴듯한 구호에 모스크바에서도 여자들이 남자들도 감당하기 힘든 육체노동을 하고 있는 것을 가끔 볼 수 있고, 노동영웅이라는 칭호를 탄 강철 같은 여성상 앞에 서면 서글픈 생각까지 들기도 했다.

레닌은 여성에게 완전한 법적·경제적 권리와 동일 노동에 대한 동일 임금, 그리고 직업교육의 기회균등을 제공함으로써 성적 차별 문제를 해결했다고 하지만, 러시아의 높은 이혼율과 각 가정의 식탁이 개성을 상실하고 특색 없는 식단으로 전락한 것은 가정에서의 여성 부재에 기인한 것이라 하겠다. 1991년 12월 25일 고르바초프 대통령이 사임을 공식 발표한 후 타이가 속으로 잠적하지 않고 사회적 활동을 계속하겠다고 말했다. 이를 미국인 친구가 '호랑이를 타고 도망가지 않고' 운운하는 식으로 오역을 했던 해프닝이 있었던 것에 생각이 미치자 웃음이 절로 나왔다.

시베리아는 금, 은, 석유, 석탄 등 천연자원의 보고다. 이 같은 자원의 매장이 시베리아를 슬픈 유형지로 만든 계기가 되었다. 자원은 개발하고 싶은데 인력은 모자라고 열악한 자연환경 때문에 정상적인 노동력 투입은 어렵다고 판단한 집권자들은 폴란드, 리투아니아의 전쟁포로를 보냈고, 그래도 모자라자 유형수로서 노동력의 수요 일부를 충당하기에 이른 것이었다.

물론 우리에게는 노동력으로서의 유형수보다는 도스토옙스키와 같은 국사범에 대한 정치적 유형지로 더 알려져 있다. 유형지는 동쪽으로 확장되어 체호프가 사할린에 3개월간 머물면서 면담한 유형수가 1만 명이 넘었다는 기록만을 보더라도 얼마나 많은 유형수가 형극의 길을 걸어야 했는지를 짐작할 수 있다.

시베리아를 여행하면서 웅대한 자연과 그 자연 속에 유배되어 있는 유형수에 대해 강렬한 인상을 받았던 니콜라이 2세(재위 1894~1917)가, 1900년 6월 유형을 부분적으로 폐지하는 '유형폐지법'을 공포한 것은 기억할 만하다. 1823년부터 1831년 사이에 70만 명의 유형자가 광산, 벌목장에서 혹사당했다고 하며, 유형자가 가장 많이 희생당한 곳은 벌채 작업장이라고 했다.

바로 지금 목숨을 걸어야 하는 그 벌목장에서 북한 동포 2만여 명이 2~3년 기간으로 벌목을 하고 있으며, 그들의 생활상은 듣는 이로 하여금 안쓰러운 생각이 절로 들게 한다. 작년 하바롭스크 8·15 잔칫날 조심스럽게 나에게로 와서 응답을 사라고 하소연하던 한 북한 노동자의 눈빛을 잊을 수가 없다. 지레 질려 사주지 못한 것이 아픈 기억으로 남아 있다.

끝이 있을진대 무한으로 느껴지는 침엽수림에 섞여 있는 희끗 희끗한 자작나무 줄기는 유령의 이빨처럼 괴기스러운 분위기를 자아내었다. 커튼을 내리고 새벽을 찾아 잠자리로 들었다.

제4일째: 7월 20일(월)

오늘도 또 몇 십리 어데로 갈까   - 소월, 「길」에서

첫새벽에 문득 눈이 떠졌다. 잠자리에 그대로 누워 빠끔히 갈라진 커튼 사이로 올려다본 하늘엔 하현달이 외롭다. 시베리아에도 달이 뜨고 지는구나 하는 새삼스러운 생각을 하며 차장실 옆에 있는 '사모바르'(찻주전자)에서 24시간 끓고 있는 더운물에 진하게 탄 커피를 마시며 이정표를 찾았다. 4,215km, 반쯤은 온 셈이다.

러시아호 1등 객실은 러시아적이라고 할 수 없다. 에어컨은 추울 정도로 작동하고 독서등 스위치는 누르는 대로 척척 들고 차장은 12시간씩 어김없이 임무교대를 하는 등 너무나 모든 게 제대로 되어 있어 신기하기조차 했다. 은근히 열차가 고장 나서 반나절이나 하루쯤 쉬었다가 가기를 기대했지만 고장 한번 없이 잘만 달리는 기차가 고맙기는커녕 미울 지경이었다.

푸른 평원에 한가롭게 풀을 뜯는 소떼가 보일 만한데도 모스크바를 출발한 이래 본 기억이 없다. 시베리아는 저지대에 습지가 많아 목축으로는 적당치 않을지도 모르겠다. 도대체 철길보다 높은 지대가 없고 모든 경치는 철길 아래에 펼쳐지거나 차창 높이의 정경이 고작이다. 광활한 대지가 아깝다. 1957년 세계 최초로 인공위성을 쏘아 올린 그 돈과 기술을 들이면 분명히 시베리아를 보다 인간에게 쓸모 있는 땅으로 할 수 있을 것이 아닌가.

나흘째 밥알 구경을 못 하고 라면과 계란으로 끼니를 때웠더니 청진동 해장국, 설렁탕이 눈앞에 어른거려 못 견딜 것만 같았다. '눈치가 빠르면 절에서도 새우젓을 얻어먹는다'는 속담을 떠올리며 나타샤 차장실을 기웃거려 보았다. 쟁반에 수북이 쌓인 밥 같은 것을 맛있게 먹고 있다가 나를 보더니 예의 그 사람 좋아 보이는 미소를 띠며 '카샤, 카샤'라고 했다.

'카샤'라니, 톨스토이의 소설 『부활』에 나오는 비극의 여주인공 카추샤가 시베리아 유형 길에 먹던 음식인가, 궁금하게 여기며 사전을 펼쳐 보았더니 보리 종류인 귀리라고 적혀 있다. 반 시간쯤 후에 나타샤는 귀리밥을 수북하게 지어왔다. 한술 푹 떠서 입안에 넣었으나 꺼끌꺼끌해서 좀처럼 넘어가지 않았다. 눈을 껌벅거리고 있자니까 "마슬라를 섞어야지." 하고 어머니처럼 말하며 버터를 잔뜩 넣고 비벼 주었다. 돌 삶은 물맛 같은 귀리 버터 비빔밥에 타바스코소스를 섞어 날오이와 같이 꾸역꾸역 집어넣고 빈 쟁반에 그녀의 이틀 치 급료가 되는 200루블을 얹어 주었더니 매 끼니마다 준비하겠다고 했다. 맙소사 하는 심정이었으나 그녀의 부수입을 올려주기 위해 나는 몇 차례 더 꾹 참고 먹어주기로 했다.

러시아 정교회 사원의 그림자는 찾아볼 수 없고 도시 주변에서 흔히 볼 수 있는 볼품없이 크기만 한 아파트 단지도 안 보이고 그저 평원과 숲의 되풀이였다. 영화 〈닥터 지바고〉에서 보았던 노란색 꽃이 시베리아의 단조롭고 음울한 이미지를 다소나마 부드럽게

해 주었다. 광막한 땅에 100여 개를 헤아리는 인종이 뒤섞여 살고 있는 러시아를 하나의 통일된 국가로 끌고 가기 위해서는 강력한 중앙집권적 정부가 불가피하지 않을까 하는 생각이 들었다. 제정 러시아의 민중들도 이 같은 점에 어느 정도 공감했기에 농노와 귀족으로 양분된 전제주의적 체제가 가능했던 것이 아니었을까? 그렇다면 민중은 전제주의의 협력자라는 말인가? 자문자답을 하고 있는 동안, 러시아호는 한산한 '지마(겨울)'역에 도착했다.

겨울을 실어 보내는 역일까, 아니면 겨울을 맞이하는 역일까를 궁금히 여기며 잠깐 내려 과일을 사려고 몇 개의 노점상을 재빨리 뒤졌으나 허탕이었다. 다행히 만두가 눈에 들어와 시베리아 만두인가 하며 먹어 보았더니 만두 속은 삶은 감자를 으갠 것이었다. 감자만두, 과일도 목축도 안 되는 불모지대 아닌 불모지대 시베리아여, 그대는 거울 속의 미녀란 말인가.

슬슬 사람들과도 어울리고 싶어져서 옆방의 노부부와 정식으로 수인사를 했다. 영국 에딘버러대학 생물학 교수로 있다가 작년 말에 정년퇴직하여 부부가 같이 1년 계획으로 세계 일주 여행 중이며 러시아를 보고 나서 베이징으로 가는 길이라고 했다. 부러워 죽을 지경이라고 엄살을 떨면서 시베리아의 연간 강우량은 서울의 7분의 1도 못 되는 200mm 정도로 사막지대의 강우량과 다를 바 없는데 시베리아의 침엽수립은 어인 까닭인가 하고 물어 보았다. 좋은 질문이라고 선생다운 칭찬을 한 다음 타이가에 대해 또박또박한 어투로 내 눈을 쳐다봐가며 특강을 했다.

시베리아 지하 3m에는 툰드라라고 하는 영구 동토가 깔려 있으며, 바로 이 툰드라가 빗물이나 눈 녹은 물이 지하로 스며드는 것을 막아준단다. 이런 연유로 지표는 언제나 축축하고 섭씨 30~40도의 폭양이 내려 쪼이는 여름에 수림이 무럭무럭 자랄 수 있다는 설명이었다. 옐친 대통령의 시장경제 이행 정책에 절실히 요구되는 자금문제도 침엽수림이 간단히 해결해 줄 수 있다고 큰소리쳤다. 러시아에 인접해 있는 공업국 일본과 한국으로부터 시베리아 침엽수림이 생산하고 있는 산소를 공짜로 소비하고 있는 대가를 받아내면 된다는 기상천외한 결론을 내린 후 부인과 함께 베이징과 평양으로 가는 열차의 중계지인 이르쿠츠크역에서 내렸다.

스탈린이 4년 유배형을 받고 1개월 만에 도망쳐 나온 곳이 이르쿠츠크에서 멀지 않은 곳에 있다. 스탈린은 6번 체포되어 5번 탈주한 탈주의 명수로 유형 중에 소수민족 문제에 대해 나름대로 생각을 정리해서 「민족 문제」라는 논문을 집필했다. 혁명 후 레닌 밑에서 민족 문제 책임자가 되어 한인들을 비롯한 다른 소수민족을 강제 이주시킨 일은 시베리아의 악령이 나쁜 지혜를 그의 머릿속에 불어 넣었던 결과인가 하는 생각을 해보았다.

체호프가 '매우 유럽적인 도시'라고 찬탄해 마지않던 이르쿠츠크, 모스크바에서 5,184km 떨어진 벽지인데 역 청사는 지금까지 본 중에서 가장 세련되고 근사해 보였다. 이르쿠츠크가 시베리아 문화의 중심지로 발돋움한 것은 귀족 출신의 청년장교들이 1825년 12월 니콜라이 1세(재위 1825~1855)의 즉위식을 기하여 일으킨 데카브리스트(12월당)의 반란이 좌절되어, 주모자 5명이 처형되고 나머지 106명이 유배되어온 것이 계기가 되었다고 하겠다. 10년간의 유배생활 중에 러시아 혁명의 선구자들이 독서와 토론을 하며 유배지에 지적이고 서구적인 분위기를 심어 주었던 것은 실로 역사의 아이러니라 하겠다.

20세기에 들어 시베리아는 석유, 석탄 자원의 잠재력으로 주목을 받고 있지만, 19세기 이전에도 시베리아는 제정 러시아의 자원의 보고였다. 당시 러시아 재정의 3분의 1을 충당했던 재원은 다름 아닌 시베리아 특산물인 검은담비를 필두로 하는 모피였다. 러시아 귀족 부인은 말할 것도 없고 유럽 사교계의 여인들이 가장 갖고 싶어 하던 코트는 시베리아산 검은담비로 만든 것이었다. 도쿄에 있을 때 긴 코트 한 벌이 2,000~3,000만 엔을 호가하는 것을 보고 안경을 고쳐 쓰고 값을 확인한 적이 있다. '모피가 생산되는 곳은 모두 러시아 영토로'라는 기치 아래 동쪽으로 국경 확장을 계속했다고도 할 수 있겠다.

볼가강과 카마강에서 해적질로 연명하던 코사크의 수장 이예르마크가 시베리아 한국(汗國)을 정복하고 2,400매의 검은담비 모피와 함께 정복지를 헌상했을 때, 폭군 이반 4세(재위 1533~1584)는 광희에 겨운 나머지 황제 자신의 갑옷을 하사했다. 노략질을 일삼던 떼거리가 하룻밤 사이에 황제의 친위대로 둔갑했고, 이 같은 연유로 1917년 러시아 혁명 발발 시 코사크 기병대가 반혁명 입장을 견지하게 되었다. 바로 코사크 대장 이예르마크가 1652년에 시베리아 모피 집산지로 건설한 곳이 오늘날의 이르쿠츠크이다.

사연도 많고 한도 많은 이르쿠츠크를 벗어나자 지금까지의 산문적인 풍경은 '소푸카'라고 불리는 야트막한 산등성이와 시베리아의 진주 바이칼호가 선보이는 운문적인 분위기로 바뀌어졌다. 폭 80~250km, 남북으로 640km, 평균 수심 700m, 세계 담수 양의 5분의 1을 포용하고 있는 바이칼호로는 시베리아의 대소 하천 300

여 개가 유입되지만 흘러나오고 있는 하천은 단 하나 앙가라강뿐이다. 그걸 보면 욕심꾸러기 호수라 불릴 만하다. 이날 이때까지 허욕과 잡념으로 살아오고 있는 추한 몰골이, 투명도가 세계 제일이라고 하는, 명경지수(明鏡止水)에 비칠세라 '달팽이집'으로 숨어들어 밤을 달렸다.

제5일째: 7월 21일(화)

짐승은 모르나니 고향이나마 사람은 못 잊는 것 고향입니다

- 소월, 「고향」에서

바이칼호를 지나면서부터 좀처럼 잠을 이룰 수 없어 그저 눈을 감고 누워 덜커덩거리는 소리를 파도처럼 느끼며 배를 타는 기분으로 있었다. 새벽 1시쯤 되었을까. 똑똑 문 두드리는 소리에 마지못해 일어나 문을 반쯤 열었더니 한잔 걸친 옆방의 텁텁한 인상의 러시아 친구가 자기네 방으로 초대한다는 것이었다. 쉬이 잠들기는 틀렸다는 생각에, 술 생각도 나던 차라 못 이기는 체하고 옆방으로 갔다.

어지럽게 흐트러진 빈 술병, 무뚝뚝한 안나 차장, 잠자리 안경에 짧은 치마를 입은 20살 안팎으로 보이는 아가씨, 코사크의 후예처럼 보이는 대머리가 어울려 서울 어느 골목의 질척한 카페를 방불케 했다. 안나 옆으로 비집고 앉으려던 나는 '세상에 이럴 수가' 너무나 놀라 앉을 수가 없었다.

비좁은 복도에 서서 스쳐 가는 풍경을 바라보고 있는 승객들을 비집고 맨 끝에 있는 화장실까지 오가는 것이 번거롭고 더욱이 자

시베리아 횡단 열차 안에서

물쇠를 채울 수 없어 자리를 뜨는 것이 불안하여 독일산 아르키나 생수를 마시고 난 플라스틱 빈 통을 요강으로 썼다. 아침에 세수하러 가서 소변을 버린 후 생각 없이 두고 왔는데 이 친구들이 그 오줌통을 물통으로 쓰고 있지 않은가. 어찌하오리까.

죄책감으로 보드카를 몇 잔 연거푸 마셨더니 "한국 사람이 러시아 사람보다 보드카를 더 잘 마시는군." 하고 놀라면서 안나는 술잔이 비는 대로 부지런히 채운다. 건너편 아가씨는 코사크 후예의 손이 무릎을 오르락내리락한 것을 모른 체하고 코냑을 홀짝였다. 상당히 취했다. 그들은 〈모스크바 근교의 밤〉을 부르고 나는 18번 〈대전 블루스〉로 목청을 돋우고 끝내는 요강에 담긴 물을 '에라, 모르겠다', 속죄하는 심정으로 마셔주고 '달팽이집'으로 돌아와서 허허 혼자 소리 내어 웃었다.

갈증에 눈을 떴다. 짙은 안개 속에 도착한 울란우데역에는 철수나 영자를 그대로 닮은 군상들이 오가고 있었다. 브리야트 자치공화국의 수도 울란우데, 몽골 국경이 불과 20km 저쪽에 있다. 남부 몽골의 압박을 피해 러시아의 보호하에 삶을 영위하던 브리야트 몽골인은 코사크의 총에 항복의 키스를 하고 손을 들었다.

코사크는 원래 15세기경 농노제의 속박을 벗어나 남부 러시아로 도망간 농민의 농노가 주축이 되어 형성된 집단으로, 시쳇말로 반체제 그룹이었으며 이들은 타타르의 전법과 군사조직을 차용하여 기마 도적단이 되었고 후에는 기마대로 성장하게 되었다. 우리나라에도 상영된 영화 〈대장 부리바〉가 실은 〈타라스 불바〉라는 15세기 우크라이나 지방의 코사크인의 전쟁과 사랑을 다룬 이야기라는 것을 모스크바에 와서야 알았다. 시베리아는 모험심 강하고 두려움을 모르는 타고난 전사, 코사크의 기마대에 의해 정복된 것이라고 하겠다.

일본의 시베리아에 대한 관심은 우리보다 더 집요하고 적극적이었다고 할 수 있겠다. 1874년 6월 최초의 러시아 주재 일본 공사로 부임한 에노모토 다케아키(榎本武揚, 1836~1908) 해군 중장은 4년간의 근무를 마치고 1878년 7월의 귀국길에 유럽을 경유하는 대신 시베리아를 2개월에 걸쳐 횡단하였다. 시베리아를 횡단하면서 지세, 기온, 풍속, 자원 매장량을 꼼꼼히 관찰하여 기록한 그의 「시베리아 일기」는 일본인의 뿌리 깊은 러시아 공포증(Russophobia) 해소에 크게 기여했고 러·일 전쟁에서 승리의 길잡이가 되었다 하겠다.

1917년 러시아 혁명 발발 시 일본은 영국, 프랑스와 함께 시베리아에 출병하였으며, 영국과 프랑스는 조속히 철병하였으나 일본은 7만 2천 명의 대규모 병력을 그대로 잔류시키고 미련을 버리지 못했다. 뿐만 아니라 코사크인 아버지와 몽골인 어머니 사이에서 태어나 제2의 칭기즈칸이 되겠다는 허황된 야망을 지닌 세메노프를 사주하여 반혁명 항전을 부추겼던 것은 일본의 시베리아에 대한 관심의 정도를 단적으로 보여준 실례라고 하겠다. 일본인 괴뢰로 놀아난 세메노프는 일본의 패전과 더불어 만주로 도망하였으나 결국은 만주에 진주한 소련군에 체포되어 총살당하고 말았다.

민족의 안보를 외세에 의탁한 대가를 브리야트인들은 단단히 치르고 있다. 목축업을 생업으로 하면서 라마교를 신봉하는 동브리야트와 농업을 생업으로 하고 러시아 정교회를 믿는 서브리야트 간의 대립은 여전히 골이 깊다는 우울한 이야기가 시베리아에도 있다.

간밤의 술친구 발레리가 아직도 술이 덜 깬 모습으로 찾아와서 하바롭스크 집 주소와 전화번호를 적어 주면서 하룻밤 자고 가라고 했다. 최근 하바롭스크에 설립된 중국 회사에 일하는데 월급은 8,000루블이며 부인도 건축기사로 일하고 있어 먹고 살 걱정은 없다는 자기 자랑. 술 냄새가 역겨워 어서 가주었으면 하는데 중언부언이었다. 중국 회사는 사장이 대만인, 직원은 본토 중국인으로 대만에서 자금을 대고 러시아어를 구사할 줄 아는 본토인을 사원으로 채용했다는 이야기였다. 내가 놀라는 것을 눈치챈 그는 '남북한이 공동으로 러시아에서 합작회사를 운영하기는 아직 멀었을 걸' 하고 한 방 먹이고 물러섰다.

시베리아 철도, 그것은 제정 러시아의 확장정책의 산물이었다. 세상이 수상해지면 군인과 무기를 실어 나르고, 세상이 조용해지면 목재와 석유를 실은 화물차가 늘어나는 전쟁과 평화의 풍향을 암시하는 길이기도 하다. 6·25전쟁을 지원했던 군대와 물자를 실어 날랐던 철길, 1937년 가을 스탈린의 지령 한 장으로 18만 명의 조선인이 화물차에 실려 강제이주 당해 가던 피눈물 어린 비정의 철도이기도 하다. 19세기 말부터 연해주에 이주하기 시작한 조선인은 1907년에는 3만여 명에 달했는데 당시 사회적 계급 구성은 코사크를 정점으로 하고 우리의 한인들은 기층을 형성하고 있었고 이들 간에는 눈에 보이지 않은 반목과 대립이 존재해 왔다.

기층민으로서의 생활 터전까지 하룻밤 사이에 빼앗긴 우리의 피붙이들이 시베리아 철도로 노보시비르스크까지 실려 가서 거기서부터 투르크시부 철도로 중앙아시아 사막지대에 모래가 바람에 흩어지듯이 뿌려졌던 비통한 역사의 여정이었다. 그 험한 땅에다 돌을 치워내고 물을 대어 벼농사를 이룩해낸 풀뿌리 같은 끈기여!

6,306km 지점 통과, 아득한 길을 달려왔다. 적막감이 가없는 평원에 어둠과 함께 서서히 내리고 고적한 잠자리에 누워 연해주에 다시 한인들이 살 수 있을 날이 오기를 바라며 꿈길로 나섰다.

제6일째: 7월 22일(수)
나는 걸어가노라 이러한 길,
밤저녁의 그늘진 그대의 꿈
- 소월, 「꿈길」에서

새벽 4시까지 시베리아의 새벽을 지키다가 깜박 잠이 들었는데 밖이 소란스러워 눈이 떠져 시간을 보니 11시를 약간 지났다. 멍한 기분으로 그대로 누워 귀를 기울여 보았더니 이르쿠츠크에서 탄 여섯 명의 독일인 단체관광객과 안나가 거친 말을 주고받고 있었다. 자세한 것은 알 수 없었으나 독일 관광객들이 수건 한 장을 달라고 한 데 대해 안나는 세수수건 한 장만은 안 되고 침대 커버, 베갯잇, 수건이 한 세트니 세 개를 다 받고 돈을 내라는 주장이었다.

따지기를 좋아하는 독일 친구들은 침대 커버는 아직 깨끗하여 갈 필요가 없으니 수건만 달라고 했으나, 안나는 규정상 낱개로는 줄 수 없다고 퉁명스럽게 쏘아붙이고 있었다. 자기가 결정하고 책임지는 데 익숙하지 못한 안나에게 어림이라도 있겠나 싶어 좀 더 귀를 기울여 보았으나 독일 관광객들이 체념한 듯 조용해졌다.

천 년에 걸쳐 독일과 러시아는 대립과 항쟁을 되풀이하고 증오와 한이 얽힌 복잡한 관계로 이어져 왔다. 순수한 독일 소공국의 공주인 붉은 여제 예카데리나 2세가 러시아로 시집와서 남편을 제치고 제위에 올랐고, 니콜라이 황제의 알렉산드라 황후 역시 독일 헤센공국의 공주였다. 안나 여왕 때의 비론 재상, 푸쉬킨의 박해자로 알려진 빈켄도르프 정치경찰장관이 모두 이름난 독일계였다.

1652년경 모스크바에 설치된 외국인 거주 지역에는 주로 독일인 전문직 종사자들이 살고 있었으며, 표트르 대제가 10살 안팎의 소년 시절에 가끔 놀러 가서 강한 인상을 받고 러시아의 서구화에 대한 꿈을 키웠던 것이었다.

러시아의 천 년 역사를 단순화시켜 정의한다면 슬라브적 무질서, 무정부적 사고와 질서와 규율을 존중하는 독일적 사고의 갈등이라고 할 수 있을지 모르겠다. 서구화, 개방화라는 것은 독일적인 것에의 지향을 의미하고 전제·폐쇄 정책은 슬라브적인 가치관을 추구한 것이라고 한다면 속단일까.

차장 안나의 볼멘 목소리에 가득한 것은 단순히 수건 한 장의 차원이 아니라는 생각이 들자 갑자기 안나의 씩씩거리는 모습이 보고 싶어졌다. 자작나무보다는 붉은 소나무가 많아진 풍경을 바라보면서 간간이 안나 방 쪽을 보았지만, 그녀의 방은 단단히 닫혀 있었고 나타샤가 업무인계를 받아 아침 청소를 하고 있었다.

소코보로디노역, 모스크바에서 7,290km 떨어져 있는 한촌의 역에 러시아호는 10분쯤 쉬는 둥 마는 둥 하다가 이내 다시 속력을 내기 시작했다. 나타샤가 친절한 웃음을 띠며 설탕이 듬뿍 든 따끈한 홍차와 아침 겸 점심 식사로 옥수숫가루로 만든 밥을 지어 왔다. 귀리밥에 옥수수밥, 달리는 열차 안에서 이 정도 식사라면 분명 호사에 속한 것이었지만 옥수수밥을 목구멍으로 넘기는 것 역시 힘겨웠다. 범벅에다 타바스코소스를 쳐서 한 숟가락 입안에 넣은 다음, 홍차를 꿀꺽 마셔가며 별식을 남기지 않고 죄다 비우자 나타샤는 '하라쇼(좋았냐)'라는 시선으로 쳐다보았다.

6·25전쟁 후 심한 흉년이 들어 소나무 껍질을 벗겨 만든 불그스레한 소나무 떡을 먹었던 어려운 시절이 불현듯 떠올라 나는 다소 과장된 몸짓으로 "오친 하라쇼(대단히 좋았다)"라고 대답할 수밖에 없었다.

옥수수밥을 먹고 나자 모스크바 시내 노보제비치 수도원 묘역에 잠들어 있는 흐루쇼프(1894~1971)가 생각 속으로 비집고 들어왔다. 농업 문제라면 상대와 장소를 개의치 않고 몇 시간씩 장광설을 늘어놓던 그는 소련제국의 식량문제 해결에 남다른 열정과 관심을 가졌던 인물이었다.

1959년이던가, 미국을 방문했던 그는 무르익은 황금빛 옥수수가 물결치는 아이오아의 가을 들판을 보고 깊은 감명을 받고 '바로 저것이다'라고 쾌재를 불렀다. 소련의 광대한 땅에 옥수수를 심어 잘 익은 것은 식량으로 쓰고 설익은 것은 사료로 사용하여 목축업을 장려시키면 우유와 고기 문제는 어렵잖게 해결될 수 있으리라는 계산을 했다.

스스로가 생각해도 기막힌 착상이라고 여겨 귀국과 동시에 대대적인 옥수수 경작운동을 전개했다. 개간지에는 물론 기존의 경작지에도 옥수수 재배를 독려하는 한편 옥수수 연구소를 서둘러 설립하고 기관지 『쿠쿠루자(옥수수)』를 발간케 하였다. 옥수수는 갑자기 '들판의 여왕'으로 국영농장과 집단농장에 군림하였으며 기세등등해진 흐루쇼프는 2~3년 내에 육류와 우유, 버터 생산이 미국을 능가하게 될 것이라고 호언장담했다. 그러나 기후조건과 토양의 차이를 무시한 옥수수 경작지 확대로 인해 다른 작물의 순환 재배와 목초생산의 격감을 초래하여 1963년에는 금괴를 팔아 곡물을 수입하지 않으면 안 되었던 참담한 결과로 끝났다.

'흐루쇼프를 썰어 소시지를 만들자'는 화난 민중들의 구호가 난무하는 가운데 마침내 그는 1964년 10월 실각, 평범한 연금생활자로 전락하여 일생을 마쳤다. 흐루쇼프의 꿈대로 저 가없는 평원에 무르익은 옥수수를 물결치게 할 수 있다면 시베리아는 젖과 꿀이 흐르는 가나안이 되리라. 흐루쇼프는 아마 죽어서도 옥수수 문제에 골몰하고 있을지도 모른다. 혹은 시베리아 출신의 괴승 라스푸틴을 만나 비법을 묻고 있는지도 모르는 일이다.

시베리아의 떠돌이, 사이비 예언자였던 라스푸틴(1864~1916)은 혈우병에 시달리고 있는 황태자 알렉세이를 치료한답시고 궁중에 무상출입하더니 끝내는 황후 알렉산드라의 마음을 휘어잡아 정치까지 좌지우지했던 러시아판 요승 신돈이었다. 니콜라이 황제 부부가 라스푸틴의 심령술적인 마법 치료에 경도되었던 것은 26세 때 결혼하여 연거푸 공주를 4명이나 낳은 후, 결혼 10년 만에 겨우 얻은 황태자가 혈우병이라는 불치의 병을 안고 태어난 비극적인 운명에 대한 어찌할 수 없는 부모의 무력한 모습이었을 것이다. 엽색 행각과 권력을 휘두르던 라스푸틴은 1916년 12월 우익에 의해 살해되었다. 황태자 알렉세이는 병상에 누운 채로 12세의 나이에 아버지와 같이 총살되고 말았다.

문득 눈앞에 나타난 암벽에 정신이 번쩍 들었다. 빗물이 줄줄 흐르고 있는 암벽에는 예의 턱을 약간 치켜든 레닌(1870~1924)의 초상화가 새겨져 있다. 레닌이 눈물을 흘리고 있는 것 같아 초상화는 을씨년스럽게 보였고 그나마 저 자리를 얼마나 더 지키고 있을 수 있을까 하는, 방관자로서는 부질없다고 밖에 할 수 없는 걱정을 하였다.

열차는 치타를 지나서부터는 러시아와 중국 국경선에 바짝 붙어 달리고 있다. 중국 측의 군사전략 관점에서 보면 푸른 들판을 가르고 아스라이 뻗어있는 철로 위를 기세 좋게 돌진하는 러시아호는 '러시아'라는 이름을 가진 독 오른 한 마리 검은 독사로 보일지도 모르겠다. 애당초 시베리아 철도 구상 자체도 화물 수송이라는 경제적 측면보다는 세계에서 가장 긴 7,500km의 국경을 맞대고 있는 아시아의 거인 청국을 견제하려는 군사적 측면이 강했던 것이다. 교통부장관은 자금과 물동량 부족을 이유를 들어 시기상조라는 의견을 제시했지만 군부의 반대로 묵살되었던 것만 보더라도 러시아의 철도 건설 저의를 충분히 읽을 수 있다.

기이하게도 극동지역에서 오랜 세월에 걸쳐 용과 쌍두독수리 간의 다툼을 계속하던 로마노프 왕조와 청국은 거의 같은 시기에 성립되어 같은 무렵에 망하고 말았다. 즉 로마노프 왕조는 1613년부터 1917년까지 304년간 지속되었고 청국은 1611년부터 1911년까지 300년간 명맥을 유지했다.

1960년대의 중·소 대립과 최근의 러·중 관계를 보면 왕조는 멸망해도 국익을 둘러싼 애증은 그대로 후대에 이어지기 마련이고 대립과 화합의 되풀이가 시베리아 철도 주변에서 반복되고 있다는 것을 알 수 있다. 세계에서 가장 긴 국경을 공유하고 있는 양국 간에 언제 무슨 일이 일어나더라도 별 이상할 것은 없다고 하겠다.

6박 7일의 여행도 오늘이 마지막이라 생각하니 아쉬운 마음이 들었다. 비좁은 공간에서 단조롭다면 그지없이 단조로운 가람과 뫼, 그리고 평원을 망연히 바라보면서 보낸 6일간은 고요한 나만의 시간이었고 모처럼 러시아를 가깝게, 때로는 멀리 두고 생각할 수 있는 좋은 기회였다.

모스크바 2년 7개월을 정리하는 수학여행이었던 셈이다. 계속 러시아호를 타고 베이징, 평양을 거쳐 서울까지 갈 수 있으면 얼마나 좋으랴 하는 생각을 하면서 잠으로 빠져 들어갔다.

제7일째: 7월 23일(목)

봄날이 오리라고 생각하면서
쓸쓸한 긴 겨울을 지나 보내라   - 소월, 「오는 봄」에서

　한밤중에 눈이 떠졌다. 아침이 되면 목적지 하바롭스크인데 잠
만 자서야 되겠는가 하는 생각이 들어 아예 잠자리에서 일어나 짐
을 꾸렸다. 시베리아의 평원 8,000km를 달린 지난 6일간, 나는 무
엇을 보았을까, 지금까지 산발적으로 여행했던 시베리아의 각 도
시를 철도를 통해 하나의 선으로 연결시켜 본 느낌은 대하소설 한
권을 읽고 난 기분이었다.

　유럽인은 러시아가 아시아적 요소가 많은 나라라고 하지만 아
시아인의 눈으로 볼 때는 러시아는 역시 유럽국가구나 하고 느끼
게 된다. 한편 19세기의 저명한 러시아 사상가 차다예프는 『철학서
간』에서 러시아는 유럽에도 아시아에도 속하지 않는다고 했다. 러
시아는 러시아일 뿐이라는 것이다. 19세기 외교관이자 시인이었던
투체프가 "러시아는 머리로 이해하려 하지 말고 그저 믿을 수밖에
없다."고 한 말이 떠올랐다.

　그렇다. 러시아를 무엇이라고 한마디로 단정하기는 어렵지만,
시베리아의 초원처럼 러시아의 장래는 푸르고 엄청난 잠재력을 지
니고 있다 하겠다. 군식구를 줄이고 인류 보편적인 가치를 추구하
고 있는 신생 러시아가 위로부터의 좌절된 개혁을 되풀이하지 않
고 진정한 밑으로부터의 개혁을 이루어 간다면 다가오는 세기에
다시 일어서리라.

　내가 일어난 기색을 눈치 빠르게 알아차린 나타샤가 고양이 걸

음으로 '달팽이집' 앞으로 와서 인기척을 내었다. 그동안 보관하고 있던 차표를 되돌려 주며 헤어지기 섭섭하다는 표정으로 따뜻한 홍차를 권한다. 이제는 필요 없게 된 컵라면, 생수, 커피믹스, 휴지가 든 상자를 주자, "스빠씨바(감사)"를 연발하면서 모스크바 근교의 아파트 주소와 전화번호를 적어주고 꼭 한번 놀러 오라고 했다. 귀리밥과 옥수수밥을 준비하겠다고 덧붙이고 제풀에 남자처럼 큰 소리로 웃었다. 수더분하고 풋풋한 인간미를, 시베리아의 손상되지 않은 자연의 아름다움처럼 지니고 사는 단순하고 선량한 사람들이다. 자본주의라는 경쟁체제 도입과 함께 자연과 인간성이 조금씩 닳고 마모되리라.

가랑비가 조금씩 내리는 가운데 열차는 8,353km 지점의 비로비잔역으로 미끄러져 들어갔다. 광활한 시베리아 이곳저곳에 있는 역은, 거의 전부가 유형수를 수송하다가 도중에 밤을 지새우는 감호소, 또는 모피를 수집하는 집산지, 아니면 시베리아 철도 건설 중간기지로서 발달하였는데 비로비잔역만은 예외이다. 비로강과 비잔드강이 합류하는 지역에 세워진 유태인 자치주 중의 주도시가 비로비잔이다.

원래 러시아에는 유태인이 없었다. 18세기 말 제1차 폴란드 분할 때 약 100만 명의 폴란드 유태인들이 새로운 영토와 함께 러시아로 이입되었으며, 이들은 주로 도시에 거주하면서 사업과 전문직에 종사했다. 러시아 정교회가 유태인을 예수를 죽인 민족이라고 설교하는 등 유태인에 대한 반감과 박해는 세월에 따라 완화되기도 증폭되기도 하였다.

1928년 당시 소련 당국이 200만 명의 유태인 문제를 해결하기 위한 방편으로 인위적으로 유태인 자치주로 만들고 대대적인 유태인 이주를 추진했다. 인구가 희박하고 광활한 미개발 지역인 비로비잔 지역은 아무르강의 좌측 벽을 이루면서 36,000㎢에 달한다. 백인으로 구성된 완충지역을 중국과 국경이 가까운 지역에 개발한다는 전략적인 고려도 있었다. 1929년부터 우크라이나, 몰도바 등 각 공화국에서 어렵게 살던 유태계들이 3,000~4,000명씩 이주해 왔으며, 더러는 열악한 환경 때문에 오자마자 보따리를 꾸려 다시 도회지로 되돌아가기도 했지만 농업 경험이 있던 유태인은 그대로 버텼다.

상당수의 유태인을 이주시키려던 당초의 정부 당국의 계획과는 빗나갔지만, 이주 유태인들이 중심이 되어 비로비잔 자치주를 연해주의 육류 공급지이며 경공업 센터로 발전시킨 것은 높이 평가할 만하다. 현재 전체 인구 22만 명 중 8% 남짓 되는 1만 8천 명 정도의 유태인이 살면서 이디시어(러시아, 중유럽의 유태인이 쓰는 방언) 신문도 발행하고 유태인의 전통과 문화를 계승하고 있으며 자치주지사 자리를 지키고 있다고 한다.

1990년 곡물 생산량은 하바롭스크주 전체 생산량의 7%에 상당하는 5만 3천 톤에 달하는 실적을 자랑하고 있다. 최근 경제사정 악화에 따라 일부 대도시에는 '파마치(기억)'라는 러시아의 광신적 애국주의를 표방하는 극우단체가 유태인에 대한 반감을 부추기고 있고 모스크바 대학 화장실 벽에는 '유태인은 돌아가라!'는 낙서가 어지럽게 적혀 있다. 1937년 스탈린의 강제이주 정책만 없었더라도 지금쯤 이 지역은 한인자치주로서 이름을 떨치고 있었을 것을 하는 아쉬운 생각이 들었다. 주위환경도 우리의 산하를 그대로 옮겨놓은 듯했다.

목적지 하바롭스크가 가까웠음을 알리는 아무르강 철교가 멀리 보였다. 체호프가 오랜 여행 끝에 아무르강을 보고 '아! 아름답고 넓고 유유히 흐르는 강이여!'라고 찬탄하며 2년 정도 강변에서 살고 싶다고 했던 대하, 중국 사람들이 흑룡강이라고 부르는 이 강은 길이가 4,440km로 중·소 관계의 애증이 어린 곳이다. 중·소 분쟁의 발화점이었던 아무르강을 두고 고르바초프 대통령은 1986년 7월 블라디보스토크 연설에서 "아무르강은 평화와 통상의 강이 되고 국경선은 강의 중심을 지나기를 바란다"고 선언함으로써 오랜 중·소 분쟁에 종지부를 찍었다.

이제 아무르강에는 총성이 멎고 평화가 흐르고 있다. 고르바초프는 역사의 다음 페이지로 흘러갔지만, 1917년 아무르강 철교의 완성은 25년에 걸친 시베리아 횡단철도 공사의 완성을 의미했던 것이고, 나에게는 6박 7일의 시베리아 철도 여행의 피날레이자 또 다른 여행의 서곡을 알리는 것이다.

9시 30분, 이윽고 열차는 모스크바로부터 8,531km 떨어진 극동의 현관 하바롭스크역에 도착했다. 나타샤의 '다 스비다냐(잘 가)' 작별 인사를 뒤로하고 10세기에 발해의 동북쪽 국경선을 이루었던 땅에 왔구나 하는 감회에 젖으며 열차에서 내렸다. 나를 예까지 실어다 준 붉은 유성 러시아호는 종점 블라디보스토크를 향해 다시 천천히 움직이기 시작했다.

아무르 지방의 탐험에 나섰던 모피 거상 예로페이 하바로프의 동상 앞에 잠깐 멈춰 정신을 차린 뒤 택시로 숙소 인투리스트로 갔다. 숙소에 도착하여 피로를 풀 겸 샤워를 하려고 했더니 유감스럽게도 수도 고장으로 더운물이 나오지 않았다. 별수 없이 찬물로 대충 씻고 긴 잠 속으로 빠져들었다. 덜커덩, 덜커덩 시베리아 횡단 열차는 지금도 러시아의 미래를 싣고 시베리아의 광활한 평원을 달리고 있는데.

5부

읽고 쓰는 재미에 산다

나는 운동이라면 걷기 이외에는 관심도 없고 소질도 없다. 모두들 좋아하는 골프도 동료들과 어울리고 손님 접대를 하기 위해 마지못해 골프채를 잡지만 폼도 스코어도 형편없다. 셈도 더뎌 포커나 고스톱 판에 끼이지도 못했다. 술은 그런대로 즐겼지만 음치라 가라오케는 질색이었다. 그래서 나만의 시간이 비교적 많았던 편이다. 취미라곤 책을 사서 대충 훑어보고 쌓아두는 이른바 적독(積讀)이다. 기천 권의 책을 뒤적거리다가 글쓰기에 점차 빠져들게 되었다. 후쿠오카, 요코하마, 나가사키에 근무하는 동안 지방신문에 100회 이상 칼럼을 게재했다. 원고 청탁을 거절한 적도 없고 단한 번이라도 마감 기일을 넘겨 독촉 받은 적도 없다. 누가 원고 청탁 안 하나 하고 기다리는 편이다. 습관이 버릇이 된다.

1993년 이래 지금까지 우리말로 8권, 일본어로 4권을 출판했다. 이하에서는 12권에 대한 서평과 일화 등을 소개하고자 한다.

『모스크바 1200일』(1993년, 도서출판 窓)

1990년 1월 모스크바 영사처 창설요원으로 부임하여 3년 동안 격변의 러시아 상황을 지켜본 내용을 담고 있다. 물질적 궁핍 가운데서도 책과 예술을 사랑하며 정신적 가치를 추구하며 사는 러시아인들의 모습을 직접 발로 뛰고 눈으로 확인하면서 쓴 역저였다고 자부한다.

이 책을 쓰는 동안 상당히 팔릴 것이라는 기대로 모스크바의 길고 매서운 겨울을 쉽게 견뎌낼 수 있었다. 그러나 결과는 김칫국부터 마신 꼴이 되고 말았다. 『동아일보』가 4월 28일 다른 책과 함께 '외교관 경험, 잇단 출판'이라는 짤막한 기사를 책의 표지와 함께 소개하는 정도가 전부였다.

하지만 한 사람의 독자라도 제대로 읽어준다면 저자로서는 행복한 일이다. 당시 우간다 주재 대사관에 근무하고 있던 지혜양 서기관이 1993년 8월 3일 자로 보내온 독후감이 기억에 남는다.

"구 소련에 대해 미국에서 공부할 때 사회과학의 이론으로만 이해하고 있다가, 실생활을 생생하게 그려주신 참사관님의 글, 정말 흥미 있게 읽었습니다. 솔직히 소생은 외교관의 직업적인 관점보다는 '떠돌이 생활에서 나오는 일종의 방랑벽과 문학적인 정취' 같은 것을 느끼면서 밤늦게까지 읽었습니다. 참사관님의 사회과학도로서의 끊임없이 노력하는 자세를 보고, 이곳에서 부질없이 세월을 버리고 있는 소생도 '이곳에서 무엇을 해야 하나?'라고 자문하는 계기가 되었습니다."

바로 이것이다. 나의 저술 의도를 간파한 지 서기관의 독후감이 인상적이라 지금까지 그의 편지를 간직하고 있는데, 안타깝게도 그는 한창 나이에 병마로 타계하고 말았다.

『모스크바 1200일』은 나로서는 최초의 저서라인지 각별한 애착이 간다. 그래 봤자 죽은 자식 뭐 만져 보기식이지만, 포기할 수 없어 본서에도 약간 손질하여 몇 꼭지 실었다.

『일본은 있다』(1994년, 고려원)

외무부 구주국 서현섭 심의관(50)이 일본의 개국(開國)과 국제화를 성공적으로 이끈 주요 인물들에 대한 분석을 통해 일본 근대화 과정의 특징을 밝힌『일본은 있다』를 펴냈다. 거대한 경제력을 지닌 일본을 한낱 '왜놈'이니 '쪽발이'니 하는 식으로 무시할 시기는 지났다고 본다. 일본은 잊혀져 가는 존재가 아니라 국제사회의 주도 세력으로 엄연히 존재한다는 사실을 깨달아야 한다.

이 책은 △1884년 도쿄 도심 한가운데 세워진 서양식 무도회장 로쿠메이칸 △2백여 년간 쇄국의 빗장을 걸고서도 데지마라는 작은 섬에 서양인의 거주를 허용했던 이중적 정책 △1872년 일본 근대화의 스승 후쿠자와의 저서『학문의 권장』이 3백 80만 부 이상 팔려나간 이야기 등 근대화 과정에서 나타난 일본인의 서양문물에 대한 태도와 당시 사회상을 보여주고 있다.

빠른 속도로 진행 중인 우리나라의 국제화를 '제2의 개국'으로 이름 짓고 싶다는 서 씨는 "일본인들이 근대화 과정에서 보여줬던 개방적인 자세, 왕성한 호기심과 학습욕, 기록 습관 등은 우리나라의 국제화를 성공으로 이끌기 위한 지침으로 과감히 배워야 한다."고 주장했다.

"한국은 흔히 일본 문화의 스승이라고 자처합니다. 그렇다면 왜 우리가 일본이라는 야만국가의 제자에게 당했느냐는 질문을 던져야 합니다. 수백 년 전 조선통신사가 일본을 둘러보고 '미개국가'라 단정했던 식의 표피적 인식 수준에서 이제는 벗어나야죠."

그러나 서 씨는 시세에 따라 변신을 거듭하고 과거에 대한 죄의식을 느끼지 못하는 일본인의 엷은 도덕성과 나무를 보고 숲을 보지 못하는 각론(各論) 중심의 사고는 일본의 문제점이라고 지적했다. 이어 "앞으로 일본은 재일한국인들에 대한 사회적 지위 향상과 남북한 통일 과정에서 호의적인 역할을 수행해야 한다."고 강조했다.

지난 70년대 중반 주일대사관 발령을 받아 일본과 인연을 맺은 이래 메이지대학에서 석·박사학위를 받는 등 일본 연구에 전념해 온 그는 "지난 20년 동안 수많은 서적들을 읽으며 작성해 온 메모들이 모여 한 권의 책으로 엮어졌다."며 "앞으로도 후배 외교관을 비롯한 젊은이들에게 올바른 일본관을 심어주기 위한 책들을 쓰고 싶다."고 말했다.(1994.4.10., 『동아일보』, 이철희 기자)

『일본은 있다』는 출판 10년이 되는 2004년 고려원북스의 박건수 사장의 정력적인 국내외 자료 발굴에 힘입어 가필하여 『지금도 일본은 있다』라는 타이틀로 출판되었다.

『일본인과 에로스』(1995년, 고려원)

게이샤, 남녀혼욕, 사촌 간 결혼풍습 등 이런 일본의 이미지들을 떠올리면 일본인들의 성생활이 아주 문란할 것 같다. 그러나 이는 문화의 차이에서 생기는 오해지 열린 마음으로 대하면 그것은 그들의 생활일 뿐이다.

일본의 신화나 전설 등에 나타나는 성(性), 성기 숭배사상, 유곽, 매춘의 역사 등을 통해 일본인들의 실체에 접근을 시도한 책, 『일본인과 에로스』가 출간됐다. 외무부 외교정보관리관인 저자 서현섭(51) 씨는 지난해 말 일본 사회를 객관적 시각으로 분석한 『일본은 있다』로 당시의 '일본 때리기' 열기를 식혔던 주인공.

"그 책은 정작 본인이 주요 독자층으로 잡았던 20대 초반 젊은이들을 끌어들이는데 실패했어요. 이 책도 성 풍속으로 포장했을 뿐 메시지는 『일본은 있다』와 같은 맥락입니다. 일본인들의 남녀 관계를 빌려 일본 이해를 높이려고 했어요."

일본인의 경우 지금과 달리 신화 등에서는 성이 부끄러운 것이 아니라 건강한 생활의 표현이자 생산력의 원천으로 통했다. 심지어 시집가는 딸에게 혼숫감으로 '마쿠라에'라는 춘화를 마련해줬는데 그것도 성을 신성시하는 풍습의 하나였다.

서 씨는 『해체신서』 등 일본 문헌 100여 권을 연구하면서 일본인들의 호기심과 무엇이든 배우려 드는 자세, 기록성에 새삼 놀랐다고 한다. 여자 성기를 표현하는 단어가 무려 300개나 된다는 사실도 놀라웠지만 그것만을 집중적으로 연구하는 '괴짜'가 어느 시대에나 있었다는 사실은 놀랍다 못해 두렵기까지 했다고 한다. 일본사회의 원동력은 바로 그런 '괴짜'한테서 나온다는 것이다.

우리가 흔히 쓰는 처녀성이란 단어도 일본에서 처음 만들어진 어휘라고 한다. 220여 년 전에 스기다 겐바쿠라는 한의사가 네덜란드의 인체 해부학서를 번역한 『해체신서』에서 처음 사용했다는 것.

일본인들의 철저한 시간관념을 보여주는 성 풍속도도 있다. 유곽에서 즐겨 쓰였던 '향시계'가 그것이다. 시계가 없던 시절 유곽에 손님이 한꺼번에 들이닥칠 때는 향을 피워 차례를 지켰다고 한다. 15~20분 정도 지나 향이 다 타면 손님을 바꾸었다는 것이다. 산업화 이후 현재까지 일본의 상징으로 통하는 정밀도·철저함들이 여기에서 비롯되지 않았나 하는 것이 저자의 설명이다.

　　일본은 춘화의 덕을 본 나라다. 일본 춘화가 서구에 처음 전해지던 당시 서구인들은 성을 예술로까지 승화시키는 일본인들의 능력에 찬탄을 금치 못했다. 반 고흐 등 유럽 화가의 그림에도 일본 춘화의 영향이 엿보인다. 새뮤얼 헌팅턴이 『문명의 충돌』이라는 저서에서 일본 문화권을 별도 문화권으로 잡았던 것도 그런 영향이 아직도 내려오고 있음을 보여주는 예다.

　　일본은 40년 주기로 사회변화를 보여 왔다. 메이지유신―러일전쟁―제2차 세계대전 패전―나카소네의 신사참배 등이 그런 변화의 극을 말해 주는 사건들이다.

　　"우리는 1,000년 전의 역사 때문에 일본에 대해 지금도 우월감을 느끼고 있지만 늘 새로운 것을 추구하는 일본인들에게는 이미 잊어버린 기록일 뿐입니다. 그러나 앞으로 우리가 더 유리할지도 모릅니다. 다가올 세기는 개성과 창의력이 강조될 텐데 일본은 그런 점에서 우리에게 뒤져요. 종군위안부 등 과거의 가해 문제를 못 풀고 있는 것도 일본의 약점입니다." (1995.10.29., 『중앙일보』, 정명진 기자)

『일본인과 천황』(1997년, 고려원)

"일본인의 80%가 천황제를 계속 유지하는 것에 찬성한다는 조사 결과가 있습니다. 1천 년 이상 지속된 천황제가 일본인들의 의식 속에 지하수맥처럼 흐르면서 구심점 역할을 하고 있다는 반증입니다. 천황제 속에 감춰진 비밀과 일본인들의 의식의 이면을 살펴보면 일본을 좀 더 깊이 있게 이해할 수 있다고 생각합니다."

최근 『일본인과 천황』을 펴낸 주파푸아뉴기니 서현섭 대사는 일본인들의 정치의식이나 사회의식 등을 파악하는 데 있어서 천황이 중요한 키워드가 될 수 있다고 말했다.

『일본은 있다』와 『일본인과 에로스』라는 저서를 통해 일본 이해를 위한 새로운 접근법을 제시해 온 일본통 외교관인 서 대사는 이번에 세 번째로 펴낸 일본론에서 천황과 관련된 각종 자료와 다양한 에피소드를 소개하고 있다.

일본인들은 고대로부터 현대에 이르기까지 정치적 필요에 따라 천황을 현인신(現人神)으로 격상시키기도 하고 때로는 인간으로 변신시키기도 했다는 것. 『고사기(古事記)』와 『일본서기(日本書紀)』에는 태양여신의 자손이 기원전 660년에 나라를 세우고 천황으로 즉위했다는 기록이 있으나 일본인들은 이러한 과거가 상상력에 의한 조작에 불과하다는 것을 알면서도 이를 부정하지 않은 채 교육시키고 있다는 것이다.

유일신을 섬기는 종교가 없던 일본에서 천황이 종교의 역할까지도 함께 맡아왔다는 게 서 대사의 분석이다.

한편 일본은 메이지유신 이후 대외팽창을 꾀할 때는 천황을 떠받

들면서 사고와 행동의 구심점으로 삼아왔음이 역사적으로 극명하게 드러난다. 특히 천황제의 부침에 따라 우리나라도 많은 영향을 받았기 때문에 앞으로도 천황제를 둘러싼 일본의 움직임에 주목해야 한다는 게 서대사의 주장이다. (1997.2.27.,『동아일보』, 김차수 기자)

『행복한 일본 읽기』(2002년, 솔)

서현섭 대사는 1998년부터 일본 후쿠오카와 요코하마 주재 총영사로 근무하다가 2002년 봄 로마 교황청 주재 대사로 전보되었다. 주러시아 참사관, 주파푸아뉴기니 대사 경력 등도 그의 이력서에 들어있지만 그가 일본통이라는 데는 모두가 공감한다.

서현섭 하면『일본은 있다』,『일본인과 에로스』,『일본인과 천황』등 이미 우리 귀에 익숙한 책들을 일찌감치 지어낸 현직 외교관이다. 그는 70년대 중반 일본 메이지대학에서 박사학위를 받고 주일 대사관 3등서기관으로 근무하면서부터 일본 사회와 한일 양국 역사를 매우 예리한 시각으로 비교 분석하는 힘을 쌓아왔다.

이번에 출간한『행복한 일본 읽기』는 서현섭 대사가 최근 일본에 근무하면서 급격히 변모하는 일본의 사회상을 강도 높게 비판한 책이다. 그는 이 책의 부제를 "외교관 서현섭의 두 발로 뛴 일본 읽기"라고 할 정도로 일본 사회와 가정, 청소년들의 부조리, 역사 왜곡의 현장을 깊숙이 파헤쳤다. 더욱이 그는 한일 양국 어느 한쪽에도 치우치지 않고 객관성을 살리는 잣대로 편견을 없애려 했다. 그의 장기라고 할까. 특이한 사건을 소개한 뒤에는 반드시 독자 스스로가 이를 전체적으로 판단할 수 있도록 통계를 제시하는 등 내용의 신빙성을 뒷받침해준다.

예컨대 제3장 '일본 속 한국, 한국 속 일본'에서 역사 교과서에 관하여 "2001년에 문제가 되었던 『새 역사 교과서』를 채택한 곳은 일본 전국 중학교 중에서 0.1%에 불과했다는 점" 그리고 제1장 "뒤바뀐 성문화"에서 "일본 고등학교 3학년생의 성 경험률이 남자 37%, 여자 39%라는 점" 등의 구체적 통계가 그것이다.

또한 미혼모가 많은 일본에는 해외입양이 없는 반면, 종교대국 인 한국에서는 매년 2천여 명의 어린이가 해외로 입양되고 있다는 점도 폭로하며 한일 양 국민의 정서를 비교하고 있다.

한편 일본 고등학교 국어 교과서에 윤동주의 「서시」, 「별 헤는 밤」 등의 시와 이 시인의 짧았던 생애를 기리기 위해 무려 19쪽이 나 할애한 것이라든가, 일본인이 새로 발견한 소행성에 '세종'이란 이름을 붙여 한국 이름을 가진 최초의 소행성이 됐다는 사실, 그리 고 '씨 없는 수박을 우장춘 박사가 개발했'다는 것이 사실이 아니라 는 충격적인 점도 지적하고 있다. 즉 일본의 생물학자 기하라 히토 시 박사 팀이 1940년대 중반에 개발한 씨 없는 수박을 우장춘 박사 가 국내에서 재배하는 데 성공했을 뿐이라는 것이다.

우리나라 개화기 신파 연극으로 전국을 휩쓸며 흥행했던 『장한 몽(長恨夢)』의 '이수일과 심순애'는 일본 메이지 시대의 소설가 오 자키 고요(尾崎紅葉)가 쓴 『곤지키야샤(金色夜叉)』라는 소설의 주인 공들이라는 것쯤은 널리 알려져 있다. 그런데 『장한몽』이 『곤지키 야샤』를 모방한 신파극인 줄만 알았던 우리에게 더욱 충격적인 것 은 오자키의 『곤지키야샤』마저 모방 작품이라는 사실을 이 책은 밝혀준다. 오자키가 버서 클레이(Bertha M. Clay)가 쓴 1880년대 소설인『여자보다 약한 자(Weaker than a Woman)』를 번안했다는 것이다. 오자키 사후 100주년이 되는 해 2001년 11월 1일 자 일본의 주요 일간지들은 일제히 이 사실을 보도하여 일본에서 실소를 자아내게 했다고 한다. 일본 근대문학을 전공한 한 일본인 대학 강사가 미국 미네소타대학 도서관에서『여자보다 약한 자』라는 소설책을 발견했다고 하며 작품구성과 내용이 흡사했으므로 오자키가 이 소설을 몰래 환골탈태(換骨奪胎)시킨 것이라고 한다.

신간『행복한 일본 읽기』를 소개하는 나 자신도 서현섭 대사보다 훨씬 먼저 요코하마 주재 총영사로 근무하였다. 그때 가끔 아타미(熱海) 온천장을 찾았고 해변 공원에서 '이수일과 심순애'의 동상(일본에서는 貫一銅像)을 구경하곤 했다. 『곤지키야샤』의 주인공 '하자마 간이치'는 '시기사와 미야'가 자산가인 '도미야마 다다쓰구'에게 돈에 팔려가려는 것을 알고 발길로 차버린다. 소설에서 발길로 찬 현장이 곧 일본 도쿄 서남쪽의 유명한 온천장인 아타미이며 이 자리는 그 후 관광명소로 각광을 받고 있다. 한국 사람의 눈에는 아타미 해변의 공원에 사각모의 이수일이 김중만에게 팔려 가는 심순애를 발길질하는 모습의 동상이 '오미야노마쓰(お宮の松)'라는 이름의 한 그루 소나무 옆에 세워져 있는 것으로 보인다. 그리고 '오미야노마쓰' 주변에는 알고 보면 안내판 등 터무니없는 설명문들이 수두룩하게 나붙어 있는 셈이다. 때문에 서현섭 대사는 "앞으로 이 설명문이 언제, 어떻게 바뀔지 두고 볼 일이다."라고 꼬집었다.

제2장 '지하철 풍경'이라는 글에서는 일본 전철 안에서의 예절(?)에 대하여 대단히 신랄한 비판을 하고 있다. 서울의 전철 안 무질서나 얌체 젊은이들보다 더 심각한 일본의 현실에 큰 경악을 금할

수 없다. 작년 서울 전철 안에서 노약자 석에 앉은 젊은이를 꾸짖다
가 한 노인이 그 젊은이에게 떠밀려 숨진 사건이 있었는데 일본에
서도 똑같이 고령자를 구타하거나 살해한 사건들이 실례로써 지적
되고 있다. 친절하고 예의 바르기로 세계적 명성이 높은 일본인이
어느새 전통문화가 망가지고 사소한 원한을 품은 젊은이가 부모와
같은 늙은이들을 구타, 살해한다는 한심한 작태를 가차 없이 고발
하고 있다.

항상 말하지만 일본의 대중문화와 사회현상은 저질인 것과 악
질인 것일수록 현해탄을 건너 빨리 한국으로 전파된다. 이 책에서
는 미혼모, 일본식 발음으로 '파라사이토 싱구르(parasite single)' 즉
기생충 같은 독신자랄까. '더부살이하는 미혼자'들이 많다고 한다.
일본으로부터 건너 온 이와 같은 바람직하지 못한 추세가 한국을
강타하고 있는 듯하다.

서현섭 대사는 1994년에 『일본은 있다』라는 베스트셀러를 발간
하여 한국에서 15쇄의 히트를 쳤는가 했더니 일본에서는 세 사람의
독자가 이 책을 번역하여 『일본의 저력』이라는 이름으로 수만 권이
팔렸다. '고분사판', '도가와 본', '이노시타 본', '아베 본'으로 간행
되어 인기리에 일본 독자층을 두텁게 구축하고 있다. 덕분에 서현
섭 대사는 후쿠오카 근무 때 일약 유명 문필가로 소문이 났다. 때문
에 여러 기관과 조직에 초청되어 2년 동안 무려 50여 차례의 강연
을 했고 2000년에는 규슈지방의 유력 일간지인 『서일본신문』에 50
회에 걸친 수필을 연재하였다. 그는 한일 간 문화의 차이, 규슈인의
특성 등을 집필하여 한국과 규슈 간의 인적 및 문화교류 증진에
크게 기여하였다. 이로서 그에게는 2000년 7월에 규슈대학에서 명

예박사 학위를 수여하는 영광이 주어졌다. 『일본의 저력』 이외에 『한·일 흐리다가 맑음(2000.4.)』, 『한·일 되비치는 거울(2001.2.)』 등 3권의 일본어판 저서가 한결같이 독자의 흥미를 사로잡고 있다고 한다.

서현섭 대사는 이처럼 한일 양국에 수십만의 애독자를 몰고 다닌다. 간결한 문장, 꼬집고 톡톡 쏘는 듯한 글솜씨, 새콤달콤한 맛의 탁월한 표현력, 독자의 호기심을 자극하는 특유의 매력 때문에 시종일관 책에서 눈을 뗄 수 없게 한다. 이 기회에 '서현섭 나름의 책 맛'을 다시 한번 『행복한 일본 읽기』에서 만끽하기를 권하고 싶다. 특히 요즘같이 혼탁한 세상에서 무료하게 소일하는 편보다는 이와 같은 재미있는 책을 대하면 정신건강에도 크게 도움이 될 것이다.(2003.4., 『외교』, 유종현)

덧붙이면 이 서평을 쓴 유종현 대사님은 서울대학교 문리과대학을 졸업하고, 외무부에 입부하여 36년간 직업 외교관으로 근무, 주세네갈 대사, 주요코하마 총영사 등을 역임했다. 퇴임 후에는 한국외국어대학교, 덕성여자대학교 강사 및 한양대학교 겸임교수로 강의를 하는 한편 『세계화와 글로벌 에티켓』 등 5권의 저서와 2권의 역서를 출간하였다. 조선통신사의 연구와 선양활동을 활발하게 하시던 중 2015년 갑작스럽게 타계하였다. 삼가 고인의 명복을 빈다.

『중국어 성조 기억술 소사전』(2015년, 지영사)

2014년 3월 말, 나가사키 현립대학에서 두 번째의 정년을 맞이했다. 셰익스피어의 "평생 학생으로 있어라. 그렇지 않으면 폭삭 늙는다."는 명언을 되새기며 한국방송통신대학 중문과 3학년에 편입하였다. 초심자에게 중국어의 난관은 성조라는 데 이의가 없을 것이다.

중국어는 한 글자가 하나의 음절을 갖고 있으며, 각 음절에는 사성(四聲)이라는 성조가 붙어 있다. 즉 음평성(1성), 양평성(2성), 상성(3성), 거성(4성)의 4성조가 있다. 성조에 따라 그 의미가 아래의 예와 같이 달라지기 때문에 상당히 신경을 써서 발음을 해야 한다.

Mā(1성)	媽	妈	엄마
Má(2성)	麻	麻	삼
Mǎ(3성)	馬	马	말
Mà(4성)	罵	骂	욕

외국인이 중국어를 배울 때 가장 애를 먹는 것이 글자 하나, 하나의 성조를 익히는 것이다. 여간 어려운 것이 아님을 통감했다. 그래서 게으른 선비 책장 넘기듯 공부는 뒷전으로 밀어놓고 성조를 쉽게 외우고, 일단 외운 성조는 기억에 오래 남게 하는 '비법'은 없을까 하는 생각에 골몰하였다. 베이징, 도쿄, 서울의 서점가를 돌아다니며, 성조 암기의 왕도(王道)에 관한 책자를 찾아보았으나 다행히(?) 없었다.

1성-2성-3성-4성과 같이 순차적으로 되어 있는 성어나 단어 또는 4성-3성-2성-1성의 역순으로 되어있는 4자성어(四字成語)는 1성-3성-2성-4성과 같이 들쑥날쑥한 4자성어에 비해 쉽게

외워지고, 기억에 오래 남는다는 사실을 터득하였다. 따라서 1성 -
2성 - 3성 - 4성의 순서로 되어 있는 성어와 4성 - 3성 - 2성 - 1성의
역순으로 되어 있는 4자성어를 사전에서 찾아서 한 권의 책으로
엮어내고자 했다.

스스로가 생각해도 '참, 좋은 아이디어로구나' 하면서, 대박의
환상에 사로 잡혀 천만 원 정도를 투자하여 2년간 그야말로 불철주
야로 매달려 300여 페이지의 『중국어 성조 기억술 소사전』을 출판
하였다. 그러나 실망스럽게도 헛물만 켜고 말았지만 나는 아직도
미련을 버리지 못하고 요즈음에도 1성 - 2성 - 3성 - 4성으로 되어
있는 성어와 4성 - 3성 - 2성 - 1성으로 되어 있는 성어나 단어를 정
리하고 있다.

『일본 극우의 탄생: 메이지유신 이야기』(2019년, 라의눈)

전직 일본통 외교관이 쓴 인물과 에피소드로 보는 일본사 책이
다. 주로 메이지유신 전후의 이야기들을 다루고 있지만 고대(古代)
의 왜국, 신공황후의 삼한정벌설(說), 전국(戰國)시대, 도쿠가와 막
부 등에 대한 이야기도 담겨 있다.

이 책에서 다루는 인물은 다양하다. 이제는 한국인에게도 널리
알려진 사카모토 료마, '침략의 원흉' 이토 히로부미, 유신 지사들
의 스승 요시다 쇼인, 표류 어부에서 일본 최초의 미국 유학생으로
변신한 만지로, 근대 일본의 건설자 오쿠보 도시미치, 영어 공용론
을 주장했던 초대 문부대신 모리 아리노리, 새 1만 엔 권 지폐의
주인공 시부사와 에이이치 등의 이야기를 읽다 보면 메이지 시기

일본인들의 열정과 고민이 생생하게 느껴진다.

특히 프랑스 법학자 보아소나드를 초빙해 근대적 법체계를 세운 이야기라든지, 일본인들이 만들어내서 우리도 널리 사용하고 있는 일본식 한자어에 대한 이야기들은, 저자가 말하고 있듯이 '역사에 비약은 없다'는 것을 새삼 느끼게 해준다.

메이지유신 이후 제국주의 일본의 식민지로 전락하는 아픔을 겪은 우리 입장에서는 유쾌하지 않은 이야기들도 있다. 하지만 '일본인들이 이렇게 세계를 향해 문을 열어젖히고 열강을 따라잡기 위해 피나는 노력을 하고 있을 때, 우리는 무엇을 하고 있었나' '100년 전 그 꼴을 당하고서도 지금 우리는 무슨 짓을 하고 있나'를 생각하면 가슴이 시려온다. 최근 한일 관계에 대해 성찰하게 하는 대목도 적지 않다.

저자는 주(駐)후쿠오카 총영사, 주요코하마 총영사, 로마교황청 대사 등을 역임했으며, 퇴임 후에는 일본 규슈대학과 나가사키 현립대학 등에서 강단에 섰다. 저서로 『일본은 있다』, 『지금도 일본은 있다』, 『일본인과 천황』 등이 있다. (2019.12., 『월간조선』, 배진영 기자)

『한중일의 갈림길, 나가사키』(2020년, 보고사)

"'나가사키'라고 하면 무엇이 떠오르느냐?"고 묻는다면, 사람마다 대답이 다를 것이다. 원폭(原爆), 나가사키 짬뽕, 나가사키 카스텔라, 테마파크 하우스텐보스…. 일본 역사를 좀 아는 사람이라면 도쿠가와 막부 시대 네덜란드와의 통상(通商) 창구였던 나가사키의 데지마(出島)를 떠올릴 수도 있을 것이다. 가톨릭 신자라면 나카사키 니시자카 언덕의 순교자들을 생각해낼지도 모른다.

저마다 다른 소리를 하는 것 같지만, 이 책『한중일의 갈림길, 나가사키』를 읽다 보면 앞에서 언급한 내용들은 사실은 일맥상통(一脈相通)한다는 사실을 깨닫게 된다.

원래 한적한 어촌이던 나가사키는 16세기 중반 이래 포르투갈·스페인과의 통상항(港)으로 발달하기 시작했다. 이들의 도래(渡來)로 가톨릭이 전파(傳播)됐고, 도요토미 히데요시와 도쿠가와 막부 시절의 탄압에도 불구하고 오늘날에도 나가사키는 일본에서 가톨릭 신자가 가장 많은 도시이다. 포르투갈인들이 소개한 '카스티야의 빵'과 생선튀김 '콰르투 템포라스'를 일본인들은 카스텔라와 덴푸라로 발전시켰다. 가톨릭 국가인 포르투갈과 스페인이 도쿠가와 막부 시대에 축출되면서 나가사키의 데지마에 있는 네덜란드 상관(商館)은 서구(西歐)를 향해 열린 유일한 창(窓)이 되었다.

막부 말기에서 메이지유신에 이르는 시기 나가사키는 이토 히로부미, 사카모토 료마 등 유신의 영웅들이 활약했던 곳이다. 스코틀랜드 출신의 상인 토마스 글로버는 유신을 꿈꾸던 조슈와 사쓰마번을 지원해 거부(巨富)가 되었다. 료마의 동료였던 이와사키 야타로는 미쓰비시그룹을 설립하면서 이곳에 거대한 제철소와 조선소를 지었다. 군함도는 그곳에서 사용할 석탄을 캐던 탄광이었다. 나가사키가 원폭을 맞은 것도 군수(軍需)산업도시였기 때문이다.

한편 나가사키를 드나들던 서양 상인과 군인, 문인들의 설익은 로맨스는 19세기 말 20세기 초 구미(歐美)를 휩쓸던 이국(異國) 취미와 맞물리면서 걸작 오페라를 탄생시켰으니, 그것이 바로 푸치니의 〈나비부인〉이다. 나가사키에서 중국음식점을 하던 화교는 가난한 중국 유학생들이 배불리 먹을 수 있도록 일본의 우동을 변형해 만든 나가사키 짬뽕을 내놓았다. 그리고 나가사키와 서구와의 오랜 인연을 주목한 버블시대의 일본 자본주의는 이곳에 네덜란드 숲속의 마을을 모델로 한 하우스텐보스라는 테마파크를 만들어 냈다.

일본사(日本史)를 잘 모르는 사람이라도 이런 식으로 카스텔라나 덴푸라, 나가사키 짬뽕 같은 익숙한 키워드들을 따라 읽다 보면, 지난 500년간의 일본사, 아니 일본과 서양의 문명교류사를 한번 쪽 살펴보게 된다.

저자는 주후쿠오카 총영사·요코하마 총영사 등을 거쳐 주바티칸 대사를 지낸 퇴직 일본통 외교관이다. 퇴임 후에는 나가사키 현립대학 교수로 8년간 교단에 섰다. 『일본 극우의 탄생 메이지유신 이야기』, 『일본은 있다』, 『일본인과 천황』 등 일본의 역사와 문화에 대한 책들을 다수 저술했다. (2020.12., 『월간조선』, 배진영 기자)

이 책의 출판 배경 등을 덧붙이고자 한다. 나가사키 현립대학에 근무할 때 퇴임 후 '일본 근대화와 나가사키'에 관해 한 권의 책으로 정리하여 출간한다는 과제를 스스로에게 부과했다. 그것은 현립대학과 나가사키현, 나가사키신문 등이 수년 동안 베풀어 준 호의에 대한 감사의 표시이자, 나가사키 홍보대사 격인 나가사키 부교(長崎奉行)를 위촉받은 자의 의무라는 생각에서였다.

그러나 잡다한 일상에 쫓겨 좀처럼 엄두를 못 내고 게으름을 피우고 있다가 이렇게 늦게나마 근대화를 태동시킨 나가사키시를 중심으로 한 나가사키현의 역사와 문화 이야기를 세상에 선보이게 되었다.

책이 출판된 직후 나가사키현청, 나가사키신문사, 나가사키의 지인에게도 보냈다. 나가사키신문사는 기무라 히데토(木村英人) 한국어 번역가에게 서평을 의뢰하여 그 서평을 2020년 11월 15일 자에 게재했다. 그 서평을 읽은 90대의 독자가 기무라 선생에게 전화를 하여 그 책을 읽어보고 싶다고 했다고 한다. 기무라 씨는 그 어른의 연세를 생각하여 일부라도 번역하여 보내드리려고 서둘러 작업을 시작하여 한 달 만에 완역하는 '사고'를 쳤다. 기무라 선생은 나와 동년배이다. 260페이지 책을 땡전 한 푼 안 생기는데 밤잠을 설쳐가며 번역에 매달리다니! 이런 점이 한국인과 일본인이 비슷하면서도 다른 점이라 하겠다.

『日·韓曇りのち晴れ(한·일 흐리다가 맑음)』(2000年, 葦書房)

나는 저서의 '저자 약력'에는 예외 없이 '전남 구례 출신'임을 상표인양 표기한다. 어느 외교부 후배가 "가급적이면 그쪽 출신인 것을 밝히지 않으려는 경향인데 선배님은 예외적이라고 하면서 존경스럽다."고 해서 내 속내가 들킨 것 같아 쑥스러웠다. '전남 구례 출신'이라고 명기하여 좋은 인연도 생겼다. 일본어로 출판한 책에도 예외 없이 구례 출신이라고 적었음은 물론이다.

독서는 일종의 '사람과의 만남'이다. 2000년 6월 후쿠오카를 졸업한다는 의미에서 수필집『한·일 흐리다가 맑음』을 일본어로 출판하였다. 두 달쯤 지났을 때 생판 모르는 일본인으로부터 뜻밖의 전화를 받았다. NHK라디오 제1방송 〈마음의 시대〉라는 프로그램을 담당하는 나카노 마사유키(中野正之) 제작부장이었다.

나카노 부장은 일본인 특유의 예의 바른 어조로 나의 수필집을 듣기에 민망할 정도로 추켜 세우더니 〈마음의 시대〉에 출연 초청을 검토하고 있다고 했다. 나는 "책의 내용이 괜찮은 모양이구먼." 하고, 좋아했다. 그러나 그는 책의 내용보다는 내가 살아온 여정과 출생지 '구례'에 대해서 유별난 관심을 보였다. 일제강점기에 초등학교 교장을 한 부친이 전라도의 이곳저곳으로 전근을 다녔던 관계로 구례에서 2년 정도 산 적이 있다는 말에 반가운 마음이 들면서도 한편은 실망스러운 기분이 들었다.

　　나카노 부장은 수일 후 후쿠오카 총영사관으로 나를 찾아왔다. 한 시간 남짓 구례 이야기, 최근의 한일 관계 등에 관해 이야기를 나누었다. 나중에 알았지만 이는 단순한 환담이 아니라 나의 일본어 실력이 NHK 라디오에 출연할 정도인가의 여부를 알아보는, 이를테면 일본어 구술 테스트였다.

　　〈마음의 시대〉는 매일 아침 4시 5분부터 40분간 방송되는 프로그램으로 다양한 분야에 걸쳐 특이한 인생역정을 걸어온 사람들의 이야기를 주로 다루고 있다고 한다. 구술 테스트 결과가 괜찮았던지 나카노 부장은 그해 11월 초에 나의 집무실에서 두 시간 넘게 '인생고백'을 시키며 녹취했다. '더 잘할 수 있었는데' 하는 아쉬움이 남았다.

　　"녹음테이프는 추후에 보내드리겠으나 11월 24일 새벽에 나가는 방송을 직접 들어 보시기 바랍니다."라고 하는 정중한 명령에 약간은 불안한 마음으로 평소보다 일찍 잠자리에 들었다. 몇 번인가 자다 깨다 하다가 새벽 4시에 라디오에 귀를 기울였다. 역시 자신의 생각을 제대로 전달하지 못했고 더욱이 한두 군데 발음 실수가 있는 것도 찜찜했다. 괜히 잠만 설쳤다는 마음으로 아침을 맞이했다.

아침에 출근하자 놀랍게도 나의 실망스러운 기분과는 달리 일본 전국의 할아버지, 할머니들로부터 '감동하였다'는 전화가 걸려오기 시작하였다. 일본인들은 감동증후군에 걸린 사람처럼 '감동하였다'는 말을 입에 달고 다닌다는 것을 익히 아는 바이지만 그래도 안도하는 마음이 들었다.

나가노에 산다는 어느 할아버지는 연금생활이라 장거리 전화를 길게 할 수 없으니 나보고 걸어달라고 했다. 내가 전화를 하자 그는 눈물을 흘리면서 방송을 들었다고 하면서 '감동했다'는 말을 몇 번이나 했다. 부자나라 일본에도 장거리 전화 걸기를 부담스러워하는 노인네들이 있다는 사실을 새삼 알게 되었다.

방송이 나간 지 수일이 지나자 각지로부터 '팬레터'가 날아오기 시작했다. 한결같이 나이 들고 고독하고 외로운 할아버지와 할머니들이었다. 어느 교포 할머니는 나를 자랑스러운 한국 외교관이라고 비행기를 태웠다. 요즘 같은 세상에 라디오를 듣는 분들이 이렇게 많은 줄은 처음 알았다. 고령화되어 가고 있는 일본사회의 단면을 보여준 예라고 하겠다. 팬레터를 보내준 분들은 암울한 유년시절을 보낸 한 외교관의 사설에 새삼 자신들의 힘들었던 왕년을 떠올리고 공감을 느꼈던 것 같다. 내가 요코하마 총영사로 전임될 것이라고 보도되자 만 엔이 든 봉투를 총영사관 경비실에 맡긴 할아버지도 있었고, 새로운 임지 요코하마로 장미꽃을 보내준 할머니도 있었다.

NHK 방송이 나간 2000년 11월 24일은 나로서는 잊을 수 없는 날이 되었다. 우연히도 그날 아침 아사히신문 1면과 11면에 '21세기를 말한다'라는 나의 대형 인터뷰 기사가 후쿠오카 총영사관을 배경으로 한 나의 사진과 함께 게재되었다.

마침 그때 박동진 전 외무장관님이 후쿠오카를 방문 중이었다. 나는 장관님께 『한·일 흐리다가 맑음』 수필집과 나의 인터뷰 기사가 실린 『아시히신문』을 드렸더니, 기사를 다 읽어 보신 후 '기재로군' 하고, 분수에 넘친 평가를 해 주셨다. 일본 연구가를 자처하고 20여 년 동안 노력한 보람을 느낄 수 있었다. 아사히신문 특집기사로 명사 취급을 받아 강연료가 대폭 올라 가외수입이 생긴 것도 나쁘지는 않았다.

요코하마 총영사 재임 시 서분서분한 나카노 부장 내외를 관저 만찬에 초청하여 저녁 늦게까지 구례와 지리산 화엄사에 대한 이야기꽃을 피웠던 것도 좋은 추억거리로 남아 있다.

『近代朝鮮の外交と国際法受容(근대 조선의 외교와 국제법 수용)』
(2001年, 明石書店)

이 책은 필자의 1988년 메이지대학 박사학위 논문을 평이하게 고쳐 쓴 것이다.

일본인에 대한 문화적 우월성을 즐기면서 성장한 대부분의 젊은이가 한 번 정도는 갖게 되는 의문이 있다. 그것은 일본의 문화적 스승이었던 한민족이 어떻게 하여 왜구의 후예인 일본인에 의해 30여 년간이나 굴욕적 지배를 받아야 했던 것인가 하는 물음이며, 이는 좀처럼 풀리지 않은 난제이다.

1970년대 중반 주일대사관에서 근무하는 동안에도 이러한 자기 물음에 시달리고 있던 때 에노모토 다케아키라는 메이지시대의 한 외교관의 일화를 우연히 읽고 신선한 충격을 느꼈다.

1868년 1월부터 1869년 6월까지 약 1년 5개월 동안 계속된 내란, 보신전쟁(戊辰戰爭) 때, 정부군이 에도를 점령하자 에노모토는 8척의 함대를 이끌고 탈출하여 홋카이도의 하코다테에서 3천여 명의 병사와 함께 항전을 계속하였다. 패색이 짙은 정부군과의 전투를 앞두고 에노모토는 적장에게 한 권의 국제법 책을 보내면서 이는 일본에 한 권밖에 없는 귀중한 것이므로 전화에 소실되지 않도록 하라고 당부하였다.

지금부터 150년 전에 에노모토 다케아키와 구로다 기요타카(黑田淸隆) 간에 있었던 일화이다. 에노모토는 초대 주한공사로서 6년간이나 조선에 근무했던 하나부사 요시모토(花房義質, 1842~1917)의 멘토였고, 구로다는 강화도 조약체결 시 일본의 전권대표였다. 우연히도 세 사람 모두 일본의 대조선 외교에 깊이 관여하였다.

대원군의 쇄국정책이 한창 기세를 떨치고 있을 때 바다 건너 일본에서는 한 권의 국제법 책을 둘러싼 일화가 생길 정도로 양이(洋夷)의 법, 『만국공법』에 대한 관심이 높았던 것을 알고 필자는, 일본의 성공적인 국제법 수용과 그 과정에서 평소의 의문을 다소나마 풀어보기로 하였다. 확실히 일본의 국제법 수용 노력과 그 양태는 일본인에 대한 인식을 다시 하게끔 하였다.

일본의 국제법 수용과정에 대한 관심은 자연히 필자로 하여금 한국의 국제법 수용에도 관심을 갖게 하였고 마침내 학위 논문으로 「근대 조선의 외교와 국제법 수용」을 제출하는 계기가 되었다.

학위 취득 후 일본에서 『근대 조선의 외교와 국제법 수용』이라는 단행본으로 발간하여 주위의 지인들에게 증정하였다.

주프랑스 대사와 국민대학교 총장을 역임한 정일영(1926~2015) 박사님께서 대저 『한국 외교와 국제법』에서 "1882년부터 1908년까지 7명의 외국고문이 초빙되어 조선의 국제법, 외교, 법제도 정비 등을 도왔다. 그들의 역할 등에 대해서는 전직 외교관 서현섭 박사의 『근대 조선의 외교와 국제법 수용』 등 이미 많은 연구가 이루어졌다고 언급하고, 두 군데서 인용하였다. 평소에 존경하는 분이 졸저를 읽고, 저서에 인용해줘 큰 격려가 되었다.

전술한 바대로 『일본은 있다』는 『근대 조선의 외교와 국제법 수용』을 가필하여 평이하게 풀어쓴 것이다.

『日韓合わせ鏡(한·일 되비치는 거울)』(2001年, 西日本新聞社)

행복이란 유령과 같은 것이다. '행복'에 대해 이러쿵저러쿵하지만 정작 본 사람은 없어서 말이다. 되돌아보면 내가 1998년 5월부터 2001년 1월까지 2년 9개월간 후쿠오카 총영사로서 재임했던 기간은 총영사로서, 또한 인간으로서 참으로 행복한 나날이었다. 김대중 대통령 취임 이래 한일 관계가 과거 어느 때보다 좋았던 것에 기인한 바가 컸다.

후쿠오카 근무 중 가장 인상에 남는 것은 『서일본신문』의 문화면에 2001년 9월 1일부터 10월 30일까지 50회에 걸쳐 칼럼을 게재했던 그것이다. 이와 같은 게재가 본격적인 외교 활동인가의 여부는 차치하고, 한일 양국의 시민들 간 상호이해와 우호증진에 다소

『한·일 되비치는 거울』 출판 기념파티(2001.3.23)

라도 도움이 되기를 기대하면서 신변잡기 등을 내용으로 하는 연재를 시작하였다.

이화여대 조소과에 재학 중인 장녀의 삽화를 곁들였더니 글의 내용보다 삽화가 더 재미있다는 독자도 있었다. 놀랍게도 독자들이 반응이 예사롭지 않았다. 매일 10여 통의 편지가 날아들었다. 격려의 팬레터도 있었지만 사실의 오인을 가차 없이 지적하는 독자들도 있었다. 50회의 연재가 순식간에 끝났다.

딸아이가 서울예술고등학교에 합격하던 그날, 나는 내가 글을 쓰고 거기에 어울리는 삽화를 딸이 그려 한 권의 책으로 출판하는 공동작업을 꿈꿨다. 딸이 결혼할 때, 그 책을 답례품으로 증정하려는 계획까지 세웠는데, 그 후 '자식은 부모도 마음대로 할 수 없다'는 것을 통감하고 있다.

나는 2001년 2월에 아쉬운 마음으로 후쿠오카를 뒤로하고 요코하마 총영사로 전임되었다. 한편 연재가 끝나자 단행본 출판을 요청하는 독자들의 성화로 서일본신문사는 나의 추가 원고와 독자들의 편지를 한데 묶어 2001년 3월에 단행본으로 출판하였다. 이어서 후쿠오카 지사, 시장, 규슈대학 총장, 신문사 사장 등의 유지들이 발기인이 되어 3월 23일 서일본신문회관에서 300여 명이 참석하는 성대한 출판기념회를 개최하여 축하해 주었다. 요코하마 거주의 우리 내외와 서울의 장녀까지 초청을 받아 분에 넘치는 환영을 받았다.

서가의 『日韓合わせ鏡』을 볼 때마다 출판기념회의 성대한 파티가 떠오르며, 서일본신문사에 새삼 감사한 마음이 든다.

『日韓の光と影(한·일 빛과 그림자)』(2008年, 梓書院)

　나가사키 현립대학 재직 중에『나가사키신문』과『사가신문』에
40여 회에 걸쳐 기고한 칼럼을 묶어 단행본으로 출간한 것이다.
한일 간의 문화적 상이, 러시아 탐방기, 이탈리아 견문기 등의 토픽
을 평이하게 서술한 것으로 나의 나가사키에서 제2인생을 정리한
서책이다.

　책의 표지에 장녀가 2007년 스페인 까다께스 제27차 국제 소형
판화 대회(The 27th Mini Print International of Cadaqués)에서 1등상을
수상한 판화를 사용하여 독자들의 주목을 끌었다.

『한·일 빛과 그림자』의
표지에 사용된 장녀의
판화(2008.11)

에필로그

철이 채 들기도 전에 부친을 여의고 편모슬하에서 자라면서도 '둔한 말도 열흘 가면 천 리를 간다'는 금언을 되새기며 '분투노력' 했던 것은, 애오라지 자식들을 위해 온갖 신산을 다 겪어 오신 어머니의 기대에 어긋나지 않은 사람이 되어야겠다는 자각에서였다.

운명이란 무겁게 생각하는 자에게 더욱 무거운 법이라고 한다. 가혹한 운명에 전의를 불태우며 치열하게 살아오면서도 역설적으로 나는 낙천주의자의 길을 선택하고 언제나 턱없이 높은 생의 목표에 도전하고 좌절하고 울고 웃고 하였다. 그러는 동안에 4막 5장의 인생이 이제 1막 정도 남았을까.

되돌아보면, 외교부에서 일할 수 있었던 것은 큰 행운이자 축복이었다. 국가와 외교부에 진심으로 감사한 마음이다. 운 좋게도 좋은 선배와 동료들을 만났다. 주위의 친척들에게도 알게 모르게 많은 신세를 졌다.

살아보니 인생은 결국 사람과의 만남이고 혼자서는 살 수 없는 존재라는 지극히 평범한 결론에 이르렀다. 이 책의 작업을 하는 과정을 통해 그동안 일부의 주위 분들에 대해, 잔설처럼 남아있던 응어리진 감정이 감사의 마음으로 정화되는 것을 느꼈다.

아마도 나는 사는 그날까지 손에서 책을 놓지 못할 것이다. 일산 호수 주위를 산책하면서 사색하고, 한두 권쯤 책을 더 쓰고자 한다. 그리고 마침내는 섬진강이 눈 아래 보이는 영겁의 터로 돌아가리라.

　끝으로 마지막까지 읽어준 독자 여러분에게 감사한 마음을 전한다.

서현섭

1944년 전남 구례에서 태어나 건국대학교 정치외교학과와 일본 메이지대학원을 졸업(법학박사)하고, 네덜란드 암스테르담대학원을 수료, 규슈대학에서 명예박사를 받았다. 2016년 방송통신대학교 중문학과를 졸업했다.

일본 대사관 및 러시아 대사관 참사관, 파푸아뉴기니 대사, 후쿠오카 총영사, 요코하마 총영사, 교황청 대사, 부경대학 초빙교수, 나가사키 현립대학 교수 등을 역임했다.

저서에 『한중일의 갈림길, 나가사키』, 『일본 극우의 탄생 메이지유신 이야기』, 『일본은 있다』, 『일본인과 천황』, 『근대 조선의 외교와 국제법 수용』, 『日韓曇りのち晴れ』, 『日韓合わせ鏡』, 『日韓の光と影』 등이 있다.

특기: 걷기
취미: 책 사기
좌우명: 活到老, 學到老(살아 있는 동안은 배운다)

구례에서, 세계로
전직 외교관의 분투기

2021년 7월 30일 초판 1쇄 펴냄
2021년 8월 27일 초판 2쇄 펴냄

지은이 서현섭
발행인 김흥국
발행처 보고사

책임편집 황효은
표지디자인 손정자

등록 1990년 12월 13일 제6-0429호
주소 경기도 파주시 회동길 337-15 보고사
전화 031-955-9797(대표), 02-922-5120~1(편집), 02-922-2246(영업)
팩스 02-922-6990
메일 kanapub3@naver.com / bogosabooks@naver.com
http://www.bogosabooks.co.kr

ISBN 979-11-6587-206-9 03810
ⓒ 서현섭, 2021

정가 16,000원